U0093436

國際學術研討會

古龍武俠小說 領先時代半世紀

【記者賴素鈴／報導】江湖代有才人出，這廂古龍凋零二十載，那廂今朝懸賞百萬獎新秀，浪淘不盡，唯有武俠熱愛，不隨時間變易，在學術研討會上更見分明。以「一代鬼才：古龍與武俠小說」爲主題，淡江大學第九屆文學與美學國際學術研討會昨起在國家圖書館，展開爲期兩天的議程，紀念武俠小說家古龍逝世二十周年，新生代學者與古龍故舊齊聚一堂，以文論劍話武俠。

日前與淡大中文系教授林保淳共同發表《台灣武俠小說發展史》，武俠小說評論家葉洪生昨天在專題演講中，直批胡適1959年底發表「武俠小說下流論」是「胡說」，學界泰斗的不當發言以及隨即展開的「暴雨專案」，反而促成1960年起台灣武俠新秀的繁興，「武俠小說迷人的地方，恰恰在門道之上。」，葉洪生認定，武俠小說審美四原則在文筆、意構、雜學、原創性，他強調：「武俠小說，是一種『上流美』。」

集多年心血完成《台灣武俠小說發展史》，葉洪生認爲他已爲從十歲起迷上武俠小說的半世紀畫上完美句點，並且宣布他「以後決心退出武俠論壇，封劍退隱江湖」。

雖然葉洪生回顧武俠小說名家此起彼落，套太史公名言「固一世之雄也，而今安在哉？」，認爲這是值得深思的嚴肅課題，昨天意外現身研討會而備受矚目的溫世禮，則爲了紀念同是武俠迷的哥哥溫世仁，推出第一屆「溫世仁武俠小說百萬大賞」，即日起至今年10月3日截止收件，經兩階段評選後於明年12月7日公布首獎得主，預料將會是一場武林新秀的龍虎爭霸戰。

看明日誰領風騷？風雲時代出版社發行人陳曉林眼中的古龍，其實領先他的時代半世紀，以致如今雖然古龍逝世20年，陳曉林認爲大家對古龍的了解仍然有限，預言未來世代更能和古龍的後設風格共鳴。

昨天這場研討會，也凸顯武俠小說作爲一項文學研究門類，仍有待開發學習空間。多位與會者都指出，武俠小說的發表、出版方式和管道具考證難度，學術理論與論文格式的建立待加強。而武俠名家的版權之爭、市場競爭力，也增加出版推廣困難，古龍武俠小說的版權糾紛、司馬翎作品的版權官司也成爲研討會的場外話題。

與

第九屆文學與美

古龍兄為人慷慨豪邁、跌蕩自如，變化多端，文如其人，且多奇氣，惜英年早逝。余與古兄當年交好，且喜讀其書，今既不見其人，又無新作可讀，深自悼惜。

金庸

一九九六.十.十一.香港

金庸

絕代雙驕

（四）

古龍精品集 9

絕代雙驕（四）

目·錄

六九　千鈞一髮

江別鶴靜靜坐了半晌，瞪大了眼睛，瞧著燕南天。花無缺伏在桌上，也是動也不動。

江別鶴只聽得自己的心跳聲，愈來愈響——他若想從此稱霸江湖，現在的確是機會到了。

但這機會，卻又未免來得太容易！他緊握著雙手，掌心也滿是冷汗。「江別鶴呀江別鶴，你若錯過了這機會，就再也不會有這樣的機會了，你今天若不殺他們，遲早總要死在他們手中，你怕什麼？猶疑什麼？他兩人都已醉了，你為何還不動手？」想到這裡，江別鶴霍然站起，卻又「噗」地坐了下去！

「不行！不能心存僥倖，世上絕不會有如此容易的事！」

他手掌抖得太厲害，不得不緊緊抓住椅子！

「但這種事連自己都不相信，他們自然更不會相信了，他們就因為不相信，所以才沒有絲毫提防之心。」

江別鶴眼睛裡發出了光！

「不錯，花無缺和燕南天萬萬想不到我會殺死他們的，這實在是千載難逢的機會，江別鶴呀江別鶴，此刻怎會拿不定主意？你現在只要一出手，天下就是你的！……」

江別鶴不再遲疑，一步竄到桌前，鐵掌直擊下去！

就在這時，花無缺突然跳了起來，大喝道：「江別鶴，我總算瞧清了你的真面目，江小魚果然沒有冤枉你！」

喝聲中，他縱身撲了過去。

誰知燕南天竟比他還快了一步。

江別鶴手掌擊下，燕南天鐵掌已迎了上去！

只聽「啪」的一聲，江別鶴身子已被震飛，重重撞到牆上，只覺滿身骨節欲裂，一時間竟站不起來。

花無缺怔了一怔，失笑道：「原來你也是假醉！」

燕南天大笑道：「這區區幾杯酒，怎能醉得倒我？我也正是要瞧瞧這廝，喝了又吐，吐了再喝，究竟是何用意？」

他倏然頓住笑聲，大喝道：「江別鶴，你現在還有何話說？」

江別鶴慘笑道：「罷了……我苦練二十年的武功，竟接不了燕南天的一掌，我還有何話說？」

燕南天厲聲道：「我與你無冤無仇，你為何暗算我？」

江別鶴故意長長嘆了口氣，道：「雙雄難以並立，你我不能並存，你這『大俠』若活在世上，哪裡還有我這『大俠』立足之地！」

他咬了咬牙，大聲接道：「方才我見到那些人瞧見你後，便不將我放在眼裡，我已下定決心，要除去你！如今我武功既然不敵，夫復何言？」

燕南天怒道：「你武功就算能無敵於天下，就憑你這心胸，也難當『大俠』二字。」

江別鶴道：「你……你要怎樣？」

燕南天厲聲道：「你虛有大俠之名，心腸竟如此惡毒，手段竟如此卑鄙，燕某今日若不為江湖除害，日後還不知有多少人要死在你手上！」

江別鶴道：「你要殺了我？」

燕南天喝道：「正是！」

喝聲中，他一掌閃電般擊出。

江別鶴就地一滾，避開了他這一掌，突然大笑道：「你若殺了我，普天之下再無一人知道江琴的下落……這一輩子你休想再能找得到他了！」

燕南天一震，失聲道：「你……你知道江琴的下落？」

江別鶴緩緩站了起來，悠然道：「正是。」

燕南天衝了過去，一把揪著他衣襟，嘶聲道：「他在哪裡？」

江別鶴站在那裡，全不閃避，悠悠道：「你可以殺死我，卻不能令我說出他的下落。」

燕南天手掌一架，怒喝道：「你可要試試？」江別鶴微笑道：「你身爲一代大俠，若也想以酷刑逼供，豈非有失你大俠的身分？」

燕南天怔了怔，手掌不由自主緩了下來。

江別鶴微笑又道：「你若真的想要我說出來，除非答應我兩件事。」

燕南天怒道：「你還要怎樣？」

江別鶴緩緩道：「我要你答應我，非但今日好生送我出去，日後也永不傷我毫髮！」

燕南天默然半晌，狂吼道：「好，我答應你……我不信除了燕某之外，世上就再無別人能傷你！」

江別鶴微微一笑，道：「還有，我說出江琴的下落後，你必定要嚴守秘密，絕不能讓第四人知道江琴在哪裡。」

燕南天大聲道：「這本是我自己的事，我正要親手殺死他，爲何要讓別人知道？」

江別鶴嘴裡泛起一絲詭秘的笑容，道：「很好，但你若不能殺死他呢？」

燕南天怒道：「我若不能親手殺死他，別人更不能殺他！」

江別鶴轉過頭道：「花公子你呢？」

花無缺長長吐了口氣，道：「這本是燕大俠的事，他既已答應，我自無異議。」

江別鶴仰天大笑道：「很好，好極了。」

燕南天道：「江琴究竟在哪裡？」

江別鶴緩緩頓住笑容，瞧著燕南天，一字字道：「就在這裡！」

燕南天身子一震，道：「你……你……」

江別鶴大笑道：「我就是江琴，但你卻已答應，永不傷我毫髮！」

燕南天就像是被人抽了一鞭子，踉蹌後退，雙拳緊握，全身都顫抖了起來。花無缺也不禁為之怔住。

江別鶴狂笑道：「你一心想知道江琴下落，所以才答應放了我，如今雖已知道江琴的下落，卻永遠不能殺他了。」

他笑得聲嘶力竭，彷彿覺得世上再也沒有比這更好笑的事。燕南天目光盡赤，突然狂吼撲上去，道：「你……你這惡賊，我豈能容你！」

江別鶴瞪起眼睛，厲聲道：「堂堂的大俠燕南天，難道是食言背信的人！」

燕南天身子一震，整個人都呆在那裡。

只見他鬚髮怒張，眼角似已繃裂，全身骨節都不住響動，終於踉蹌後退幾步，跌坐在床上，慘然道：「好……好……我答應了你，你走吧。」

燕南天突又跳了起來，嘶聲道：「你若再不走，小心我改變了主意！」

江別鶴抱拳一揖，笑道：「既是如此，在下就告辭了，多謝多謝，再見再見。」

他大笑著揚長而去，屋子裡立刻變得一片死寂，只有燕南天沉重的呼吸聲，屋頂也沉重得像是要壓了下來。

也不知過了多久，花無缺忽然長嘆一聲，道：「燕大俠，我此刻終於服了你了。」

燕南天慘然一笑，道：「我以拳劍勝你兩次，你不服我，我一聲叱咤，便令群賊喪膽，你也不服我，如今我眼睜睜瞧著仇人揚長而去，竟無可奈何，你反而服了我麼？」

花無缺正色道：「我正是見你讓江別鶴走了，才知道燕南天果然不愧為一代之大俠。你要殺他，本是易事，世上能殺江別鶴的人並不少，但能這樣放了他的，卻只怕唯有燕南天一人而已！」

他長嘆接道：「所以，世上縱有人名聲比你更令人畏懼，縱有人武功比你更高，但卻也唯有你，才能當得起這『大俠』二字！」

燕南天慘笑道：「但你可知道，一個人若要保全這『大俠』兩字，他便要忍受多少痛苦，多少寂寞……」

花無缺長笑道：「我如今終於也知道，一個人要做到『大俠』兩字，的確是不容易的，他不但要做到別人所不能做的事，還要忍別人所不能忍……」

他遊目瞧著燕南天，展顏一笑，道：「但無論如何，那也是值得的，是麼？」

江別鶴走過了院子，立刻就笑不出了。他知道今天雖然騙過了燕南天，但以後的麻煩，正還多著哩。

風吹著竹葉，沙沙的響，江別鶴閃身躲入了竹叢，他是想瞧瞧燕南天和花無缺的動靜。

他想，這兩人現在必定不知有多麼懊惱憤怒，他恨不得能瞧見燕南天活活氣死，他才開心。

但過了半晌，屋子裡卻傳出燕南天豪邁的笑聲，這一次挫敗雖大，但燕南天卻似並未放在心上。

笑聲中，只見燕南天與花無缺把臂而出，騰身而起，身形一閃，便消失在濃重的夜色裡。

他們要到哪裡去？是去找江小魚麼？這三個人本該是冤家對頭，現在怎地已像是站到同一戰線上來了。

江別鶴雖然猜不透其中的真相，但「懷疑」卻使得他的心更不定、更痛苦。他咬著嘴唇，沉思了半晌，還拿不定主意。

突見人影飄動，一個猙獰的青銅面具，在閃著光。

銅先生居然又回來了。

江別鶴大喜，正想趕過去，但就在這時，也看清了銅先生身旁的人，竟駭然是小魚兒！

江小魚臉喝得紅紅的，滿臉笑容，像是開心得很──銅先生竟然和江小魚走到一起了，而且兩人還像是剛喝完了酒回來！

他現在一心想倚靠這神秘的銅先生來對付燕南天和花無缺，這幾乎已是他唯一可以制勝的希望。

他再也想不到，銅先生會和江小魚在一起。這一老一少兩個怪物，是在什麼時候交上了朋友？

銅先生本來明明要殺江小魚的，現在爲何改變了主意？

莫非他已被江小魚的花言巧語打動了？

江別鶴又驚、又怒、又是擔心恐懼，直到銅先生和小魚兒走進屋子，他還是呆呆地怔在那裡。

他忽然發覺自己竟已變得完全孤立，到處都是他的敵人，竟沒有一個可以信賴的朋友。

他疑心病本來就大，現在既已親眼目睹，更認爲燕南天、江小魚、花無缺、銅先生，四人已結成一黨，要來對付他。

這時夜已更深，竹葉上的露水，一滴滴落下來，滴在他身上、臉上，甚至滴入了他的脖子裡。

他卻渾然不覺，只是不住暗中自語：「我要擊敗這四人，該怎麼辦呢？我一個人的力量，自然不夠，還得去找幫手，但我卻又能找得到誰？」

竹葉上忽然有條小蟲，掉了下來，卻恰巧掉在他頭上，江別鶴反手捉了下去，只見那小蟲在掌心蠕蠕而動，就像是條小蛇。

他面上忽然露出喜色，失聲道：「對了！我怎地未想起他來！他一個人力量縱然還不夠，但再加上那老虎夫妻和我，四個對四個，豈非正是旗鼓相當！」

他大喜著掠出樹林，突然想起銅先生和江小魚還在對面的屋子裡，他大驚止步，掌心已沁出冷汗。

但對面屋子裡卻絲毫沒有反應，屋裡雖燃著燈，窗上卻瞧不見人影，銅先生和小魚兒，竟已走了。

小魚兒走進屋子時，也未想到江別鶴就在外面瞧著他。

屋子裡燈已熄了，小魚兒雖然什麼都瞧不見，卻發覺屋子裡的香氣，比他們出去時更濃了。

這屋子裡難道已有人走進來過？

小魚兒正覺奇怪，突聽銅先生冷冷道：「你怎地現在才來？」

黑暗中竟響起了個女子的聲響，道：「要找個能令你滿意的地方，並不容易，所以我才來遲了。」

這聲響自然比銅先生粗嗄生硬的語聲嬌柔多了，但語氣也是冰冰冷冷，竟似和銅先生一副腔調。

小魚兒又驚又奇，暗道：「想不到銅先生這怪物也會有女朋友，而且說話竟也是和他一樣陰陽怪樣，兩人倒真是天生的一對。」

他摸著了火摺子，趕緊燃起燈。

燈光亮起，小魚兒才瞧見一個長髮披肩的黑袍女子，她面上也戴著個死眉死臉的面具，卻是以沉香木雕成的，此刻燈光雖已甚是明亮，小魚兒驟然見著這麼樣一個人，仍不禁駭了一跳。

這黑袍女子也在瞧著小魚兒，忽然道：「你就是江小魚？」

小魚兒瞪大眼睛，道：「你……但我怎麼不認得你？」

黑袍女子道：「你既知世上有銅先生，爲何不知木夫人？」

小魚兒道：「木夫人？……不錯，我好像聽到過這名字。」

他記得黑蜘蛛向他說起銅先生時，也曾提起過木夫人這名字，還說這兩人是齊名的怪物。

木夫人瞧瞧小魚兒，又瞧瞧銅先生，道：「我早已來到此地，但你兩人……」

「我和銅先生喝酒去了，有勞夫人久候，抱歉得很。」小魚兒笑嘻嘻道：「銅先生對我最好，怕我餓壞了肚子，就帶我去喝酒，知道我喜歡吃鹹吃辣，就帶我去吃川菜——這麼好的人，我當真還未見過。」

木夫人眼睛裡既是驚奇，又似乎覺得有些好笑。

小魚兒這才發現，她語聲雖和銅先生同樣冷漠，但這雙眼睛，卻比銅先生靈活得多，也溫暖得多。

他眼珠子一轉，立刻嘆了口氣，又接著道：「只不過銅先生實在對我太關心了，一心只想看我，自己連飯也不吃，覺也睡不著，我真怕累壞了他，所以，夫人若是銅先生的好朋友，不如代銅先生照顧我吧，也好讓他休息休息。」

木夫人道：「大……大哥若是煩了，就將他交給我也好。」

她目中笑意雖更明顯，但語聲仍是冰冰冷冷。只見銅先生身子突然飄起，「啪」的一掌，摑在小魚兒臉上，這一掌打得並不重，但打的地方卻妙極。

小魚兒一點也不覺疼，只覺頭腦一陣暈眩，身子再也站不住，踉蹌後退幾步終於倒了下去。

暈迷中，只聽銅先生冷冷道：「這一次，誰也休想從我身旁帶走他了。他活著時，我固然要看著他，就算他死了，我也要看著他，直到他屍身腐爛爲止。」

木夫人道：「但我……」

銅先生冷笑道：「你也是一樣，你對我也不見得比別人忠心多少。」

木夫人道：「你……你連我都不相信？」

銅先生一字字道：「自從月奴將江楓帶走的那天開始，我就已不再信任任何人了！」

木夫人默然半晌，緩緩垂下了頭，道：「我知道你還在記著那一次，你總以爲我要和你爭奪江楓……」

銅先生厲聲道：「你也愛他，這話是你自己說的，是麼？」

木夫人抬起了頭，大聲道：「不錯，我也愛他！但我並沒有要得到他，更沒有要和你搶他，我這一生從來沒有和你爭奪過任何東西，是麼？」

她冷漠的語聲竟突然顫抖起來，嘶聲道：「從小的時候開始，只要有好的東西，我永遠都是讓給你的，從你爲了和我爭著去採那樹上唯一熟了的桃子，而把我從樹上推下來，讓我跌斷了腿的那天開始，我就不敢再和你搶任何東西，你還記得嗎？」

銅先生目光刀一般瞪著她，良久良久，終於長長嘆息了一聲，也緩緩垂下了頭，黯然道：「忘了這些事吧，無論如何，我們都沒有得到他，是麼？」

木夫人默然良久，也長嘆了一聲，黯然道：「大姊，對不起，我本不該說這些話的，其實我早已忘記那些事了。」

只可惜小魚兒早已暈過去了，根本沒有聽見她們在說什麼。

小魚兒還未醒來，就已感覺出那醉人的香氣。

他以爲自己還是在那客棧的屋子裡，但他張開眼後，立刻就發覺自己錯了，世上絕沒有任何一家客棧，有如此華麗的屋子。也絕沒有任何一家客棧，有如此芬芳的被褥，如此柔軟的床。

接著，他又瞧見站在床頭的兩個少女。

她們都穿著柔軟的紗衣，戴著鮮艷的花冠。

她們的臉，卻比鮮花更美，只是這美麗的臉上，也沒有絲毫表情，也沒有絲毫血色，看來就像是以冰雪雕成的。

小魚兒揉了揉眼睛，喃喃道：「我莫非已死了，這莫非是在天上？」

輕紗少女動也不動地站在那裡，目光茫然瞧著前方，非但好像沒有聽見他的話，簡直就好像根本沒有瞧見他。

小魚兒眼珠子一轉，嘻嘻笑道：「我自然沒有死，只因我若死了，就絕不會在天上，而地獄裡也絕不會有你們這麼美麗的仙子。」

他以爲她們會笑，誰知道她們竟還是沒有望他一眼。

小魚兒揉了揉鼻子，道：「你們難道瞧不見我麼？……我難道忽然學會了隱身法？」

輕紗少女簡直連眼珠子都沒有動一動。

小魚兒嘆了口氣，道：「我本想瞧瞧你們的笑，我想你們笑的時候一定更美，但現在，我卻只有承認失敗了，你們卻把那見鬼的銅先生找來吧。」

輕紗少女居然還是不理他。

小魚兒跳了起來，大聲道：「說話呀！為什麼不說話？你們難道是聾子、瞎子、啞巴？」

他跳下地來，赤著腳站在她們面前瞧了半晌，又圍著她們打了兩個轉，皺起了眉頭，喃喃道：「這兩個難道不是人？難道真是用冰雪雕成的？」

他竟伸出手，要去擰那輕紗少女的鼻子。

這少女忽然輕輕一揮手。她纖長的手指，柔若春蔥，但五根塗著鳳仙花汁的紅指甲，卻像是五柄小刀，直刺小魚兒的咽喉。

小魚兒一個觔斗倒在床上，大笑道：「原來你們雖不會說話，至少還是會動的。」

那少女卻又像石像般動也不動了。

小魚兒道：「你們就算不願跟我說話，也總該笑一笑吧？老是這麼樣緊繃著臉，人特別容易變老的。」

他又跳下床，找著雙柔軟的絲履，套在腳下，忽然緩緩道：「從前有個人，做事素來馬虎，有一天出去時，穿了兩隻鞋子，都是左腳的，他只覺走路不方便，一點也不知道是鞋子穿錯了。等他到了朋友家裡，那朋友告訴他，他才發覺，就趕緊叫僕人回家去換，那僕人去了好半天，回來時卻還是空著一雙手，你猜爲什麼？」

說到這裡，小魚兒已忍不住要笑，忍笑接著道：「那人也奇怪，就問他僕人爲什麼不將鞋子換來，那僕人卻道：『不用換了，家裡那雙鞋子，兩雙都是右腳的。』」

他還未說完，已笑得彎下腰去。

但那兩個少女卻連眼皮都未抬一抬。

小魚兒自己也覺笑得沒意思了，才嘆了口氣，道：「好，我承認沒法子逗你們笑，但我有個朋友叫張三的，卻最會逗人笑了。有一天，他和另外兩個人去逛大街，瞧見一位姑娘站在樹下，就和你們一樣，冷冰冰的，張三說他能逗這姑娘笑，那兩個朋友自然不信，張三就說：『我用一個字就能把她逗笑，再說一個字又能令她生氣，你們要不要和我打賭，賭一桌酒？』那兩個朋友自然立刻就和他賭了。」

小魚兒口才本好，此刻更是說得眉飛色舞，有聲有色，那兩個少女眼睛雖還是不去瞧他，但已忍不住想聽聽這「張三」怎能用一個字就將人逗得發笑，再用一個字逗得別人生氣。

只聽小魚兒接著道：「於是張三就走到那姑娘面前，忽然向那姑娘旁邊的一條狗跪了下去，道：『爹』，那少女見他竟將一條狗認作爹爹，再也忍不住笑了起來，誰知張三又向她跪了下去，叫了聲『媽』，那少女立刻氣得滿臉飛紅，咬著牙，跺著腳走了，張三果然就贏了這東道。」

他還未說完，左面一個臉圓圓的少女，已忍不住「噗哧」一聲，笑出聲來，小魚兒拍掌大笑道：「笑了！笑了！你還是笑了……」

只見這少女笑容初露，面色又已慘變。

銅先生不知何時又走了進來，冷冷地瞧著她，冷冷道：「你覺得他很好笑？」

那少女全身發抖，「噗」地跪了下去，顫聲道：「婢……婢子並沒有找他說話……」

七十　死裡求生

銅先生厲聲道：「但你卻爲他笑了，是麼？」

那少女竟駭得話也說不出，忽然掩面痛哭起來。

銅先生緩緩道：「你出去吧。」

那少女嘶聲道：「求求你……求求你饒婢子一命，婢子下次再也不敢了。」

小魚兒吃驚道：「饒她一命？你……你難道要殺了她？」

銅先生冷冷道：「殺，倒也不必，只不過割下她的舌頭，要她以後永遠也笑不出。」

小魚兒大駭道：「她只不過笑了笑，你就要割下她的舌頭！」

銅先生冷冷道：「這只能怪你，你本不該逗她笑的。」

小魚兒大叫道：「我只不過說了個笑話給她聽，你……你何必吃醋！」

銅先生忽然又是一掌摑了出去，小魚兒竟躲閃不開，被他一掌打得仰面跌倒，口中卻還是怒喝道：「你打我沒關係，但千萬不能因爲這件事罰她。」

銅先生目中又射出了怒火，道：「你……你竟然爲她說話？」

他竟似已怒極，連身子都氣得發抖。

小魚兒大聲道：「這件事本不能怪她，要怪也只能怪我。」

銅先生顫聲道：「好……好！你寧可要我打你，也不願我罰她，你……你倒也和你那爹爹一樣，是個多情種子！」

說到「種子」二字，他忽然狂吼一聲，反手一掌擊出，那圓臉少女被打得直飛出門外，一灘泥似的跌在地上，再也動彈不得！

小魚兒跳了起來，大喝道：「你……你竟殺了她！」

銅先生全身發抖，忽然仰首狂笑道：「不錯，我殺了她，她再也不能偷偷和你逃走。」

小魚兒又驚又怒，道：「你瘋了麼？她幾時要和我偷偷逃走？」

銅先生道：「等你們逃走時，我再殺她，便已遲了！」

小魚兒瞪大眼睛，嘶聲道：「你瘋了，你簡直瘋了……我本以爲你脾氣雖然冷酷，卻並不是個狠毒殘忍的人，誰知你竟能對一個女子下此毒手。」

他愈說愈怒，忽然撲過去，雙掌飛擊而出。

這時小魚兒武功之高，已足可與當代任何一個武林名家並列而無愧，盛怒之下擊出的這兩掌更融合了武當、崑崙兩大門派掌法之精萃，小魚兒此刻不但已可運用自如，而且已可將其中所有威力發揮。

誰知這足以威震武林的兩掌，到了銅先生面前，竟如兒戲一般，銅先生身子輕輕一折，整個人像是突然斷成兩截。

他手掌便也在此時反擊而出，若非親眼瞧見，誰也不會相信一個人竟能在這種部位下出手的。

小魚兒只覺身子一震，整個人又被打得跌在地上，他雖未受傷，但卻被這種奇妙的武功駭呆了。

銅先生俯首望著他，冷笑道：「像你這樣的武功，最多也不過能接得住花無缺五十招而已，我本以爲你還可與他一拚，誰知你竟如此令我失望。」

小魚兒咬牙道：「我能接得住他多少招，關你屁事！」

銅先生竟不再動怒，反而自懷中取出一卷黃絹，緩緩道：「這裡有三招可以破解『移花宮』武功的招式，你若能在這三個月裡將它練成，縱不能勝了花無缺，至少也可多擋他幾招。」

他居然要傳授小魚兒武功，這真比天上掉元寶下來還要令人難以置信，小魚兒張口結舌，道：「你……你是什麼意思？」

銅先生將絹卷拋到他面前，冷笑著走了出去。

小魚兒大喝道：「你究竟是要花無缺殺我，還是要我殺花無缺？你究竟有什麼毛病？」

銅先生霍然轉身，冷冷道：「你這一生，已注定了要有悲慘的結局，無論你殺了花無缺，還是花無缺殺了你，都是一樣的。」

銅先生已頭也不回地走了出去，「砰」的關上了門，小魚兒怔了半晌，抬起頭，卻發現猶自呆立在房中的少女，眼裡已流下淚來。

但這一次小魚兒卻再也不敢找她說話了，他實在再也不忍瞧見一個活生生的美麗少女，爲他而死。

那少女呆呆地站著，任憑眼淚流下面頰，也不伸手去擦。小魚兒嘆了口氣，將那絹卷展開。

那上面果然是三招妙絕天下的招式，每一招俱都鋒利、簡單而有效，正是花無缺那種繁複招式的剋星。

絹卷上不但畫著清晰的圖解，還有詳細的文字說明，若不是對「移花宮」武功瞭如指掌的人，絕對無法創出這樣的招式。

「移花宮」的武功，本是江湖中最大的秘密，銅先生又怎會對它如此瞭解，這豈非是件奇怪的事？

但小魚兒卻沒有想到這點，他此刻簡直什麼都不願意想，只是瞧著那卷畫，呆呆地出神。

少時有人送來飯菜，居然是樟茶鴨、豆瓣魚、棒棒雞……每一樣都是道道地地的川味，還有一大壺上好的陳年花雕。

小魚兒一笑，儘管飽餐了一頓，卻留下一碟紅燒牛尾、半隻樟茶鴨子不動，像是自言自語，喃喃道：「這兩樣菜不辣的，你吃不吃都隨便你。」

那少女始終站在那裡，連指尖都未動過，此刻忽然轉過身，用手撕著那半隻鴨子就薄餅，吃了個乾淨。

她若不吃，本在小魚兒意中，她此刻居然大吃起來，小魚兒倒不免大感奇怪，竟瞧得呆了。

只見那少女吃完一隻鴨腿時，便已似吃不下了，但還是拚命勉強自己將半隻鴨子吃光。

她嘴裡咀嚼，眼睛卻瞬也不瞬地盯著那桌上的一具計時沙漏，一粒粒黃金色的細砂落下來，時間便也隨著流了過去。

小魚兒不禁苦笑，時間，現在對他實在太寶貴了，但他卻只有眼見時間在他面前流過，全沒有一點法子。

突見那少女走了過來，走到他面前，悄聲道：「你還吃得下麼？」

她竟忽然開口說話了，小魚兒不覺駭了一跳。

那少女又道：「現在說話沒關係，沒有人會來的。」

小魚兒這才笑了笑道：「我肚子都快撐破，連一隻螞蟻都吞不下了。」

那少女道：「你最好還是多吃些，這兩天，我們只怕都沒有東西吃了。」

小魚兒又吃了一驚，道：「爲什麼？」

那少女眼睛裡射出了逼人的光芒，一字字道：「只因我們現在就要開始逃，在逃亡的途中，絕不會有東西吃的，甚至連水都喝不到。」

小魚兒簡直駭呆了，吃吃道：「逃？……你是說逃走？」

那少女道：「不錯，我方才拚命的吃，就爲的是要有力氣逃走！」

小魚兒道：「但銅先生……」

那少女道：「現在正是他入定的時候，至少在兩個時辰之內，不會到這裡來。」

小魚兒道：「你能確定？」

那少女道：「他這習慣數十年來從未改過。據說十多年前，也有個身分和我一樣的女子，就是在這時候，帶了一個人逃走的。」

小魚兒恍然道：「難怪他方才那般憤怒，原來他就是怕歷史重演……」

那少女目中又泛起了淚光，道：「你可知道方才被他殺死的那女孩子是誰？」

小魚兒動容道：「那莫非是你的……你的……」

那少女目中終於又流下淚來，顫聲道：「她就是我嫡親的妹妹。」

小魚兒怔了半晌，慘然道：「對不起，我方才本不該逗她笑的。」

那少女恨恨道：「我妹子跟了他七年，他爲了那麼小的事，也能下得了毒手，而你與我妹子素不相識，反而爲她爭辯，甚至不惜爲她拚命……」

小魚兒道：「你就是爲了這個原因，所以才冒險救我的？」

他忽然拉起她冰冷的手，沉聲道：「但經過十多年前的那次事後，他防守得必定十分嚴密，我們能逃得出去麼？」

那少女道：「若是在他的禁宮中，我們實在連一分逃走的機會都沒有，但這裡，卻只不過是他臨時歇腳的地方。」

這時她臉上初次露出一絲苦澀的微笑，接著道：「何況，這地方不但是我找到的，而且是我佈置的，我們雖不是一定能逃得出去，但好歹也得試一試，那總比在這裡等死的好。」

小魚兒四下瞧了一眼，忍不住道：「這裡究竟是什麼地方？」

那少女道：「這是個廟。」

「這裡竟是個廟？」他眼睛裡瞧著四下華貴而綺麗的陳設，鼻子裡嗅著那醉人的香氣，實在難以相信，這裡竟會是個廟宇。

那少女道：「這裡本是個冷清清的古刹，經過我們一整天的佈置後，才變成這樣子的。」

小魚兒嘆道：「你們本事可真不小。」

他忽然一笑，又道：「但時間寶貴得很，我們爲何還不走？你若是想聊天，等我們逃出去之後，時間還多著哩。」

那少女道：「我們要等人來收去這些碗筷後才能走，否則立刻就會被人發覺，我們已不在這屋子裡。」

小魚兒笑道：「不錯，我小地方總是疏忽，好像每個女孩子都比我細心得多。」

那少女凝注著他，緩緩道：「你認得的女孩子很多麼？」

小魚兒苦笑道：「我真希望能少認得幾個……你呢？你認得的男孩子……」

那少女冷冷道：「我一個都不認得。」

小魚兒笑道：「你現在總算已認得我了，我姓江，叫江小魚，你呢？」

那少女默然半晌，緩緩道：「你不妨叫我鐵萍姑。」

小魚兒像是怔了怔，苦笑道：「你也姓鐵？爲什麼姓鐵的女孩子這麼多……」

話未說完，鐵萍姑忽然揮手打斷了他的話。

只聽門外輕輕一響，小魚兒趕緊倒在床上，已有個面色冷峻的紫衣少女，帶著個青衣婦人走了進來。

鐵萍姑站在那裡，根本不去瞧她。

這紫衣少女卻走到她面前，冷冷道：「你妹妹已死了。」

鐵萍姑也冷冷道：「我知道。」

紫衣少女道：「你傷心麼？」

鐵萍姑道：「我若傷心，你開心麼？」

紫衣少女霍然扭轉身，一雙冷酷而充滿怒火的眼睛，恰好對著小魚兒，小魚兒卻向她扮了個鬼臉。

這時那青衣婦人已將碗筷全都收了出去。

紫衣少女忽然道：「你也可以出去了。」

小魚兒怔了怔，強笑道：「你說我可以出去了？」

紫衣少女又轉身盯著鐵萍姑，冷笑道：「你自然知道我說的是你，你爲何還不走？」

小魚兒一驚，心跳都幾乎停止。

鐵萍姑卻冷冷道：「誰叫我走的？」

紫衣少女冷笑道：「你現在已可以換班了，我叫你去休息休息還不好？」

鐵萍姑再不說話，轉身走了出去。

小魚兒眼睜睜瞧著她往外走，心裡雖著急，卻一點法子也沒有，只見紫衣少女眼睛已盯在他身上，一字字道：「你不願意她走？」

小魚兒打了個哈欠，笑道：「她走了最好，她那副晚娘面孔，我已瞧膩了，你雖然也未必比她好看多少，但換個新的總比舊的好，我天生是喜新厭舊的脾氣。」

紫衣少女冷笑道：「你眼睛若敢盯著我，我就挖出你眼珠子。」

小魚兒見到鐵萍姑已悄悄退了回去，故意大笑道：「你嘴裡雖說不願我瞧你，心裡卻是願意的，說不定你還希望我能抱一抱你、親一親你，否則你爲何定要將她調走，自己留在這裡？」

紫衣少女氣得臉上顏色都變了，顫聲道：「你……你敢對我如此說話？」

小魚兒吐了吐舌頭，笑道：「你可不是雌老虎，我爲何不敢？我還想咬你一口哩！」他瞧見鐵萍姑已到了這紫衣少女身後，更故意要將她氣得發瘋。

紫衣少女大喝道：「你莫以爲我不能殺你，我至少麼可打斷你——」

話未說完，她一個頭忽然垂了下來，接著，整個人就仆地倒了下去，連「哼」都沒有哼出一聲。

鐵萍姑一掌已切在她脖子上。

小魚兒跳了起來，道：「你不怕別人發現……」

鐵萍姑冷冷截口道：「時機難再，我只好冒一冒險了。何況，在這裡的人，都不會關心別人的事，她就算三天不露面，也不會有人找她的。」

她一面說話，一面已將那張床移開了半尺，伸手在牆上摸索了半晌，牆壁立刻現出了一道窄門。

鐵萍姑一推而入，沉聲道：「快跟著我來。」

複壁後，居然還有一條地道，曲折深邃，也不知通向哪裡，一陣陣陰森潮濕之氣令人作嘔。

小魚兒又驚又喜，捏著鼻子走了段路，才忍不住嘆道：「想不到廟裡居然也會有複壁地道，你是什麼時候發現的？」

鐵萍姑道：「我收拾這間屋子時，已發現了。」

她接著又道：「據我猜想，這古剎乃是五胡作亂時所建，那時流寇盜賊橫行，人命更賤於豬狗，很多人都削髮出家，藉以避禍，但廟宇中也非安全之地，所以寺僧才建了這些複壁地道，以躲避散兵流寇的殺掠。」

小魚兒嘆道：「你的確和我所認識的其他女孩子有些不同，你有頭腦……這世上有頭有腦的女孩子，已愈來愈少了，而且有些人就算有頭腦，卻偏偏懶得去用它，她們總認爲只要有張漂亮的臉就夠了。」

鐵萍姑像是又笑了笑，道：「但這卻只能怪男人。」

小魚兒道：「哦？」

鐵萍姑道：「只因男人都不喜歡有頭腦的女孩子，他們都生怕女孩子比自己強，所以愈是聰明的女孩子，就愈是要裝得愚笨軟弱。男人既然天生就覺得自己比女人強，喜歡保護女人，女人爲何不讓他們多傷些腦筋，多吃些苦。」

小魚兒大笑道：「如此說來，愚笨的倒是男人了，……但你連一個男人也不認得，又怎會對男人瞭解得這麼清楚？」

鐵萍姑道：「女人天生就能瞭解男人的，但男人卻永遠不會瞭解女人。」

小魚兒嘆了口氣，道：「這話倒的確不錯，一個男人若自以爲能瞭解女人，他受苦的日子就還長著了。」

這時兩人心中其實都充滿了恐懼和不安，所以就拚命找話說，只因說話通常都能令人緊張的神經鬆弛、鎮定下來。

在這黑暗陰森的地道中，自己都不知道自己生命能否保全的時候，兩人若再保持沉默，那豈非更令人難以忍受？

地道中已愈來愈潮濕，愈來愈黑暗。

小魚兒伸手去摸了摸，兩旁已不再是光滑的牆，而是堅硬、粗糙、長滿了厚絨青苔的石壁。

他也感覺到，地上亦是坎坷不平，忍不住問道：「這廟宇的複壁難道是連著山腹的麼？」

鐵萍姑並未回答，卻亮起了個精巧的火摺子。

這裡果然已在山腹中，縱橫交錯的洞隙，密如蛛網，風，也不知從哪裡吹進來的，吹得人寒毛直豎。

小魚兒笑道：「在這種地方，銅先生就算有通天的本事，想找到咱們也不容易。」

鐵萍姑道：「但我們一心要走出去，只怕也不容易。」

小魚兒駭了一跳，失聲道：「你……你難道也不知道出去的路？」

鐵萍姑道：「我當然不知道。」

小魚兒駭然道：「那麼你……你為什麼說咱們可以逃得出去？」

鐵萍姑道：「只要有路，我們自然就有逃出去的希望。」

小魚兒苦著臉道：「姑娘你未免將事情瞧得太簡單了。你可知道，山腹中的這些洞隙，有的根本是沒有路通出去的。」

鐵萍姑道：「也還有的是可以通得出去的，是麼？」

小魚兒道：「縱然有路，但這些洞穴簡直比諸葛亮的八陣圖還要複雜詭秘，有時你在裡面兜上三個月的圈子，到最後才發現自己又回到原來的地方。」

他長嘆接道：「據我所知，古往今來，被困死在這山腹裡的冤死鬼，若是聚在一起，閻王老子的森羅殿只怕也要被擠破了。」

鐵萍姑在前面走著，卻連頭也不回，冷冷道：「既是如此，再加兩個也不多。」

小魚兒道：「你——你難道不著急？」

鐵萍姑冷冷道：「你若著急，現在回去，還來得及。」

小魚兒怔了怔，苦笑道：「你別生氣，我並沒有怪你，只不過……」

鐵萍姑霍然回過頭，大聲道：「你以爲我不知道這裡的危險？但無論如何，我們總有一半的機會能逃出去，這總比坐在那裡等死好得多，是麼？」

小魚兒吐了吐舌頭，笑道：「早知道你這麼生氣，那些話我就不說了。」

鐵萍姑狠狠盯了他半晌，忽然嘆道：「我真想不到你竟是個如此奇怪的人。」

小魚兒笑道：「我也真未想到，你的脾氣竟這麼大。」

他嘴裡在不停地說著話，眼睛也沒閉著。

這時，他忽然發覺石壁上濃厚的青苔裡，隱約仍可瞧見刻著個箭頭。鐵萍姑目光閃動，顯然也瞧見了。

她立刻沿著這箭頭所指的方向，走了過去，走了十餘丈，轉角處的石壁上果然又有個箭頭。

但小魚兒卻還是站在那裡，動也不動。

鐵萍姑皺眉道：「現在我們既然已可走出去了，你爲何站著不動？」

小魚兒笑嘻嘻道：「你若沿著這箭頭走，再走片刻，就可以見到銅先生了，但我可不願再見到他那副尊容。」

鐵萍姑一驚，道：「這些箭頭難道不是指路的？」

小魚兒道：「箭頭雖然是指路的，但指的卻絕不是出去的路。」

鐵萍姑道：「你怎知道？」

小魚兒道：「這些箭頭，必定是以前廟裡的和尚刻上去的，是麼？」

鐵萍姑道：「不錯。」

小魚兒道：「他們也爲的是怕迷失路途，被困死在這裡，所以才刻這些箭頭的，是麼？」

鐵萍姑道：「不錯。」

小魚兒道：「他們爲了躲避流寇，所以才躲到這裡，等他們知道流寇走了之後，你想他們要到什麼地方去呢？」

鐵萍姑道：「自然是回到廟裡去。」

她脫口說出這句話，才恍然大悟，失聲道：「不錯，這些箭頭指的一定是回廟去的路，他們只不過是想在這山腹裡躲避一時，又怎會去標明出路。」

小魚兒拍手笑道：「我早已說過，你是個很有頭腦的女孩子，你終於明白了。我看你方才想不通，只怕也是故意裝出來的。」

鐵萍姑忍不住垂下頭，一張臉已紅到耳根了。

她忽然將火摺子交到小魚兒手上，道：「你……你帶路吧。」

小魚兒嘆了口氣，喃喃道：「所以愈是聰明的女孩子，就愈是要裝得愚笨軟弱，所以你現在就要我多傷腦筋、多出些力……」

他話未說完，鐵萍姑已紅著臉，跺著腳道：「這件事就算是你對了，也沒什麼了不起。」

小魚兒笑嘻嘻瞧著她，瞧了許久，慢吞吞笑道：「我就是要你臉紅、生氣，你生起氣來，才真正像是個女孩子，我實在受不了你那副冷冰冰的樣子。」

鐵萍姑要想板起臉，小魚兒卻已大笑著轉身走了，於是她剛板起來的臉，又忍不住嫣然一笑喃喃道：「我的臉真紅了麼？我實在連自己都不知道自己臉紅時是什麼樣子，這只怕還是我生平第一次……」

小魚兒沿著箭頭而行，每隔十多丈，到了轉角處，他就發現另外一個箭頭在那裡。只不過箭頭指的是前，他就往後，箭頭指的是左，他就往右，每走過一個箭頭，他就將那箭頭設法毀了。鐵萍姑隨他走了半晌，忍不住又道：「你這樣走，能走得出去麼？」

小魚兒笑道：「我雖不知能否走得出去，但這樣走，至少距離那廟宇愈來愈遠了。」

但這時洞隙已愈來愈窄，小魚兒有時竟已走不過去，到了這時，指路的箭頭也沒有了。

小魚兒嘆了口氣，道：「現在，咱們看來只有碰運氣了，索性閉著眼睛往前走吧。」他一面說話，一面已熄去了火摺子。

鐵萍姑不再說話，只覺自己的手已被小魚兒拉住。

她的心突然跳了起來，在黑暗中，這心跳聲似乎特別響，鐵萍姑的臉不禁又紅了，簡直恨不得找個地縫鑽下去。

只聽小魚兒悠悠笑道：「一個人的心若是要跳，誰也沒法子叫它停住。」

鐵萍姑「嚶嚀」一聲，要去擰他的嘴，但手卻又忽然頓住，癡癡地發起怔來。她忽然發覺多年以來，這竟是自己第一次意會到自己也是有血有肉的。

狹隘的洞隙，舉步艱難，有時甚至要爬過去。在黑暗中走這樣的路，可真不是件舒服的事。

鐵萍姑衣服已被刮破了，也許身上已有些地方在流血，但她卻絲毫不覺得痛苦，一個人竟像是走在雲堆裡。

每走一段路，小魚兒就打亮火摺子，瞧瞧四面的情況，但到了後來，火摺子的光焰，已愈來愈弱。

小魚兒知道火已將盡，更不敢隨意動用了，他知道在這種地方，若是完全沒有火光，那更是死路一條，於是路就走得更苦了。

鐵萍姑的腳步，終於也沉重起來。接著，她就感覺到全身疼痛，頭暈眼花，又餓又渴。

她自然不像小魚兒那鐵打的身子，怎能受得了這種苦？若不是小魚兒始終在和她說說笑笑，她簡直連一步都走不動了。尤其小魚兒自己又何嘗走得動？若是換了別人，到了他這種絕境之中，縱不急得發瘋，也難免要呼天怨地了。

但小魚兒卻是天生的怪脾氣，要他死，也許還容易些，要他著急愁苦，要他笑不出，那卻要困難得多。

鐵萍姑終於忍不住道：「我們歇歇再走吧。」

小魚兒沉聲道：「絕不能歇下來，一歇，就再也休想走得動了。」

鐵萍姑道：「但我……我現在已……」

小魚兒笑道：「你想，我們在這千古以來都少有人來過的神秘洞穴裡拉著手散步，這是多麼美，多麼風流浪漫的事，別人一輩子都不會有這種機會，我們爲何不多享受享受？」

鐵萍姑幽幽道：「只可惜我……我不是你心上的人。」

小魚兒笑道：「誰說不是的，此時此刻，除了你之外，世上還有和我更親近的人麼？」

鐵萍姑又「嚶嚀」一聲，整個人忽然倒入小魚兒懷裡。她的臉燙得就像是一團火，這火，是從她心底發出來的！

七一　柳暗花明

鐵萍姑根本就沒有接觸過男人，她青春的火焰，本已抑制得太久了，更何況一個人到了生死邊緣時，理智本就最容易崩潰。

鐵萍姑實在也想不到自己會倒入小魚兒懷裡，但此刻已倒下去了，她也絲毫不覺後悔。

她只覺小魚兒的手，已輕輕摟住她肩頭。

鐵萍姑顫聲道：「人生，人生真是多麼奇妙，我現在才知道……我兩、三天前還不認得你，但現在……現在……」

小魚兒忽然道：「你可知道，我現在想什麼？我現在最想瞧瞧你的臉。」

鐵萍姑道：「不要……求求你不要……」

但火摺子卻已亮著了。鐵萍姑以手掩住臉，她的臉又羞紅了。

她顫聲道：「火摺子……快沒有了……」

小魚兒笑道：「火摺子雖然珍貴，但能瞧見你現在這模樣，無論犧牲多麼珍貴的東西，都是値得的。」

鐵萍姑的手緩緩垂下，道：「真的？」

小魚兒笑道：「只可惜現在沒有鏡子，否則我也要讓你知道，你現在的模樣，要比以前那種冷冰冰的樣子美麗多少。」

鐵萍姑眼波也凝注著小魚兒，悠悠說道：「我們若真的走不出去，你會怪我麼？」

小魚兒道：「怪你？我怎會怪你？」

鐵萍姑道：「你在那裡，本還不會死的，但現在……」

小魚兒笑道：「若這麼說，你本該怪我才是，若不是我，你又怎會受這樣的苦？」

鐵萍姑嫣然笑道：「受苦？……你可知道，我一生中從沒有比現在快樂過。」

小魚兒道：「爲什麼？」

鐵萍姑悵然笑道：「連我自己都已不將我當做女人，何況別人呢？別人也許會將我看成仙子甚至魔女，卻絕不會將我看成女人的。」

小魚兒笑道：「但你卻不折不扣是個女人，我可以用一千種法子來證明。」

鐵萍姑笑道：「我現在自己也知道了，所以我現在就算死，也是快樂的。」

火摺子，漸漸已只剩下一點豆大的火焰。

鐵萍姑凝注著這火焰，眼皮已愈來愈重，低語著道：「我也知道，你這樣對我，並不是真的喜歡我，只不過是爲了安慰我，讓我得到最後的快樂。」

小魚兒笑道：「你……你想得太多了。」

鐵萍姑嘴角泛起一絲微笑，輕輕道：「但我還是感激你的，我只是……只是真的累了，求求你讓我睡吧，這一睡縱然永不醒來，我也滿足了……」

小魚兒瞧著鐵萍姑眼簾漸漸闔起，也不禁嘆了口氣。

就在這時，突然「梭嚕」一聲，竟有一連串又肥又大的老鼠，首尾相接，從他們面前跑了過去。

鐵萍姑一驚，張開眼來，身子已駭得縮成一團。

小魚兒卻是滿面喜色，大聲道：「你不必睡，我們已得救了。」

鐵萍姑道：「但這只不過是些老鼠。」

小魚兒道：「你瞧，這些老鼠又肥又大，絕對不是在山腹裡的，這裡連一顆米都沒有，絕對養不了這麼肥的老鼠。」

鐵萍姑眼睛也亮了，道：「你說這些老鼠是從山外跑進來的？」

小魚兒道：「不錯，這裡必定已接近山腹的邊緣，出路必定就在附近。」

他一面說話，一面已向鼠群竄來的方向走過去。

幸好這時火摺子還未完全熄滅，他不久就發現一個不大不小的洞，洞外還隱隱有淡淡的光線透入。

他立刻將鐵萍姑拉了過去，從這小洞裡鑽了過去。

外面竟然是個寶窟，一箱箱金銀珠寶堆在那裡，雖然並不算太多，可也絕不能算少了。

小魚兒怔了怔，笑道：「我又不是財迷，老天卻偏偏總是要我發現一些神秘的寶藏，我真不懂，世上的寶藏怎會有這麼多。」

鐵萍姑手扶著一隻箱子，忽然道：「這裡並不是什麼神秘的寶藏。這些箱子搬進來，還沒有幾天，上面連積灰都沒有。」

他抬起手來一瞧，手上果然沒有沾著什麼塵垢。

小魚兒怔了怔，苦笑道：「到了此刻，你還是比我仔細得多。」

他忽然發現每隻箱子的箱蓋裡，都貼著張紅紙，紙上竟寫著：「段合肥藏」四個字。

這發現幾乎使他跳了起來。

這些財寶，想必就是江別鶴父子設計搶去的東西，被江玉郎藏到這裡來的，他想必認為這地方秘密已極，卻不想竟偏偏被小魚兒發現了。

小魚兒又驚又喜，簡直要放聲歡呼起來。

鐵萍姑的身子卻突又靠了過來，悄聲道：「外面有人！」

只見一道影如門戶的石隙外，竟隱隱有燈光傳入。小魚兒悄悄掩了過去，果然發現外面一塊巨石旁，有兩個人相對而坐。

面對著這邊的一人，面色慘白，赫然竟是江玉郎。坐在江玉郎對面的一人，身材甚是魁偉，卻瞧不清面目。

那塊大石頭旁，擺著許多酒肉，但兩個人卻都沒有吃喝，只是聚精會神地看著面前的這塊大石頭。兩人眼睛睜得大大的，眨也不眨。

鐵萍姑忍不住悄聲道：「這石頭有什麼好看的，這兩人爲何看得如此出神？莫非是瘋子不成？」

小魚兒嚥了好幾口口水，嘆道：「據我所知這人非但不瘋，而且頭腦還比別人都清楚。」

鐵萍姑道：「你認得他？」

小魚兒眼睛還是盯著那些酒肉，道：「嗯。」

鐵萍姑道：「那麼他們爲什麼死盯著這塊石頭呢？」

小魚兒笑道：「也許他們希望這石頭上能長出花來。」

他眼睛終於自酒肉上移開，移到這石頭上。

只見這石頭上方方正正，一點出奇的地方也沒有，但石頭中間，卻劃著條線，線的左右兩邊各放著一小塊肥肉。

這兩人的眼睛，就盯著這肥肉，動也不動。

小魚兒也被他們弄糊塗了，忍不住笑道：「我以前是知道這小子沒毛病的，但現在卻說不定了，難道他竟忘了肉是用嘴吃的，不是用眼睛看的。」

鐵萍姑也忍不住噓了口口水，悄聲笑道：「你若認得他，不如去教教他吧。」

小魚兒苦笑道：「我又何嘗不想去教他吃肉？只可惜我現在只要一走出去，他就要吃我的肉了，他早已恨不得吃我的肉了。」

鐵萍姑嘆了口氣，又忍不住道：「另外一個人呢？」

小魚兒道：「這人我還瞧不出是誰，好像是……」

話未說完，突見一隻老鼠自黑暗中竄了出來，竄上那塊大石頭，將那大漢面前的一小塊肥肉啣了去，又飛也似的逃走。

江玉郎面色立刻變了，苦笑道：「好，這一次又是你贏了。」

那大漢大笑道：「現在，你已欠我一百三十萬兩，你那裡面的東西，已快輸光了吧！」

江玉郎冷冷道：「你放心，還多著哩。」

那大漢狂笑道：「老子正賭得過癮，你若這麼快就輸光，老子不捏出你蛋黃來才怪。」

他大笑著，又割了一小塊肥肉，放在石頭上。

鐵萍姑這才恍然大悟，忍不住笑道：「原來這兩人是在賭錢，誰面前的肉被老鼠啣走，誰就贏了，這樣的賭法，倒也是天下少有。」

小魚兒笑道：「但這樣的賭法卻公平得很，誰也休想作弊。」

鐵萍姑道：「若是老鼠不來，怎麼辦呢？」

小魚兒道：「老鼠不來，反正就等著。這人的賭癮最大，只要是在賭，你就叫他等八天八夜也沒什麼關係。」

鐵萍姑失笑道：「不錯，此刻看來他們就已不止賭了八天八夜了。」

小魚兒道：「你可要知道背對著我們的這人是誰麼？他就是『惡賭鬼』軒轅三光！不賭到人光、錢光，他是絕不肯站起來走的。」

鐵萍姑動容道：「惡賭鬼？莫非是十大惡人中的？……」鐵萍姑沉默了半晌，忽又問道：「你可知道這『十大惡人』究竟是些什麼人？」

小魚兒笑道：「你這話可算真問對人了，世上比我更知道十大惡人的，還真不多。」

他扳著手指，道：「十大惡人就是『血手』杜殺、『笑裡藏刀』哈哈兒、『不男不女』屠嬌嬌、『半人半鬼』陰九幽、『不吃人頭』李大嘴。」

說到這裡，鐵萍姑身子似乎微微一震，面色也變了，但小魚兒卻並沒有瞧她，只是接著道：「還有『狂獅』鐵戰、『迷死人不賠命』蕭咪咪、『惡賭鬼』軒轅三光、『損人不利己』白開心，再加上歐陽丁、歐陽當兄弟。」

鐵萍姑道：「照你這樣說來，豈非有十一個人了？」

小魚兒笑道：「只因這歐陽兄弟向來秤不離錘，錘不離秤，兩個人無論幹什麼，都是一起的，所以只能算做一個人。」

鐵萍姑緩緩垂下了頭，道：「這些人是否真的都十分惡毒？」

小魚兒笑道：「其實世上比他們更惡毒的人，還不知有多少，只不過，這些人做事特別不正常，毛病特別大而已。」

鐵萍姑道：「這話是什麼意思？」

小魚兒道：「譬如說，這『不吃人頭』李大嘴，平日看來，他不但很和氣，而且還可說是個文武雙全的才子，但他毛病一發作起來，卻連自己的老婆都能吃下肚去，見過他面的人，誰也想不到他做得出這種事。」

說到「李大嘴」這名字，鐵萍姑竟又微微一震，怔了半晌，才輕輕問道：「你難道認得他們的？」

小魚兒笑道：「我非但認得他們，老實告訴你，我還是跟著他們長大的。」

鐵萍姑又怔了怔，道：「你……你可知道他們現在哪裡？」

小魚兒道：「只怕是在龜山一帶……」

他忽然頓住語聲，笑道：「你爲何問得這麼清楚？」

鐵萍姑勉強笑了笑，道：「我只不過是好奇而已，誰想得到世上有這麼奇怪的人？」

他們說話的聲音自然很小，江玉郎和軒轅三光此刻已賭得連自己生辰八字都忘了，自然更不會聽到他們的話。

只見江玉郎忽然一笑，道：「你我已賭了七、八天，還是誰也沒有輸光，你不煩麼？」

軒轅三光趕緊道：「不煩，不煩，再賭上三年六個月，老子也不會煩的。」

江玉郎道：「但這樣賭下去，我卻有些煩了。」

軒轅三光立刻瞪起眼睛，大聲道：「你煩，也要陪老子賭下去。」

江玉郎笑道：「我並不是說不賭，只不過是想將賭注增大而已。」

軒轅三光大笑道：「老子賭錢，向來是嫌小不嫌大，愈大愈過癮，你要賭多大，說吧。」

江玉郎緩緩道：「閣下身上帶的東西，既然值七、八十萬兩，此刻又贏了我一百三十萬兩，你我這一注，就賭兩百萬兩吧。」

軒轅三光撫掌笑道：「一注見輸贏，這倒也痛快，只是……」

他忽然頓住笑聲，大喝道：「老子早已看過，你那洞裡最多也不過只有兩、三百萬，此刻已輸了一半，你哪裡還有這麼多銀子來跟老子賭？」

江玉郎道：「洞中存銀，至少還有一百萬。」

軒轅三光道：「還差一百萬呢？」

江玉郎道：「還差一百萬，以人來作數。」

軒轅三光狂笑道：「格老子，就憑你這龜兒子，也値得了一百萬？」

江玉郎面色不變，微微笑道：「在下縱不値一百萬，卻有値一百萬的人。」

軒轅三光道：「在哪裡？」

江玉郎笑道：「閣下難道還要先估估價麼？」

軒轅三光瞪眼道：「當然要先估估價，上了賭桌六親不認，就算是兒子跟老子賭錢，賬也要算清楚的，一文錢也差錯不得。」

江玉郎微笑道：「既是如此，在下這就去將她帶來就是。」

軒轅三光身後，一塊凸出來的岩石上，有盞銅燈，此刻江玉郎揣起了這盞銅燈，大步走了出去，一面微笑道：「閣下但請放心，在下立刻就回來的。」

軒轅三光笑道：「老子自然放心得很，你龜兒子家當都在這裡，又急著想翻本，不回來才怪。」他這才撕下雞腿，就著酒大嚼起來。

已瞧得出神的鐵萍姑，忽然嘆了口氣，道：「這些人賭起錢來，一賭就是上百萬兩銀子，他們的銀子簡直好像是偷來的。」

小魚兒笑道：「縱然是偷來的，也要費些力氣，一下子就輸出去，豈不可惜？」

小魚兒道：「這就叫來得容易去得快。何況，一個好賭的人，連老婆兒子輸出去，都不會心疼的。」

他一笑又道：「只是我未想到，這江玉郎竟也是個賭鬼，輸光了還不甘心，還要把人押給別人來賭。」

鐵萍姑也不禁笑道：「難道他也要把老婆拿來和別人賭麼？」

小魚兒道：「他就算有老婆，也不值一百萬，這小子到底在玩什麼花樣，就連我也猜不出了，能值一百萬的人，到底不多呀！」

這時江玉郎已拉著一人走了進來，被他拉著的人，身材苗條，竟是個女子，只是臉上覆著層面紗，瞧不出面目。

軒轅三光皺眉道：「你怎地帶來個女人？」

江玉郎微笑道：「當然是女人，若是男人，就不值錢了。」

軒轅三光大笑道：「但從你這龜兒子手上送出來的剩貨，只怕連一文都不值。」

江玉郎正色道：「這位姑娘雖然跟著我走了幾天，但我卻絕未動過她的毫髮。」

軒轅三光道：「你這饞貓會不偷吃，老子不信。」

江玉郎笑道：「閣下若不信，一試便知。」

他將銅燈又放到山石上，但這次並未放在軒轅三光身後，卻放到他自己身後。燈光從他肩上照下來，正好照在軒轅三光面前。

一盞燈無論放在哪裡，都是件小事，自然誰也不會在意，但小魚兒卻不禁皺起了眉頭，喃喃道：「這小子又想搞什麼鬼？他將這盞燈帶進帶出，絕不會沒有用意的。」江玉郎滿肚子壞水，自然誰也沒有小魚兒清楚。

只見那面蒙黑紗的女子，始終木然地站在那裡，江玉郎伸手掀開她的面紗，她還是癡癡的站著不動。

燈光下，她的臉果然美得不帶絲毫煙火氣。軒轅三光、鐵萍姑瞧見這張臉，但覺眼前一亮。

小魚兒瞧見這張臉，卻險些驚呼出聲來。

慕容九，這女子竟是慕容九。她被三姑娘趕走後，一路癡癡迷迷的到處亂闖，她夢遊般筆直走出了城，別人雖瞧著奇怪，但見她衣服華貴，人又美得邪氣，也不致有人敢動她的歪主意。

誰知竟偏偏誤打誤闖，被江玉郎聽見了這消息。

他立刻想到這女子必是慕容九，所以就立刻放下別的事，趕回頭，恰巧在路上迎著了已餓得發暈的慕容九。

江玉郎自然不怕她洩漏秘密，就帶著她去起出贓銀，藏到這裡，又誰知螳螂捕蟬，黃雀在後，軒轅三光竟早已在身後盯上他了！

這時軒轅三光瞧見慕容九的臉，也不禁怔了半晌，方自嘆道：「美女，果然是個美女，只可惜近二十年來，老子已對任何美女都不感興趣了，你還是帶她走吧！」

江玉郎微笑道：「這位姑娘雖美，但值錢的地方卻不在她這張臉上，在她的身分。」

軒轅三光大笑道：「她難道還是位公主不成？」

江玉郎道：「雖不是公主，卻也和公主差不多。」

軒轅三光怒道：「她究竟是誰？你這龜兒子說話怎地總要兜圈子。」

江玉郎緩緩道：「她便是九秀山莊的慕容九姑娘。」

軒轅三光也不禁一怔，動容道：「慕容永的九姑娘，怎會落在你手裡？」

江玉郎道：「她被惡人所害，神智迷失，不知下落，慕容家的八位姊妹、八位姑爺，用盡千方百計，都尋她不著，在下運氣好，卻在無意中找到了她。」

他一笑接道：「閣下請想想，若有人將她送回她姊姊、姊夫那裡去，秦劍、南宮柳等人又將如何感激，那謝禮還會少得了麼？」

軒轅三光想了想，一拍手道：「好，老子就跟你賭了！」

突聽一人大喝道：「賭不得！」

小魚兒忽然這麼一叫，不但軒轅三光和江玉郎大吃一驚，就連鐵萍姑都不免駭了一跳。

小魚兒也不著急，先附在鐵萍姑耳畔，悄聲道：「你跟我出去，喜歡吃什麼，就拿起來吃，千萬莫要客氣，我現在已有對付這小子的法子。」

他說完了話，才施施然走了出去，笑道：「躲在糞坑下吃大便的朋友，難道已忘了我麼？」

江玉郎瞧見了小魚兒，真比瞧見鬼還要吃驚，倒退兩步，失聲道：「你……你怎會在這裡？」

小魚兒笑道：「老子陰魂不散，跟定了你這龜兒子了。」

他聰明絕頂，學什麼像什麼，學起軒轅三光的口音，更是維妙維肖。軒轅三光用力一拍他肩頭，大笑道：「若是別人從裡面鑽出來，老子也要吃一驚，但你這鬼精靈，你就算從地下鑽出來，老子也不會奇怪的。」

軒轅三光笑彎了腰，小魚兒卻早已大吃大喝起來，慕容九癡癡地瞧著他，又似相識，又似不識。

江玉郎瞧見小魚兒身後居然也跟著個絕世美女，那吃相居然也和小魚兒一樣，像餓死鬼投胎似的。

他瞧得眼睛都直了，簡直不知該如何是好。

只聽軒轅三光好不容易忍住了笑，喘著氣道：「小兄弟，老子賭了一輩子，這次你為何說老子賭不得？」

小魚兒嘴裡塞滿了肉，道：「只因你一賭，就要上當。」

軒轅三光道：「老子是老賭鬼，這龜兒子頂多也不過算是個小賭鬼，他怎能令老子上當？何況這賭法最公平不過，誰也作不得弊，除非他也是個老鼠精。」

小魚兒悠悠說道：「你說這賭法最公平，你也贏了許多次了，是麼？」

軒轅三光道：「不錯。」

小魚兒道：「你可知道你是怎麼贏的？」

軒轅三光道：「老子這兩天運氣好。」

小魚兒道：「不是。」

軒轅三光皺眉道：「難道還有什麼別的原因不成？」

小魚兒道：「只因爲……」

他故意瞧了江玉郎一眼，立刻搖頭道：「不行，我不能說。」

軒轅三光跳了起來，道：「你爲何不能說？」

小魚兒道：「這兩天我體力不好，我怕這小子來跟我拚命。」

軒轅三光怒道：「這龜兒子若是敢動你一根手指，老子不把他骨頭一根根拆散才怪。」

小魚兒道：「我若和他打架，你幫我忙麼？」

軒轅三光道：「當然。」

小魚兒展顏一笑，道：「好，這樣我才能放心說了。」

他笑嘻嘻接著道：「你總該知道，老鼠最怕光亮的，到了晚上，才敢露面，但只要一點起燈，牠們就沒有戲唱了。」

軒轅三光道：「想不到你對老鼠們也瞭解得很。」

小魚兒笑道：「魚和老鼠，正是同病相憐，一見到貓就頭疼，我不瞭解牠們誰瞭解？」

軒轅三光又笑得喘不過氣來，道：「但這……這又有什麼關係？」

小魚兒道：「這裡的老鼠，想必都是剛從外面搬進來的，外面只怕是來了隻惡貓，把牠們趕進了洞，誰知這山洞裡並沒有老鼠飯店，牠們若非快餓瘋了，也不敢到你們面前來搶肉吃的……」

軒轅三光笑道：「這還要老子不動，誰若忍不住要動，老鼠就不敢來吃他面前的肉了。」

小魚兒道：「但你還忘了一點，方才這盞燈，是在你身後，你的身子擋住了燈光，那塊肉便落在黑影裡。老鼠怕光，只敢來吃黑暗中的肉，所以你才會連贏幾次。」

軒轅三光拍掌道：「果然不錯，你果然是個鬼精靈，連這種事都想得到。」

過半晌，軒轅三光恍然道：「老子懂了，這龜兒子現在已把燈換了個地方，這燈光正好照在老子面前的肉上，他算定老子這一次要輸，所以才要賭大的。」

小魚兒笑道：「正是如此，他現在不但可以把輸了的銀子撈回來，還可撈你一票。」

軒轅三光又氣又笑，道：「若不是你來提醒，老子今天竟要在陰溝裡翻船了。」

小魚兒轉臉瞧著江玉郎，笑道：「如何？我說的不錯吧？」

江玉郎面上早已變了顏色，口中卻冷笑道：「你定要以小人之心度君子之腹我也沒法子。」

小魚兒大笑道：「江玉郎，你那一肚子壞水，別人不知道，我還會不知道麼？你在我面前，還裝什麼蒜？」

江玉郎冷冷道：「我只怕是時運不濟，才會遇見了鬼。」

小魚兒大笑道：「不錯，你遇著了我，當真是倒了八輩子楣了，如今我人贓並獲，你就跟我到段合肥那裡說話吧。」

江玉郎瞧瞧他，又瞧瞧軒轅三光，垂首道：「事已至今，我也沒話說了，只不過……」

他突然一把扭過慕容九的手腕，閃身到慕容九身後，獰笑道：「只不過你們還想要這位慕容姑娘的命麼？」

七二　峰迴路轉

小魚兒暗中吃了一驚，卻大笑道：「你若想以慕容九來要脅我，你就錯了。你莫非不知道她老是想要我的命，我又怎會要救她？」

軒轅三光也跟著大笑道：「老子早就對女人沒興趣，她的死活，更和老子沒關係。」

江玉郎不動聲色，微笑道：「既是如此，兩位爲何不向我出手呀？」

軒轅三光道：「老子並不想宰你。」

小魚兒也笑道：「吃大便的朋友，我殺你還怕髒了手哩。」

江玉郎笑道：「既然如此，在下就要告退了，這位慕容姑娘，自然也要跟著在下走的。」

小魚兒大笑道：「你走吧！你帶走了慕容九，還怕沒有人找你算賬。」

江玉郎冷笑道：「這倒不勞閣下費心，若有人問起我來，我便說帶走慕容姑娘，只爲的是怕她遭了你的毒手，若不是江小魚，慕容九此刻又怎會變成如此模樣？」

小魚兒嘆道：「有其父必有其子，你們父子兩人，別的本事沒有，栽贓耍賴，混充好人的本事，倒真還沒有別人比得上。但你搶了段合肥的銀子，事實俱在，你總賴不掉的吧？」

江玉郎道：「什麼銀子，我兩手空空，哪裡有銀子？現在銀子是誰的，就是誰動手搶去的，這道理豈非更簡單了。」

軒轅三光怒道：「你龜兒子想賴起老子來了！」

江玉郎冷笑道：「你說我賴你，我就說你賴我，咱們倒不妨看看，江湖中人是相信你『惡賭鬼』的話，還是相信我江玉郎的話。」

軒轅三光也被氣得怔住了，苦笑道：「你龜兒子若早生幾年，『十大惡人』哪裡還有老子的份。」

江玉郎大笑道：「過獎過獎，在下只不過……」

話聲未了，突聽幾聲慘呼，自外面傳了進來。

這慘呼聲非但分外淒厲，而且歷久不絕。發出慘呼的人，不但像是瞧見了一些殘忍之極、可怖之極的事，而且還像是在遭受著某種非人所能忍受的痛苦。這樣的慘呼聲聽在耳裡，足以令任何人的血液都為之凝結。

江玉郎的面色變得最快，也變得最慘，拉著慕容九，就想轉身奔出。

小魚兒大喝道：「來的人既能使你手下發出這樣的慘呼，必定可怕得很，你要出去送死沒關係，但慕容九……」

他語聲突然頓住，黑暗中，已現出了五條人影！

這時雖然還沒有人能瞧見他們的面目，但他們帶進來的那種鬼氣森森的邪氣，已令每個人掌心都沁出了冷汗。

黑暗中，只聽得一陣陣令人寒毛悚慄的「吱吱」聲，響個不絕，五條人影已緩步走了過來。

小魚兒首先看到的，是他們那一雙雙慘碧詭異，閃閃發光的眼睛。接著，便瞧見了他們慘碧的臉色。

這五個人身子裡流的血，都好像是慘碧色。

五個人俱都穿著長可及地的黑袍，右手裡拿著根鞭子，左手裡卻提著個鐵籠，那聽來令人作嘔的吱吱聲，便是從鐵籠裡發出來的。

軒轅三光大喝道：「朋友們是什麼人？幹什麼來的？」

他喝聲有如霹靂，震得山谷迴應不絕，正是藉著這喝聲露了手氣功，想先給對方個下馬威。

誰知五個黑衣人卻連眼睛都沒有眨一眨，碧森森的目光，在小魚兒等人面上不停的打轉，也不說話。

江玉郎早已退了回來，大喝道：「九秀山莊的九姑娘和『惡賭鬼』全都在這裡，朋友們若是識相，還是快快退出去吧，再遲想走也走不了啦！」

他更是機伶，一看苗頭不對，就趕緊先將軒轅三光和慕容九的名頭抬出來嚇人，這兩人名頭實在也不小，何況，就算嚇不退對方，也是別人的名字，全不關他的事，對方要找也不會找他了。

五個黑衣人仍然聲色不動，腳下也未停。

鐵萍姑忽然驚呼一聲，拉住小魚兒的手，顫聲道：「老鼠……籠子裡好多老鼠。」

幾十隻老鼠在鐵籠裡吱吱亂叫，小魚兒雖不怕老鼠，但瞧見那幾十雙發光的眼睛，毛茸茸的一大堆老鼠，也不覺全身都起了雞皮疙瘩。

爲首那黑衣人嘿嘿一笑，道：「不錯，老鼠，在下五人此來找的只是老鼠，與人無關，各位只要站著不動，在下等必定秋毫無犯。」

他話雖說得客氣，但語聲卻比老鼠叫更令人作嘔。

軒轅三光忍不住問道：「捉老鼠幹什麼？」

那黑衣人嘿嘿笑道：「敝上非鼠肉不歡，是以令在下等四處搜捕，但此間方圓百里內的老鼠都已流竄入山，是以在下等才一路追捕過來。」

小魚兒恍然失笑道：「難怪這山洞裡老鼠特別多，原來就是被他們趕來的，我本來還以爲外面來了隻惡貓哩。」

軒轅三光面色卻微微一變，似乎想起個人來，厲聲道：「朋友們的主子是誰？」

那黑衣人不再答話，卻揮了揮手。

五個人嘴裡便同時發出了吹竹之聲，這聲音宛如吹竹，卻又不似，聽得人又覺恐怖，又是噁心。

鐵萍姑早已掩起了耳朵，小魚兒也聽得牙癢癢的，全身不舒服，但他好奇之心最重，見了這種怪事，一心只想瞧個究竟。

軒轅三光雙目圓睜，目中卻有驚恐之色。

小魚兒忍不住悄聲問道：「這喜歡吃老鼠的朋友是誰，你知道麼？」

軒轅三光道：「嗯。」

他像是想起了件十分可怕的事，竟想得出了神，小魚兒在他耳朵邊說的話，他竟連一個字也沒有聽見。

就在這時，土石下異聲驟起，像是有幾千幾百隻老鼠，在吱吱亂叫，拚命要往外面逃竄出來！

黑衣人立刻將手提的鐵籠，分成五個方位擺開。

就在這時，一大群老鼠，已從山石的裂隙中、黑暗的角落裡，潮水般奔了出來，多得簡直數也數不清。

小魚兒一輩子瞧見過的老鼠，加起來也沒有此刻十分之一多，他簡直做夢也想不到世上竟有這麼多老鼠。

此刻奔來的若是一大群餓狼、一大群虎豹，小魚兒也未見得會如何害怕，但這一大群老鼠，卻令他臉色發白，身子發冷，剛吃下去的酒肉，直在胸口裡往外冒，幾乎就要吐出來。

他雖然還能忍住，但鐵萍姑卻已忍不住了，哇的一聲，吐了滿地。老鼠從他們腳旁奔過，幾個一等一的武功高手，竟都忍不住跳起來，跳到那塊巨石上，擠成了一堆。鐵萍姑雙手掩著了臉，死也不肯再張開眼睛。

但小魚兒眼睛卻仍睜得大大的。

幾千幾百隻老鼠就在自己腳底下奔過去，這景象究竟不是人人都能看得到，他怎捨得不看？

只見黑衣人口中吹竹之聲不停，手裡長鞭飛舞，將老鼠一群群的趕進鐵籠，鐵籠雖不小，卻也並不太大，但老鼠一群群的跑進去，就像是塡鴨子似的，塞不進去也要塞，一隻疊著一隻，一群疊著一群。

直到五隻鐵籠全都塞得水泄不通，看來已像五個大肉團的時候，黑衣人才放下鞭子，停住了哨聲。

剩下的老鼠竟也立刻就如蒙大赦一般，又四面八方地逃了回去，霎眼間又逃得一個不剩。

山洞裡立刻又恢復了平靜，鐵萍姑偷偷瞧了一眼，才敢放下手，臉上已滿是冷汗，就像是剛做完一場噩夢似的。

小魚兒長長嘆了口氣，苦笑道：「我如今才知道，老鼠竟如此可怕。」

軒轅三光乾咳一聲，道：「格老子，成千成百隻耗子，看起來真和十隻八隻差得多了，四川耗子雖多，但老子也沒有看過有這麼多的。」

江玉郎咯咯笑道：「在下倒不是害怕，只不過覺得有些噁心。」

爲首那黑衣人大笑道：「這位朋友說得不錯，老鼠非但不可怕，而且還美味得很。」

小魚兒苦著臉道：「美味？」

黑衣人怪笑道：「你若不信，一試便知。」

他竟從籠子裡撈出隻毛茸茸的老鼠來，往小魚兒手裡送。

小魚兒趕緊搖手笑道：「君子不奪人所好，老鼠既是如此美味，還是留給閣下自用吧。」

那黑衣人嘿嘿笑道：「可惜可惜，想不到閣下看來膽子雖大，卻連隻老鼠都不敢吃，否則閣下嚐過老鼠肉之後，再吃別的肉就味同嚼蠟了。」

小魚兒身上雞皮疙瘩又冒了出來，大聲道：「朋友既然已找到了老鼠，此刻總該走了吧？」

江玉郎忽然陰惻惻笑道：「你素來最愛多管閒事，這次怎地不管了？」

小魚兒笑道：「若有人喜歡吃老鼠，那是自己的事，我爲何要管？正如你喜歡吃大便，我也是管不了的。」

江玉郎面色微微一變，轉眼去瞧那黑衣人道：「朋友真要走了？」

那黑衣人道：「在下早已說過，此來只是爲了老鼠，與人無干！」

江玉郎嘆了口氣，道：「難道朋友就不知道，這裡有比老鼠更好的東西麼？」

那黑衣人眼睛在慕容九和鐵萍姑身上一轉，怪笑道：「本門弟子，都覺得女人不如老鼠可愛……」

江玉郎將慕容九拉到一邊，遠遠躲開小魚兒和軒轅三光，才笑嘻嘻道：「金銀珠寶難道也不比老鼠可愛麼？」

那黑衣人眼睛一亮，道：「金銀珠寶？在哪裡？」

江玉郎眼角往後洞瞟了一眼，口中卻笑道：「有這兩位在此，我不敢說。」

小魚兒嘆了口氣，苦笑道：「我真奇怪，以前爲何不早把你宰了。」

江玉郎大笑道：「就憑你要殺我，只怕還不容易。」

只見那五個黑衣人互相打了眼色，提起了鐵籠，就往後洞走。小魚兒閃身擋住了他們的去路，笑嘻嘻道：「後面沒有老鼠，各位還是請回吧。」

那黑衣人嘿嘿笑道：「朋友最好知道，你雖不敢吃老鼠，老鼠卻敢吃你的。」

小魚兒笑道：「我已有好幾天沒洗澡了，肉髒得很，老鼠只怕也吃不下去。」

那黑衣人大笑道：「好，你這人有趣得很，而且膽子也不小……」

「小」字說出口，他掌中皮鞭也揮了出去。

這鞭子又黑又亮，也不知是什麼做的，份量卻不輕，黑衣人手勁更不小，鞭子飛出來，又急又重，鞭風嘶嘶直響。

但小魚兒一伸手就抓住了鞭梢，笑道：「朋友還不知道，我雖然對老鼠有些頭疼，但人，我卻是不怕的。」

那黑衣人臉色早已變了，用力想奪回鞭子，但鞭子卻好像已長在小魚兒手上了，他用盡吃奶的力氣，也動不了分毫。

小魚兒笑嘻嘻道：「老鼠既不認得我，我也不認得老鼠，你們就算把天下的老鼠都捉去吃光，我也不管你們，但你們若想打別的主意，我卻要不客氣了。」

那黑衣人冷笑道：「你不來惹咱們，咱們也不惹你，但你若想擋咱們的去路，咱們卻要不客氣了！」

他話一說完，口中突又發出了吹竹聲。

他身旁兩個黑衣人就拉開手中鐵籠的門，鐵籠裡塞得滿滿的老鼠，立刻像箭一般竄了過來。

小魚兒一驚，幾十幾百隻老鼠，已竄上他身子，在他身上又叫又咬。小魚兒又是吃驚，又是噁心，揮也揮不去，趕也趕不走，抓鞭子的手只得放開了。

五根鞭子立刻沒頭沒腦的向他抽了過來。

小魚兒滿身都是老鼠，哪裡還能施展得開手腳？只得一面躲，一面退，口中不住大呼道：「軒轅三光，你還不來幫忙麼？」

但軒轅三光的臉色也發了青，遲疑著，慢慢走過來。

那黑衣人厲聲道：「軒轅三光你既已猜出我等是何人門下，你還敢出手？」

軒轅三光怔了怔，竟然退了回去。

小魚兒大喝道：「軒轅三光，你難道也像女人，怕老鼠？」

軒轅三光竟索性轉過頭去，不瞧他了。

小魚兒身上老鼠非但沒有少，而且愈來愈多，身上又疼又癢又麻，已不知被老鼠咬了多少口。

那五根鞭子，更毒蛇般抽了過來。

小魚兒這才真的有些慌了。

他無論遇著什麼事，都能沉著對付，但這滿身毛茸茸的大老鼠，卻令他手慌腳忙，簡直不知該如何是好。

江玉郎忍不住大笑道：「自命爲天下第一聰明的人，竟連老鼠也對付不了……江小魚，你幾時想到過你會死在老鼠手裡。」

小魚兒身上已挨了幾鞭子，不禁長嘆道：「我實在沒有想到過……」

突然間，只見人影一閃，一個黑衣人已被人挾頸一把抓住，從後面拋了出去，手裡的鞭子也被人奪走。

另四個黑衣人驚呼怒吼，四條鞭子向來的這人抽過去，卻不知怎地，鞭子竟不聽話了，你的鞭子抽我，我的鞭子抽你。

四個人竟自己打起自己人來。

小魚兒大笑道：「花無缺，想不到你居然來了。」

來的人自然正是花無缺，除了「移花接玉」的功夫外，還有誰能令這四個人自己打自己？

小魚兒見他來了，自然鬆了口氣，江玉郎見他來了，卻也開心得很，只道花無缺救下小魚兒，只不過爲的是要自己動手殺他而已。

花無缺鞭子飛舞，已將小魚兒身上的老鼠全都趕走。

那五個黑衣人已全都駭呆了，張口結舌，呆呆地瞧著花無缺，手裡的鞭子再也不敢抽出去。

爲首的那黑衣人吃吃的道：「朋友是誰？爲何來多管閒事？」

花無缺淡淡道：「你縱不認得我，也該認得這手功夫吧！」

那黑衣人想了想，變色道：「移……移花接玉！」那黑衣人跺了跺腳，又道：「既有移花宮的人到此，在下等只有告退。」

小魚兒笑道：「你們弄了我一身老鼠屎，此刻就想走麼？」

那黑衣人冷笑道：「這話只怕還輪不到閣下來說，就憑閣下……哼！」

花無缺道：「你們瞧他不起？」

花無缺微微一笑，又道：「既是如此，莫要老鼠幫忙，你們不妨和他打一場，五人齊上也無妨，我絕不出手。」

那黑衣人獰笑道：「只要閣下不出手，這小子……」

話未說完，小魚兒一拳已擊出，他明明瞧見小魚兒這拳打出來，竟偏偏躲不開，鞭子還未飛出，人已被打得飛了出去。

另四個黑衣人齊地撲過來，但小魚兒指東打西，片刻間五個人都被他打得東倒西歪，鼻青臉腫。

花無缺微笑道：「各位此刻已知道他的厲害了麼？」

五個黑衣人哪裡還有一個說得出話來？竟都倒在地上，連爬都爬不起來了。小魚兒大笑道：「想不到人竟不如老鼠，竟如此禁不得打。」

黑衣人既不敢答腔，也不敢動。

那邊軒轅三光卻直向小魚兒使眼色，打手勢，意思竟是要小魚兒放他們走。小魚兒皺了皺眉頭，道：「我現在手已不癢了，還不快站起來。」

黑衣人非但沒有站起來，身子反而縮成了一團。

小魚兒大笑道：「五個這麼大的人，居然還好意思賴在地上，難道還要等你們師娘來，抱你們起來麼？」

黑衣人本來還在顫抖，此刻卻連動都不動了。

軒轅三光忽然竄過來，一把拎起個黑衣人，只瞧了一眼，臉色便已改變，緩緩將黑衣人又放了下去，嘆道：「他們只怕永遠也站不起來了。」

軒轅三光將他屍體一動，他口、鼻、五官中，便有鮮血滲出來，就連這血，也都是慘碧色的。

小魚兒也不禁怔住了，道：「這五人挨了兩拳，難道就氣得自殺了麼？」

花無缺皺眉道：「他們也許是以爲你放不過他們，所以自己先就……」

小魚兒跺足道：「他們就算弄了我一身老鼠屎，我也不會殺他們的呀！這些人難道是老鼠吃多了，人也變得像老鼠一樣想不開？」

軒轅三光苦笑道：「這些龜兒子說死就死，死得倒真快。」

小魚兒道：「是呀，難道他們嘴裡早就含著毒藥，隨時都準備死不成？」

軒轅三光皺著眉蹲下，將這黑衣人的嘴扳開，立刻就有一股慘碧色的、濃得像墨汁似的苦水，從他嘴裡流出來，還帶著種令人作嘔的臭氣。

軒轅三光嘆道：「你說的不錯，這些雜種竟是將毒藥藏在牙齒裡的。」

小魚兒皺眉道：「但他們爲什麼要自殺呢？我既沒有殺他們的意思，也不想逼問他們的口供，他們難道真是活得不耐煩了麼？」

軒轅三光對這黑衣人全身都搜了一遍，只搜出了些銀子，此外連一條汗巾都沒有。

這些人身上除了銀子外，竟是什麼都不帶。

軒轅三光想了想，忽又一把撕開他的衣襟，失聲道：「你想不通的事，回答就在這裡。」

只見這黑衣人胸膛上，赫然有十個大字。

這十個慘碧色的字，竟像是用碧磷燒出來的，幾乎已燒及骨頭，傷痕深深印在肉裡，無論用什麼法子，都休想除去。

這十個字寫的是：「無牙門下士，可殺不可辱。」

小魚兒道：「無牙門下士，可殺不可辱……這算什麼見鬼的意思？」

軒轅三光嘆道：「這意思就是叫他們打不過別人時，趕快自殺，免得丟他們主子的人，他們現在若不自殺，回去死得只怕更要慘十倍。」

小魚兒道：「你是說他們怕回去受主子的酷刑，所以寧可現在自殺，是麼？」

軒轅三光道：「正是。」

小魚兒道：「但他們在這裡挨揍，他們的主子根本不知道呀，只要他們自己不說，難道我還會說出去不成？」

軒轅三光道：「這些龜兒子也許正是以小人之心，度君子之腹，以爲你……」

花無缺道：「不是這原因。」

小魚兒道：「你說是什麼原因？」

花無缺緩緩道：「我瞧見他們時，他們本有七個人的！」

軒轅三光拍手道：「這就對了！他們五個人進來，還留著兩個人躲在暗處，那兩人見勢不妙，恐怕已暗中溜了。這五人算定他們回去一定要報告的，與其到那時凌遲受罪，倒不如現在落個痛快得好。」

小魚兒瞪著花無缺道：「你進來時，沒有瞧見那兩個人麼？」

花無缺苦笑道：「我聽見你的呼喊聲，立刻就闖了進來，並沒有去留意別的。」

小魚兒忽然一拍腦袋，大叫道：「不好，我們竟被這些鬼老鼠弄暈了頭，五、六個大活人從我們身邊溜走，我們竟全都不知道。」

軒轅三光四下瞧了一眼，也失聲道：「不錯，那姓江的小雜種，果然溜了。」

小魚兒跺足道：「你進來時，我還瞧見他的，那時他臉上像是還有歡喜之色，以爲你要來宰我，後來想必是一發現情況有點不對，就立刻開溜……唉，這小子一向是個鬼精靈。我本該特別盯著他才是的。」

花無缺默然半晌，淡淡一笑，道：「他自己走了倒也好。」

小魚兒瞪眼道：「你是早已瞧見他的，是麼？」

花無缺道：「好像瞟過一眼。」

小魚兒道：「但你還是放他走了？」

花無缺嘆道：「我和他總算交友一場……」

小魚兒大叫道：「但你爲何要讓他將慕容九一起帶走呢？」

七三 口蜜腹劍

花無缺聽小魚兒說慕容九已被江玉郎帶走，不由怔了怔，道：「慕容姑娘？……慕容姑娘也和他在一起麼？」

小魚兒道：「你……你沒有瞧見？」

花無缺也不禁頓足道：「我只見到有個女孩子在他身邊，再也未想到會是慕容姑娘。那時我一心只顧著你，再加上燈光太黯，竟未瞧清她的臉。」

軒轅三光忽然一拍小魚兒的肩頭，道：「但和你一齊出來的那姑娘竟會也溜了呢？」

小魚兒皺眉道：「是呀！她爲什麼也溜了呢？難道她怕見到花無缺？」

花無缺道：「這位姑娘又是什麼人？」

小魚兒道：「她叫鐵萍姑？……你認不認得她？」

花無缺道：「我連這名字都未聽到過。」

小魚兒用手指敲著腦袋，道：「你既不認得她，她爲何要溜呢？我實在想不通……」

鐵萍姑的確是有理由的，而且理由充足得很。

花無缺本來也是認得她的，他沒有聽見「鐵萍姑」這名字，只不過是因爲她那時並不叫鐵萍姑。鐵萍姑自然更認得花無缺。

她一眼瞧見花無缺，臉色突然改變，趕緊扭過了頭，等到她確定花無缺並沒有留意她，她就以最快的速度溜了出去。

這時已近黃昏，滿天夕陽，映著青蔥的山嶽，微風中帶著花香，鐵萍姑深深吸了口氣，心裡也不知是什麼滋味。

十多年來，這是她第一次得到自由，第一次可以單獨自立，她想做什麼，就可以做什麼，想到哪裡去，就可以到哪裡去。但她反而不知該如何是好了。

江玉郎跟著她溜了出來。他瞧見花無缺，本來很歡喜，但他又瞧見花無缺對小魚兒的神情竟似已變了，他立刻就發覺情況不對。

鐵萍姑會溜走，江玉郎本也覺得很奇怪。鐵萍姑一展身形，江玉郎更是一驚。

這少女輕功之高妙，固然驚人，最奇怪的是她身形飛掠間，竟帶著一種獨特的、高貴的姿勢，和花無缺超群拔俗的身法有幾分相似。

江玉郎的眼睛立刻瞇起來了。他又是驚訝，又是奇怪，眼珠子一轉，竟也立刻拉著慕容九綴了下去。

江玉郎是從來不肯放過任何機會的，但他也未發覺，螳螂捕蟬，黃雀在後，還有兩個人在身後跟著他。

等到小魚兒、花無缺和軒轅三光出來時，除了那些屍身外，洞外已沒有一個活人的影子了。

小魚兒瞧著這些屍身，嘆道：「這些人雖是江玉郎帶來的，江玉郎雖可拋下他們不管，但咱們……」

軒轅三光道：「這些事你莫管，埋死人，是我的拿手本事。」

小魚兒笑道：「那麼，你叫我做什麼呢？」

軒轅三光嘆道：「你就得要準備去對付一個你生平從來沒有遇見過的，最毒、最狠、最令人噁心，也最令人頭疼的對頭了。」

小魚兒道：「你莫非是說那沒有牙的小子？」

軒轅三光道：「我說的正是魏無牙。」

小魚兒道：「那五個人又不是我殺死的。」

軒轅三光道：「你以爲他很講理麼？只要你沾著他門下一點，他就跟你沒有完。」

小魚兒深深吸了口氣，道：「你將這位『無齒』之徒說得這麼厲害，他到底是誰呀？」

軒轅三光道：「你可聽見過『十二星相』這名字？他就是十二星相中的子鼠……」

小魚兒失笑道：「我當你說誰，原來是十二星相……十二星相中的人，我也領教過了，倒也未見得能拿我怎樣。」

軒轅三光道：「十二星相之所以成名，就是因爲魏無牙。他們聲名最盛時，江湖中人聽到『十二星相』這名字，晚上連覺都睡不著，那時你只怕還未生出來哩。」

小魚兒笑道：「你這麼樣一說，我倒幸好還未生出來了。」

軒轅三光道：「不說別人，就說我們『十大惡人』，總算是天不怕地不怕的，但聽到『魏無牙』這三個字，還是要頭疼好幾天。」

小魚兒這才爲之動容，道：「連十大惡人都頭疼的角色，想必是有些門道了。」

花無缺忽然道：「我倒也聽到過這名字。」

小魚兒笑道：「難道連『移花宮』都對他頭疼不成？」

花無缺緩緩道：「我出宮時，家師曾要我特別留意兩個人，其中一人就是魏無牙。」

小魚兒道：「還有一個呢？」

花無缺苦笑了笑，道：「還有一位是燕南天燕大俠。」

小魚兒默然半晌，道：「他現在哪裡？」

軒轅三光道：「十二星相最近幾年所以抬不起頭來，就是因爲魏無牙十多年前忽然不見了，有人說他是因爲被移花宮主所傷，所以躲起來的，也有人說他是爲了要練一種神秘的武功，所以才不願見人……」

小魚兒道：「你想……他會躲到哪裡去呢？」

軒轅三光嘆道：「他要躲起來，只怕連鬼都找不著。」

小魚兒皺著眉頭，喃喃道：「他莫非就躲在龜山……那『損人不利己』兄弟兩人，臨死前說的人，莫非就是他……」

他忽然一拍軒轅三光肩頭，笑道：「你埋過死人之後，還想去幹什麼呢？」

軒轅三光道：「我本想去找人賭一場，但想起魏無牙又出現了，老子竟連賭興都沒有了。」

小魚兒道：「那麼就麻煩你把洞裡的銀子，去送給段合肥吧，同時告訴段合肥，這些銀子本是誰藏起來的。」

他一笑接道：「只要你還給他，然後再把銀子贏回來都沒關係，段合肥很喜歡鬥蟋蟀，也很喜歡吃肉，你若和他賭吃肉，他一定會奉陪。」

軒轅三光就算想拒絕，也來不及了，小魚兒話還沒有說完，已拉著花無缺飛也似的走開。

軒轅三光只得搖頭苦笑道：「格老子，要想拒絕江小魚求你的事，真他媽的不容易。」

小魚兒一面走，一面將自己這段經過說了出來。

花無缺自然聽得滿心驚奇，連他也弄不懂這位「銅先生」究竟在搞什麼鬼了，他也不禁漸漸開始懷疑銅先生的來歷。等他說出自己經過的事，小魚兒也覺得奇怪得很，忍不住道：「燕大俠既然要等到找著我時才肯放你，那麼現在又怎會只有你一個人呢？他到哪裡去了？」

花無缺道：「這兩天也不知怎地，我忽然變得心神不定起來，好像有什麼災難要降臨似的，我一生中從來也沒有這種情形發生。」

小魚兒笑道：「這兩天有災難的是我，你怎會心神不定起來，這倒也奇怪得很。」

花無缺道：「燕大俠想必也發現我神情有異，就問我想幹什麼，我就說想出來走走……我本以爲燕大俠不會答應我的，誰知他竟答應了。」

小魚兒失聲道：「你要走，他就讓你走了麼！」

花無缺道：「不錯。」

小魚兒嘆道：「燕南天到底是燕南天，到底和那銅先生不同。老實說，你遇見他這樣的人，實是你的運氣。」

花無缺默然無語，他心裡佩服一個人時，嘴裡本就不會說出，何況他佩服的，竟是

「移花宮」的對頭呢！

小魚兒忽又笑道：「但你也不愧是個君子，他才會放心你，他遇著的若是我，只怕也不會這麼容易放我走了。」

花無缺一笑，道：「你爲何要認爲你自己不是君子呢？」

小魚兒默然半晌，緩緩道：「這也許是因爲我從小就沒見過一個君子，我根本就不知道君子是什麼樣子的，等我見著一、兩個君子時，他們又總是要令我失望……」

花無缺笑了笑，道：「燕大俠還在等著我，你……」

小魚兒忽然截口道：「你見著他時，就說並未見到我，好嗎？」

花無缺奇道：「爲什麼？你難道不跟我去見他？」

小魚兒道：「我……我想到龜山去，但他卻一定不會讓我去的。」

花無缺更奇怪，道：「你要去龜山？爲什麼？」

小魚兒道：「我要去救人。」

花無缺訝然道：「莫非是十大惡人中的……但他們……」

小魚兒苦笑道：「他們雖不是好人，但我卻是被他們養大的，我若不知道這事也就罷了，現在既已知道，就不能不管。何況……我還想順路去找找那鐵萍姑，她武功雖不錯，但簡直沒出過門，根本不知道世情之險惡，隨時隨地，都會上人家當的，她既然救了我一次，我好歹也要救她一次……」

他做了個鬼臉，笑道：「你要知道，欠女人的賬，那滋味可不是好受的。」

鐵萍姑也不知是否被那一陣陣油香菜香引過來的，總之，她已走入了這小鎮，而且她也已發覺自己肚子餓得發慌。她在那山洞裡，雖然也吃了些東西，但一個人在餓了兩、三天之後，食慾又豈是那麼容易就能滿足的？小酒舖的桌子，在燈光下發著油光，十幾隻綠頭蒼蠅，圍著那裝滿滷菜的大盤子飛來飛去。

這種地方，在平時用八人大轎來抬，鐵萍姑都不會走進去的，但現在，她就算爬，也要爬進去。

鐵萍姑現在的樣子，的確不像是個好客人。

她臉上又是灰，又是汗，頭髮亂得像是麻雀窩，衣服更是又髒又破，看來就算不像個剛從監獄裡逃出來的女犯，也像是個大戶人家的逃妾。只可惜她也和世上大多數的人一樣，只看得見別人身上髒，卻看不見自己。

小店裡只有三個客人，都瞪大了眼睛瞧著她，鐵萍姑卻再也想不到這些人是為什麼在瞧自己。

店伙終於走過去，勉強笑著道：「姑娘來碗麵好嗎？小店的陽春麵，一碗足足有半斤。」

鐵萍姑深深吸了口氣，道：「麵，我吃不慣，你給我來一隻栗子燒雞、一碟溜魚片、一碟炸響鈴、半隻火腿去皮蒸一蒸，加點冰糖，一碗筍頭燉冬菇湯……哦，對了，把那邊盤子裡的滷菜，給我切上幾樣來。」

這些菜，在她眼中看來，實在平常得很，她已覺得很委屈自己了，以她現在旺盛的食慾，她簡直可以吃得下一匹馬。

但旁邊三個客人聽她說了一大串，都忍不住笑出聲來，那店伙更是瞪大眼睛，直摸腦袋。

鐵萍姑瞪眼道：「怎麼，你們這店，難道連這幾樣菜都沒有麼？」

那店伙慢吞吞道：「菜是有的，但小店卻還有個規矩！」

鐵萍姑道：「什麼規矩？」

「小店本輕利微，經不得賒欠，所以來照顧的客人，都得先付賬。」

鐵萍姑怔住了。她身上怎麼會帶著銀子？她只知道銀子又髒、又重，她簡直沒有想到銀子會這麼有用。

那店伙皮笑肉不笑，道：「吃飯是要付賬的，這規矩姑娘難道都不懂麼？」

旁邊那三個客人哈哈大笑，其中一人笑道：「姑娘不如到這邊桌子上來，一起吃吧，這裡雖沒有栗子燒雞，但鴨頭卻還有半個，將就些也可以下酒了。」

鐵萍姑只希望自己根本沒有生出來，沒有走進這鬼舖子。她只覺坐在這裡固然難受，這樣走出去卻更丟人，簡直不知道該如何是好了。

江玉郎就在這時走了進來，這時候當真選得再妙沒有。

他走到鐵萍姑面前，恭恭敬敬行了個禮，雙手捧上了十幾個黃澄澄的金錠子，陪笑道：「姑丈知道表姐出來得匆忙，也許未及帶銀子，所以先令小弟送些零用來。」

那店伙立刻怔住了，旁邊三個客人也怔住了。

最發怔的，自然還是鐵萍姑。她自然認得江玉郎就是小魚兒嘴裡的小壞蛋，卻想不通這究竟是怎麼回事。

她只好眼瞧著江玉郎在她身旁坐下來——慕容九就好像是個傀儡，癡癡地笑著，癡癡地隨著他坐下。

那店伙卻變得可愛極了，彎著腰，陪著笑，送菜送酒，不到片刻，滷菜就擺滿了一桌子。

江玉郎用熱茶將鐵萍姑的筷子洗得乾乾淨淨，陪笑道：「這滷菜倒還新鮮，表姐你就將就吃些吧。」

鐵萍姑突然來了個這麼樣的「表弟」，當真也不知是好氣還是好笑，但江玉郎卻實在太懂得女孩子的心理了，他在鐵萍姑最窘的時候，替她作了面子，鐵萍姑怎能不感激？

飯吃完了，鐵萍姑風風光光的付了賬，心裡也不免開心起來，但剩下來的金子，她卻又不好意思拿了。

她始終沒有和江玉郎說過一句話，現在也沒有理他，就逕自走出去——江小魚既然討厭這個人，這人必定不是好東西。

鐵萍姑在前面走，江玉郎就在後面跟著。

鐵萍姑終於忍不住道：「你還想幹什麼？」

江玉郎陪笑道：「我只是怕姑娘一個人行走不便，所以想爲姑娘效效勞而已。」

鐵萍姑道：「我的事，用不著你來費心。」她嘴裡雖這麼說，心卻已有些動了。

只見道路上人來人去，卻沒有一個人是她認得的，遠處燈火愈來愈少，更是黑暗得可怕。

她實在不知道該往哪裡去——她忽然發覺，一個人若想在這世上自由自在地活著，實在不如她想像中那麼容易。

江玉郎許久沒有發出聲音，他莫非已走了麼？鐵萍姑忽然發覺自己竟怕他走了。

她趕回頭，江玉郎還是笑嘻嘻地跟在她身後。

她心裡雖鬆了口氣，嘴裡卻大聲道：「你還跟著我作什麼？」

江玉郎笑道：「天色已不早，姑娘難道不想休息休息麼？」

鐵萍姑咬著嘴唇，她實在累了，但該到什麼地方休息呢？

江玉郎眼睛裡發著光，笑道：「姑娘就算不願在下跟著，至少也得讓在下爲姑娘尋家客棧。」

這次，鐵萍姑又說不出拒絕的話了。

但找好客棧後，鐵萍姑立刻愼重地關起門，大聲道：「你現在可以走了，走得愈遠愈好。」

這次江玉郎居然聽話得很，鐵萍姑等了半晌，沒有聽見動靜，長長鬆了口氣，倒在床上。

她想著江小魚，想著花無缺，又想著江玉郎……江小魚爲什麼會和他是對頭？他的人好像並不太壞嘛。但鐵萍姑實在太累了，她忽然就睡著了。

第二天早上一醒來，她立刻又覺得肚子餓得很。

鐵萍姑好幾次想要人送東西來，每次又都忍住，她愈想忍，肚子愈是餓得忍不住。

突聽店小二在門外陪笑道：「江公子令小人爲姑娘送來了早點，姑娘可要現在吃麼？」

吃完了，鐵萍姑終於才發覺自己的模樣有多可怕，她恨不得將桌子上的銅鏡遠遠丟出去，她全身都覺得發癢。

就在這時，店小二又來了。這次他捧來了許多件柔軟而美麗的嶄新衣裳、一套精緻的梳妝用具、高貴的香粉、柔軟的鞋襪。這些東西，鐵萍姑能拒絕麼？

等到鐵萍姑穿上這些衣襪，梳洗乾淨的時候，江玉郎的聲音就出現了。「不知在下可否進來？」

現在，鐵萍姑肚子裡裝著的，是人家送來的食物，身上穿著的，是人家送來的衣服鞋襪。她還能不讓他進來麼？

到了這天中飯時，江玉郎自然還沒有走，鐵萍姑也沒有要他走的意思了，她現在只覺自己實在少不了他。

這自然也是個小客棧，小客棧的小飯廳裡，只有他們兩個人，據江玉郎說：「那位慕容姑娘不舒服，所以沒有起來。」

其實呢，是江玉郎點了她的睡穴，把她捲在棉被裡，她雖然只不過是個傀儡，江玉郎也不願意她來打擾。

小客棧裡自然不會有什麼好菜，但江玉郎還是叫滿了一桌子，還要了兩壺酒，他笑著道：「姑娘若不反對，在下想飲兩杯。」

鐵萍姑也不說話，但等到酒來了，她卻一把奪過酒壺，滿滿倒了一大杯酒，一仰脖子乾了下去。

她只覺得一股又熱又辣的味道，順著她脖子直衝下來，燙得她眼淚都似乎要流出來，她幾時喝過酒的。

江玉郎瞧得肚子裡暗暗好笑，嘴裡卻道：「姑娘若是沒有喝過酒，最好還是莫要喝吧，若是喝醉了……唉。」他裝得滿臉誠懇之色，真的像是生怕鐵萍姑喝醉。

其實他恨不得她馬上就醉得人事不知。

鐵萍姑仰起脖子乾了一杯，江玉郎在旁邊只是唉聲嘆氣，其實卻開心得要死。

三杯酒下肚，鐵萍姑只覺全身又舒服，又暖和，簡直想飛起來。等到喝第四杯酒時，她只覺這「酒」實在是世上最好喝的東西，既不覺得辣，也不覺得苦了。喝到第五杯時，她已將所有的煩惱忘得乾乾淨淨。

這時江玉郎就開始為她倒酒了。江玉郎笑道：「想不到姑娘竟是海量，來，在下再敬姑娘一杯。」

鐵萍姑又乾了一杯，忽然瞪著江玉郎，道：「你究竟是個好人，還是惡人？」

江玉郎微笑道：「姑娘看在下像是個惡人麼？」

鐵萍姑皺眉道：「你實在不像，但……江小魚為什麼說你不是好東西？」

江玉郎苦笑道：「姑娘跟他很熟麼？」

鐵萍姑道：「還好……不太熟。」

江玉郎道：「姑娘以後若是知道他的為人，就會明白了……唉，那位慕容姑娘，若不是他，又怎會變成如此模樣？」

鐵萍姑怔了半晌，又倒了杯酒喝下去。

江玉郎笑道：「此情此景，在下本不該提起此等令人懊惱之事。」

鐵萍姑忽然也吃吃笑起來道：「不錯，我們該說些開心的事。你有什麼令人開心的事，就快說吧，你說一件，我就喝一杯酒。」

江玉郎是什麼樣的口才？若要他說令人開心的事，三天三夜也說不完。他說了一件又一件，鐵萍姑就喝了一杯又一杯，她一面笑，一面喝。

到後來，江玉郎不說她也笑了，再到後來，她笑也笑不出，一個人從椅子上滑下去，爬都爬不起來了。

江玉郎眼睛裡發了光，試探著道：「姑娘還聽得到我說話麼？」鐵萍姑連哼都哼不出了。

江玉郎把她從桌子下拉了起來，只覺她全身已軟得像是沒有一根骨頭，江玉郎要她往東，她就往東，要她往西，她就往西。

突聽一人大笑道：「兄台好高明的手段，在下當真佩服得緊。」

江玉郎一驚，放下鐵萍姑，霍然轉身。

只見一高一矮兩個人，已大笑著走了進來。

七四 人面獸心

小廳裡的光線黯得很，這一高一矮兩個人，站在灰濛濛的光影裡，竟帶著種說不出的邪氣。

他們長得本沒有什麼特別的地方，但那神情、那姿態、那雙碧森森的眼睛，就好像本非活在這世上的人！

江玉郎心裡已打了個結，臉上卻不動聲色，微笑道：「兩位說的可是在下麼？」

矮的那人吃吃笑道：「在下也曾見到過不少花叢聖手、風流種子，但若論對付女人的手段，卻簡直沒有人能比得上兄台一半的。」

江玉郎哈哈笑道：「兩位說笑話的本事，倒當真妙極。」

矮的那人陰森森笑道：「現在這位姑娘，已是兄台的手中之物了，眼見兄台立刻便要軟玉溫香抱個滿懷，兄台難道就不願讓我兄弟也開開心麼？」

高的那人冷冷道：「在下只是說，兄台若想真個銷魂，多少也要給我兄弟一些好處，否則……」

江玉郎眼珠子一轉，臉上又露出笑容，道：「兩位難道也想分一杯羹麼？」

矮的那人笑道：「這倒不敢，只是兄台既有了新人，棉被裡那位姑娘，總該讓給我兄弟了吧？」

江玉郎大笑道：「原來兩位知道的還不少。」

高的那人冷冷道：「老實說，自從兄台開始盯上這位姑娘時，一舉一動，我兄弟都瞧得清清楚楚。」

江玉郎大笑道：「妙極妙極，想不到兄台倒是對在下如此有興趣，快請先坐下來，容在下敬兩位一杯。」

高的那人道：「酒，可以打擾，下酒物我兄弟自己隨身帶著。」他竟自袖子裡拎出隻老鼠，放在嘴裡大嚼起來。

江玉郎怔了怔，笑道：「原來閣下乃是和那五位朋友一路的，這就難怪對在下如此清楚了。」

高的那人冷冷道：「在下等除了要請兄台將慕容家的姑娘割愛之外，還要向兄台打聽一件事！」

江玉郎道：「什麼事？」

高的那人目中射出兇光，道：「洞裡的那三個人，究竟是些什麼人？和你又有什麼關係？」

江玉郎展顏笑道：「那三人一個叫軒轅三光，一個叫江小魚，一個叫花無缺。兩位方才既然瞧見了，總該知道他們都是在下的仇人吧？」

那人陰惻惻一笑，道：「很好，好極了。」

江玉郎試探著道：「方才那五位朋友，難道已被他們……」

那人道：「不錯，已被他們殺了！」

江玉郎鬆了口氣，道：「如此說來，在下與兩位正是同仇敵愾，在下理當敬兩位一杯。」

那人道：「很好，兄台喝了這杯酒，就跟我兄弟走吧！」

矮的那人接道：「至於這位姑娘，兄台儘可在路上……哈哈，我兄弟必定爲兄台準備輛又舒服、又寬敞的車子。」

江玉郎訝然道：「兩位要在下到哪裡去？」

那人笑道：「我兄弟就想請兄台勞駕一趟，隨我兄弟一同回去，好將那三人誘來。」

江玉郎忽然笑道：「兩位意思，在下已全部瞭解，兩位既是想將三人誘去復仇的，豈非也與在下有利，在下又怎會不答應？」

矮的那人大笑道：「兄台果然是個通達事理的人，在下也理當敬兄台一杯。」

高矮兩人舉起酒杯，一飲而盡。

但他們的脖子剛仰起來，酒還沒有喝下喉嚨，江玉郎掌中酒杯已「嗤」的飛出，打在高的那人咽喉上！

那人狂吼一聲，酒全都從鼻子裡噴出，人卻已倒下。

矮的那人剛大吃一驚，還未來得及應變，江玉郎雙掌已閃電般拍出。

他出手雖不如小魚兒，但也是夠狠的了，只聽「啵，啵」兩聲，矮的那人也隨著倒了下去。

江玉郎拍了拍手，冷笑道：「就憑你們兩人也想將我帶走，你們還差得遠哩！」

只見兩人直挺挺躺在地上，動也不動了，但兩人卻都還沒有死，江玉郎只不過點了他們穴道而已。鐵萍姑又從椅子上滑了下來，在這愈來愈黯的黃昏裡，她飛紅了的面靨，看來實在比什麼都可愛。於是他高聲喚入了店伙，將「兩個喝醉的朋友」送到隔壁房間，和那位「生病的姑娘」躺在一起。雖然這兩人全沒有絲毫喝醉的樣子，但做店小二的大多是聰明人，總知道眼睛什麼時候該睜開，什麼時候該閉起。

店小二離開有燈的賬房，站在黑暗的小院子裡，他當然並不是有意要來偷聽別人的秘密，但這房間裡假如有什麼微妙的聲音傳出來的話，他當然也不會掩起自己的耳朵的，他並不想做一個君子。

那就像烏龜遇見變故時，將頭縮回殼裡一樣——只要他自己瞧不見，他就覺得安心了。

這時，鐵萍姑酒已醒了。

她只覺全身都在疼痛，痛得像是要裂開，她的頭也在疼，酒精像是已變成個小鬼，在裡面鋸著她的腦袋。

然後，她忽然發覺在她身旁躺著喘息著的江玉郎。她用盡一切力氣，驚呼出來。她用盡一切力氣，將江玉郎推了下去。

江玉郎伏在地上，卻放聲痛哭起來——應該痛哭的本是別人，但他居然「先下手爲強」了。

江玉郎痛哭著道：「我知道我做錯了，我知道我對不起你，只求你原諒我……」

鐵萍姑緊咬著牙齒，全身發抖，道：「我……我恨不得……」

江玉郎道：「你若恨我，就殺了我吧！我……我實在控制不住自己，我也醉了，我們本不該喝酒的。」

他忽然又撲上床去，大哭道：「求你殺了我吧！你殺了我，也許我還好受些。」

鐵萍姑本來的確恨不得殺了他的，但現在……現在她的手竟軟得一絲力氣也沒有，她本來傷心怨恨，滿懷憤怒，但江玉郎竟先哭了起來，哭得又是這麼傷心，她竟不知不覺地沒了主意。

江玉郎從手指縫裡，偷偷瞧著她表情的變化，卻哭得更傷心了。他知道男人的眼淚，有時比女人的還有用。

鐵萍姑終於也伏在床上，放聲痛哭起來。除了哭，她已沒有別的法子。

江玉郎目中露出得意的微笑，但還是痛哭著道：「我做的雖不對，但我心卻是真誠的，只要你相信我，我會證明給你看，我這一輩子都不會令你失望的。」

他又已觸及了鐵萍姑的身子，鐵萍姑並沒有閃避，這意思江玉郎當然清楚得很。

他忽然緊緊抱著了她，大聲道：「你要麼就原諒我，要麼就殺了我吧……你可以殺死我，但卻不能要我不喜歡你，我死也要喜歡你……」

鐵萍姑還是沒有動，江玉郎知道自己成功了，他伏在鐵萍姑耳旁，說盡了世上最溫柔、最甜蜜的話，他知道她現在最需要的就是這些。

鐵萍姑哭聲果然微弱下來，她本是孤苦伶仃的人，她本覺得茫然無主，無依無靠，現在卻忽然發覺自己不再孤單了。

江玉郎忍不住得意地笑了，柔聲道：「你不恨我了？」

鐵萍姑鼓起勇氣，露出頭來，咬著嘴唇道：「只要你說的是真的，只要你莫忘記今天的話，我……」

忽然間，一聲淒厲的慘呼，從隔壁屋子裡傳來。這慘呼聲雖然十分短促，但足以令人聽得寒毛悚慄。

江玉郎以一個人所能達到的最快速度裝束好一切，箭一般竄出屋子，他好像立刻就忘記鐵萍姑了。

江玉郎竄了出去，卻沒有竄入慘呼聲發出的那屋子，卻先將這屋子的三面窗戶都踢開。然後，他燃起盞油燈，從窗戶裡拋進去！

油燈被摔破在地上，火燄也在地上燃燒起來。

閃動的火光，令這間黯而潮濕的小屋子，顯得更陰森詭秘，他瞧見慕容九還是好好的在棉被裡，不覺鬆了口氣。

但他這口氣沒有真正鬆出來時，他又已發現，那一高一矮兩個人已不見了，他們已變成了兩堆血！

這景象竟使江玉郎也打了個寒噤，卻又安下心。

那危險而殘暴的人，此來若只是爲了要殺這兩人的，他又爲何反對？又爲何要擔心害怕呢？

這時，已有一個人在閃動的火光中出現了。

這人的一張臉，在火光下看來好像是透明的，透明得甚至令人可以看到他慘碧色的骨骼。

他那雙眼睛，更不像人的眼睛，而像某一種殘暴的食人野獸，在餓了幾天幾夜後的模樣。

江玉郎並不是個少見多怪的人，更不容易被人駭住，但他見到這個人時，卻似乎連心跳都已停止！

這人也冷冷地瞪著江玉郎，一字字道：「是你點了這兩人的穴道？」

江玉郎勉強擠出一絲笑容，道：「正是在下，在下本不知要拿他們怎麼辦，閣下此番解決了他們，在下簡直不知該如何感激才好。」

他已發覺這人遠比想像中還要危險得多，所以趕緊拉起交情來。但這人還是冷冷瞪著他，忽然一笑，露出野獸般的雪白牙齒，緩緩道：「我就是他們的主人！他們本是我的奴隸！」

江玉郎倒抽了口涼氣，道：「但你……殺死他們的，並不是我。」

這人忽然自血堆裡拎起了一具屍體，撕開了它的衣服，閃動的火光中，只見那屍體上有十個發著碧光的字：「無牙門下士，可殺不可辱」！

江玉郎幾乎嘔吐出來，失聲道：「這……這是什麼意思，我不懂。」

這人緩緩道：「這兩人既已被你所辱，我只有殺了他們，免得他們再爲我丟人現眼。」

江玉郎嘆道：「有時我也殺人的，但我總是要有一個十分好的理由，譬如說……」

在地上燃燒的火燄，突然熄滅了，四下立刻又黑暗得如同墳墓，但這人的眼睛，卻仍在黑暗中閃著碧光。

只聽他冷冷道：「譬如說什麼？」

江玉郎道：「譬如說，當我知道一個人要殺我的時候，我通常會先殺了他！」

他的眼睛也在閃著光，隨時都在準備著出手。

他雖然深信這人不是個好惹的人物，卻也深信自己也並不見得比這人好惹多少。

誰知道這人卻忽然笑了。

他笑的聲音，就像是一隻老鼠在啃木頭似的，令人聽得全身都要起雞皮疙瘩，他大笑著道：「我要殺人時，就不跟他多話的。」

江玉郎訝然道：「你為何不想殺我？」

這人冷冷道：「你若能在七天之內，帶我找到軒轅三光、江小魚和花無缺，你不但現在不會死，而且還會長命得很！」

江玉郎沉吟道：「他們也是我的仇人，你若能殺得了他們，我自然很願意帶你去找他們，只可惜要殺這三個人，並不是件容易事，被他們殺，倒容易得很。你若殺不成他們，反被他們殺死，我豈非也要被你連累？」

這人厲聲道：「你要怎樣才相信我能殺得了他們？」

江玉郎道：「這就要看你有什麼法子能令我相信了。」

這人冷笑道：「我何止有一千種法子可以令你相信，你若想見識見識無牙門下的神功，我不妨先讓你瞧一種……」

他似乎揮了揮手，便有一種碧森森的火燄，飛射而出，射在牆上，這火燄光芒並不強烈，射在牆上，立刻便熄滅，也根本沒有燃燒。

但火燄一閃後，這人已到了院子裡。

他根本沒有從窗戶掠出，卻又是怎麼樣出來的呢？江玉郎一驚之下，忽然發現牆上已多了個大洞。

江玉郎這才嚇呆了，這人的輕功雖驚人，倒沒有嚇著他，但這種雖不燃燒，卻能燬滅一切的火燄，他實在連見都沒有見過。

這人已到了他身旁，閃動的目光已固定在他身上，一字字道：「你還想見識別的麼？」

突聽一人也狂笑著道：「無牙門下的神功，我看來卻算不得什麼！」狂笑聲中，已有條人影如流星急墜！

七五　南天大俠

這人的身形也不算十分高大，但看來卻魁偉如同山嶽！

那無牙門下似也被他氣勢所懾，倒退三步，厲聲道：「是誰敢對無牙門下如此無禮？」

「冀人燕南天！」這五個字就像流星，能照亮整個大地！

只聽燕南天喝道：「你是魏無牙的什麼人？他現在哪裡？」

那人膽雖已怯，卻仍狂笑道：「你用不著去找家師，無牙門下的四大弟子，每一個都早已想找燕南天較量較量了，不想我魏白衣運氣竟比別人好……」

江玉郎忽然怒喝道：「你是什麼東西，竟敢對燕大俠如此無禮！」

喝聲中，他竟已撲了過去，閃電般向魏白衣擊出三掌，這三掌清妙靈動，竟是武當正宗！

武當掌法也正是當時武林中最流行的掌法，江玉郎偷偷練好了這種掌法當然沒安什麼好心。

他三掌全力擊出，竟已深得武當掌法之精萃。

魏白衣狂笑道：「你也敢來和我動手！」

他只道三招兩式，已可將江玉郎打發回去，卻不知道江玉郎雖是個懦夫，卻絕不是笨蛋。

他實在低估了江玉郎的武功。驟然間，他被江玉郎搶得先機，竟無法扭轉劣勢。

江玉郎知道燕南天絕不會看他吃虧的，有燕南天在旁邊掠陣，他還怕什麼？他膽氣愈壯，出手更急。魏白衣武功雖然詭秘狠毒，竟也奈何不得他。

突見魏白衣身形滴溜溜旋轉起來，四、五道碧森森的火燄，忽然暴射而出，卻看不出是往哪裡射出來的！

燕南天暴喝一聲，一股掌風捲了出去，捲開了江玉郎的身形，震散了碧森森的火燄，也將魏白衣震得踉蹌後退。

這時喝聲已變爲長嘯，長嘯聲中，燕南天身形已如大鵬般凌空盤旋飛舞，魏白衣抬頭望去，心膽皆喪，他再想躲時，哪裡還能躲得了？他狂吼著噴出一口鮮血，仰天倒了下去！

燕南天一把拎起他衣襟，厲聲道：「魏無牙在哪裡？」

魏白衣睜開眼來，瞧了瞧燕南天，獰笑道：「無牙門下士，可殺不可辱……」

這次他開口說話時，嘴裡已有一股腥臭的慘碧色濃液流出，等他說完了這要命的十個字，他便再也說不出一字來了。

燕南天放下了他，長嘆道：「想不到魏無牙門下，又多了這些狠毒瘋狂的弟子……」

他忽然轉向江玉郎，展顏笑道：「但你……你可是武當門下？」

江玉郎這時才定過神來，立刻躬身陪笑道：「武當門下弟子江玉郎，參見燕老前輩。」

燕南天扶起了他，大笑道：「好，好，正派門下有你這樣的後起之秀，他們就算再多收幾個瘋子，我也用不著發愁了。」

江玉郎神情更恭謹，躬身道：「但今日若非前輩恰巧趕來，弟子哪裡還有命在？」

他說「恰巧」兩字時，心裡不知有多愉快，燕南天若是早來一步，再多聽到他兩句話，他此刻只怕也要和魏白衣並排躺在地上了。

燕南天笑道：「這實在巧得很，我若非約好個小朋友在此相見，也不會到這裡來的。」

他拍著江玉郎肩頭，大聲笑道：「他叫花無缺，你近年若常在江湖走動，就該聽見過這個名字。」

江玉郎神色不變，微笑道：「晚輩下山並沒有多久，對江湖俠蹤，還生疏得很。」

他一直留意著，直到此刻爲止，鐵萍姑竟仍無動靜，這使他暗中鬆了一口氣，接著又道：「弟子方才來到時，那魏白衣要對一位慕容姑娘下手，這位姑娘此刻還躺在屋裡，前輩是否要去瞧瞧？」

燕南天動容道：「慕容姑娘？……莫非是慕容家的人？」他嘴裡說著話，人已掠進屋去。

慕容九自然還在棉被裡躺著。

屋子裡黑暗，但燕南天只瞧了兩眼，便道：「這孩子是被他點著啞穴了，這穴道雖非要穴，但因下手太重，而且已點了她至少有六、七個時辰。」

江玉郎失聲道：「已有六、七個時辰了麼？如此說來，這位姑娘元氣必然要虧損很大了。」

燕南天沉聲道：「不錯，她氣血俱已受損甚巨，我此刻若驟然解開她穴道，她只怕就要等三個月才能恢復過來。」

江玉郎道：「那……那怎麼辦呢？」

燕南天道：「我行功爲她活血時，最忌有人打擾，若是中斷下來，她非但受損更大，我也難免要吃些虧的，但有你在旁守護著，我就用不著擔心了。」

江玉郎陪笑道：「前輩只管放心，弟子雖無能，如此小事自信還不致有了差錯。」

燕南天大笑道：「我若不放心你，還會冒這個險麼？……紫髯老道的徒弟，我再不放心還能放心誰？」

於是他盤膝坐在床上，雙掌按上慕容九的後背，屋子裡雖然還是很暗，卻也能看出他神情之凝重。

江玉郎站在他身後，嘴角不禁泛起一絲獰笑。

鐵萍姑爲什麼直到此刻還沒有動靜？只因她早已走了。江玉郎的甜言蜜語，雖然平息了她的憤怒，卻令她自己感覺得更羞辱，她清醒過來時，只覺得自己好像被自己出賣了。

她恨自己，爲什麼不殺了江玉郎，她恨自己爲什麼下不了手，她知道方才既未下手，便永遠再也不能下手。

她恨自己，爲什麼如此輕易地就被人奪去了一生中最珍貴的東西，而自己卻偏偏又好像愛上了這可惡的強盜。

鐵萍姑一口氣衝了出去，這客棧本就在小鎮的邊緣，掠出了這小鎮，大地顯得更黑暗，她瞧不見路途，也辨不出方向。

忽然間，黑暗中有兩條人影走了過來。這兩條人影幾乎是同樣大小，同樣高矮，就像是一個模子裡鑄出來的。

他們遠遠就停了下來，鐵萍姑自然看不清他們的身形面貌，但在如此寂靜的深夜裡，縱然是輕輕的語聲，聽來也十分清晰。

抱。

只聽其中一人道：「江小魚，你真不願見他麼？」

「江小魚」這三個字傳到鐵萍姑耳朵裡，她幾乎忍不住要飛奔過去，投入他的懷抱。

但她知道自己現在沒有資格再投入別人的懷抱了。她只有咬緊牙關，拚命忍住。

微風中果然傳來了江小魚的語聲！他笑著道：「你又說錯了，我不是不願見他，只不過是『現在』不願見他。」

花無缺道：「你怎麼知道他一定會阻攔你？也許……」

小魚兒道：「當然他也許會讓我去的，但我卻不願冒這個險，這件事我既已決定要做，就非做不可！」

花無缺道：「但你既已陪我來到這裡……」

小魚兒道：「燕大俠會在什麼地方等你？」

花無缺點了點手，道：「就在前面小鎮上的一家客棧裡。這小鎮只有一家客棧，我絕不會找錯地方的。」

聽到這裡，鐵萍姑的心又跳了起來……江玉郎此刻還在那客棧裡，而他們也要到那客棧去。

她雖然恨江玉郎恨得要死，但一聽到江玉郎有了危險，她就忘了一切，莫名其妙地對他關心起來。

只聽小魚兒緩緩道：「我本來想要你陪我到龜山去的，但我知道你既然約了別人，就決不會失信，是麼？」

花無缺默然半晌，道：「你我今日一別，就不知……」他驟然頓住語聲，也不願再說下去。

小魚兒重重一捏他肩膀，低聲道：「無論如何，你我總有再見的時候……」他話未說完，已大步走了出去。

花無缺想了想，也追了過去，道：「現在時候還早，我也送你一程。」

鐵萍姑眼瞧著兩條人影漸漸去遠，她身子顫抖，咬著牙，突又跳起來，向那客棧飛奔回去。

只見窗子是開著的，窗裡窗外，地上倒著三個人的屍身。一條陌生的大漢，正在為床上的一位姑娘推拿運氣。

江玉郎眼睛裡閃動著奇異的光，嘴角帶著殘酷的笑，正盯著那大漢的後背，緩緩抬起了手！

鐵萍姑衝到窗子前，也未弄清這裡究竟是怎麼回事，便脫口道：「江玉郎，你……」

「江玉郎」這三個字一出口，燕南天已霍然轉過來，面上已變了顏色——但他已遲了！

江玉郎的手掌，已重重擊在他後心上！

燕南天狂吼一聲，一口鮮血噴出，灑滿了慕容九纖細的身子！江玉郎也被這一聲狂吼驚得踉蹌後退，退到了牆角。

只見燕南天鬚髮皆張，目眥盡裂，嘶聲喝道：「鼠輩，我救了你性命，你竟敢暗算於我！」

江玉郎駭得腿都軟了，身子貼著牆角往下滑，「噗」地跌在地上，竟連爬都沒有力氣爬起來。

燕南天緊握著雙拳，一步步走過去，喝道：「你究竟是什麼人？為何要暗算我？說！」

江玉郎哪裡還敢抬頭望他？卻偷偷去瞧窗外的鐵萍姑，眼睛裡再也沒有奪人的神采，有的只是乞憐之意。

鐵萍姑瞧見江玉郎竟以如此毒辣的手段暗算別人，又驚，又怒，但她瞧見這雙乞憐的目光，心卻又軟了。

她也不知怎地，迷迷糊糊就掠了進去，迷迷糊糊的擊出了一掌——又是一聲狂吼，燕南天終於倒了下去！

江玉郎大喜躍起，笑喝道：「你要知道我是誰麼？好！我告訴你，我就是江南大俠的少爺江玉郎！什麼武當弟子，在我眼中簡直不值一個屁！」

燕南天一驚，一怔，終於緩緩闔起眼簾，縱聲狂笑道：「好！好！某家縱橫天下，想不到今日竟死在你這賤奴的鼠子手上！」

江玉郎獰笑道：「你既出言不遜，少爺我就要令你在死前還要多受些罪了！」

鐵萍姑一直呆呆的望著自己的手，此刻突然用這隻手拉住江玉郎，道：「他現在已經快死了，你何必再下毒手？」

江玉郎笑著去摸她的臉，道：「好，你叫我饒了他，我就饒了他……」

鐵萍姑推開了他的手，道：「花無缺就要來了！」

江玉郎臉上笑容立刻全都不見，失聲道：「你已瞧見了他？」

鐵萍姑咬了咬嘴唇，道：「還有江小魚！」

江玉郎再不說話，拉起鐵萍姑就走，走出門，又回來，從床上扛起慕容九——只要是對他有利的東西，他永遠都不會放棄的。

他們居然很容易地就走出了這小鎮，然後，江玉郎忽然問道：「你說你見到了花無缺，你怎會認得他？」

鐵萍姑目光凝注著遠方，默然許久，終於一字字緩緩道：「只因我也是移花宮門下……」

小魚兒和花無缺在路上慢慢走著，夜色很濃、很靜，他們甚至可以聽到大地沉默的呼吸。突然，遠處傳來了一聲狂吼！

小魚兒和花無缺驟然停下腳步。兩人都沒有說一個字，就向吼聲傳來處撲了過去。只見那家客棧門口，有個人伏在門楣上嘔吐——這正是客棧的主人，他眼睛瞧著，耳朵聽著一連串殘酷的、冷血的謀殺在他店裡發生，但卻完全沒有法子，只有嘔吐，似乎想吐出心裡的難受與羞悔。

小魚兒和花無缺還是沒有說話，只交換了個眼色，便齊地撲入那客棧中。在那間有燈的屋子裡看到倒臥在血泊中的燕南天！

這就像一座山突然倒塌在他們面前，這就像大地突然在他們眼前裂開，他們立刻像石頭般怔住！

燕南天掙扎著，睜開了眼睛。他逐漸僵硬的臉上，綻開一絲苦澀的笑，道：「你……你們來了……很好……很好……」

花無缺終於撲過去，跪下，嘶聲道：「晚輩來遲了一步！」

燕南天淒然笑道：「我死前能見到你們，死也無憾了！」

小魚兒早已自血泊中抱起了他，大聲道：「你不會死的，沒有人能殺得死你！」

花無缺竟大叫起來，道：「是誰下的毒手？是誰？」

燕南天道：「江玉郎！」

花無缺長長吸了口氣，一字字道：「我一定要殺了他，為你復仇！」

燕南天又笑了笑，轉向小魚兒。

小魚兒也始終在凝注著他，此刻忽然大聲道：「用不著他去殺江玉郎，江玉郎是我的，無論前輩你是什麼人，我都會不顧一切，為前輩復仇的！」

花無缺又怔住了，失聲道：「無論前輩是什麼人？……前輩不是燕大俠是誰？」

「燕南天」卻已大笑起來。他笑得雖然很痛苦，額上已笑出了黃豆般大的汗珠，但他仍笑個不停，他瞧著小魚兒笑道：「我自以為能瞞過了所有的人，誰知終於還是沒有瞞過你。」

花無缺又叫了起來，道：「前輩難道竟不是燕南天燕大俠？」

「燕南天」道：「燕南天只是我平生第一好友……」

花無缺失聲道：「那麼前輩你……」

「燕南天」道：「我姓路。」

小魚兒道：「路仲遠？前輩莫非是『南天大俠』路仲遠！」

路仲遠微笑道：「你聽過我的名字？」

小魚兒嘆道：「弟子五歲時便聽過前輩的俠名了，那『血手』杜殺，雖然幾乎死在前輩手中，但對前輩卻始終佩服得很。」

花無缺道：「但……但路大俠為何要冒燕大俠之名呢？」

路仲遠道：「只……只因燕……」

他呼吸已更急促，氣力已更微弱，此刻連說話都顯得痛苦得很。

小魚兒道：「此事我已猜出一二，不如由我替路大俠來說吧！若是我說的不錯，前輩就點點頭，若是我說錯了，前輩不妨再自己說。」

路仲遠目中露出讚許之色，微笑點頭道：「好！」

小魚兒想了想道：「燕大俠自『惡人谷』逃出後，神智雖已漸漸清醒，但武功一時還不能完全恢復，是麼？」

路仲遠點點頭。

小魚兒道：「他出谷之後，便找到了路大俠，是麼？」

路仲遠道：「不錯。」

小魚兒道：「在一路上，他已發現江湖中有大亂將生，只恨自己無力阻止，於是他便想求路大俠助他一臂之力，是麼？」

路仲遠道：「是。」

小魚兒道：「他又生怕自己武功失傳，是以一見路大俠，便將武功秘訣相贈。」

路仲遠不等他說完，已搖頭掙扎著道：「我十多年之前，曾受挫於魏無牙之手，那時我才發覺自己武功不足，是以洗手歸隱……」他面上又露出痛苦之色。

小魚兒立刻接下去道：「是以這次燕大俠求前輩重出，前輩便生怕自己武功仍有不足，便要燕大俠將自己的武功秘訣相授，是麼？」

路仲遠含笑點了點頭。

小魚兒道：「路大俠就爲了這緣故，又不願掠人之美，所以此番重出江湖，便借了燕大俠的名號。」

他笑著接道：「以路大俠的身份地位，自然不願用燕南天的武功，來增加『南天大俠』的聲名，不知弟子猜得可對麼？」

路仲遠含笑道：「除此之外，還有一點。」

小魚兒又想了想，道：「莫非是燕大俠算定自己一離開『惡人谷』後，『惡人谷』的惡人便要傾巢而出，他更怕這些人在江湖中爲非作歹，知道這些人唯有『燕南天』三個字才能震懾得住，所以便求前輩暫時冒充一番。」

路仲遠用盡一切力量，忍著痛苦問道：「你果然是個聰明人，但……但我……我自信不但已學會了燕南天的武功，而且還請萬春流將我的面容改變了許多，對於燕南天的音容笑貌，我自信也學得不差，我實在不懂怎麼會被你瞧破了？」

「前輩一見著我時，本該立刻提起萬春流的，但前輩卻似完全忘記了這個人，是以那時我已開始懷疑了。而且前輩的神情，卻仍和十餘年前傳說中的燕大俠完全一樣，這不但已超出人情之常，而且簡直是不可能的事。」他淒然接道：「因爲我深知燕大俠在那十幾年裡所忍受的痛苦，在經過那種痛苦後，沒有人還能保持不變的！」

路仲遠也不禁淒然道：「不錯，燕南天的……的確已改變了許多。」他語聲微弱得幾乎連小魚兒都聽不清了。

他心裡還有句話未說出——他若是真的燕南天，又怎認不出今日的江別鶴就是昔年的江琴！

但他既然答應了江別鶴，就只有保守這秘密。

小魚兒長長嘆了口氣，道：「現在我只求前輩告訴我，燕大俠，燕伯父，現在究竟是在哪裡？」

路仲遠沒有回答，他已再次閉起眼睛。

七六　無牙門下

現在，「南天大俠」路仲遠已安葬了。在這清涼的小鎮上，安葬的儀式雖然是不可避免地十分簡單，但卻也是十分隆重的。

小魚兒和花無缺，沉重地肅立在路仲遠的墓前，以一杯濁酒，弔祭這一代大俠的英魂。

暮色蒼茫，大地蕭索。秋，像是已極深了，直到夜幕垂下，星光升起，他們才黯然離去。

花無缺仰天唏噓，嘆道：「盜寇未除，江湖未寧，路大俠實在死得太早了些……他甚至連燕大俠的下落，都未及說出，便含恨而歿。」

小魚兒苦笑道：「也許是因爲他不願任何人去打擾燕大俠的安寧，也許是……燕大俠早已仙去，他不願說出來，令我傷心。」

花無缺黯然道：「但願我今生能見到燕大俠一面，否則……」

小魚兒忽然挺起胸來，大聲道：「你當然還能見著他，他當然不會死的，他還沒有見到我揚名天下，他又怎能放心一死！」

花無缺凝目瞧著他，展顏一笑，道：「不錯，燕大俠若是不願死時，誰也無法要他死，甚至閻王老子也不能例外，我終有一日，能見著他的。」

小魚兒仰天笑道：「說得好，你說話的口氣，簡直和我差不多了，再過七十五天，就算我死了，你也可以替我活下去。」

花無缺神情驟然又沉重了下來，他沉默許久，忽然道：「現在你就要趕去龜山？」

小魚兒道：「咱們一起去，我保證讓你瞧一齣又緊張、又熱鬧的好戲。」

花無缺垂下了頭，道：「可惜我不能陪你去了。」

小魚兒怔了半晌，大聲道：「咱們已只剩下七十五天了，你竟不願陪著我？」

花無缺望著遠方的星光，緩緩道：「我這件事若是做成，你我就不止可以做七十五天的朋友。」

小魚兒凝注了他半晌，大聲道：「你莫非想回移花宮？」

花無缺嘆道：「我只是想去問清楚，她們爲何定要我殺死你。」

小魚兒大笑道：「你以爲她們會告訴你？」

花無缺默然良久，淡淡一笑，道：「江小魚，難道你已向命運屈服了麼？」

小魚兒一驚，大笑道：「好，你去吧，無論如何，你我總還有一次見面的時候，這已足夠令人想起就開心了！」

在這裡，花開得正盛，菊花、牡丹、薔薇、梅、桃、蘭、曼陀羅、夜來香、鬱金香……

這些本不該在同一個地方開放，更不該在同一個時候開放的花，此刻卻全都在這裡開放了。

這裡本是深山絕嶺，本該瀰漫著陰黯的雲霧、寒冷的風，但在這裡，陽光如黃金般灑在花朵上，氣候更溫柔得永遠像是春天。

無論任何人到了這裡，都會被這一片花海迷醉，忘記了紅塵中的困擾，更忘記了危險，忘記了一切。但這裡卻正是天下最神秘、最危險的地方！這裡就是移花宮！

但這時，卻有個少女，正不顧一切要爬上來。

她穿的本是件雪白的衣裳，但現在卻已染滿了泥污和血跡，她容貌本是美麗的，但現在卻已憔悴得可怕。

無論任何人都可看出，她是花了多大的代價，忍受了多大的痛苦，才能到這神秘的地方來的。

到了這裡，她整個人都已崩潰，她嘴唇已乾裂，肚子已發瘓，已站不起來，她只有爬。

她爬，也要爬上來，自山下爬上來的少女，正是鐵心蘭！

她當然也知道「移花宮」的神秘與危險，但她不顧一切也要來，爲的也只是要向移花宮主問一句話：「爲什麼定要花無缺殺死江小魚？」

現在，她瞧見了這一片燦爛的花海，心裡不覺長長鬆了口氣。無論如何，所有的痛苦都已過去了！她暈了過去，她以爲自己永遠再也不會醒了……

醒來時，她發覺自己是安靜地躺在一張柔軟而帶著香氣的床上，陽光已不見，燈光卻似比陽光更輝煌。她閉起眼睛，等她再張開時，她就瞧見了花無缺。

花無缺也正在溫柔地望著她，在這輝煌的光線裡，他看來更如神話中的王子，那麼英俊，那麼瀟脫，那麼高不可攀。

鐵心蘭呻吟一聲，道：「花無缺，你真的是花無缺麼？」

花無缺溫柔地笑了笑，柔聲道：「是我，我就站在你身畔，你用不著害怕了！」

鐵心蘭突又掙扎著要爬起來，嘶聲道：「求求你，帶我去見移花宮的宮主好麼？我不顧一切來到這裡，爲的只是想求她見我一面。」

花無缺苦笑道：「我回來，也是想求見她老人家的，只可惜，她們都早已不在宮裡了。」

鐵心蘭倒在床上，失聲道：「她們都出去了？」

花無缺道：「兩位宮主全都離宮而出，這本是很少有的事。」

鐵心蘭淒然道：「我的運氣爲什麼總是這麼壞，我……我……」她語聲哽咽，用絲被蒙住了頭，再也說不下去。

花無缺呆了半晌，緩緩道：「我想……我是知道你來意的，我也正是爲了同一件事，想回來問她老人家，想不到她們離宮都已有許久了。」

鐵心蘭在被裡輕輕啜泣，忽又問道：「這些日子裡，你是否已見過他？」用不著說出名字，別人也知道她說的「他」是誰。

花無缺柔聲笑道：「他現在很好，你用不著爲他擔心。」

他雖然盡力想裝得平淡，但笑容中仍不免有些苦澀之意。

鐵心蘭終於自被裡伸出了頭，吶吶道：「你可知道，他現在在哪裡？」

花無缺努力想笑得愉快些，柔聲道：「我知道，只要你身子康復，我就可以帶你去找他。」

鐵心蘭凝注著他，眼淚又不覺流下面頰，顫聲道：「你……你爲什麼永遠對我這麼好，你……你……」

忽然間，屋外傳來了一陣奇異的聲音，這聲音既不尖銳，也不淒厲，卻令人聽得忍不住要爲之毛骨悚然。

這聲音驟聽如同鐵鋸鋸木，再聽又如蠶食桑葉，仔細一聽，又如刀劍相磨，簡直令任何人聽得都要牙癢腳軟。接著，就聽得少女們的驚呼聲。

花無缺也微微變了顏色，道：「我出去瞧瞧。」

他深知移花宮門下，縱然大多是少女，卻絕沒有一個會大驚小怪的，能令她們驚呼出聲來，事情絕不簡單。

鐵心蘭摸了摸身上已穿得甚是整齊，也跳下了床，道：「我跟你一起去。」

兩人趕出去，只見少女們都躲在宮簷下，一個個竟都嚇得花容失色，有的甚至連身子都發起抖來。再見那一片花海中，正有無數個東西在竄動。

鐵心蘭失聲道：「老鼠！哪裡來的這麼多老鼠？」

果然是老鼠！

成千成百個簡直有貓那麼大的老鼠，正在花叢中往來流竄，啃著花枝，吞食著珍貴的花朵。

移花宮門下雖然都有絕技在身，怎奈全都是女子，老虎她們是不怕的，但見了這許多老鼠，腿都不禁軟了。

花無缺一步竄了出去，變色喝道：「來的可是魏無牙門下？」

四下寂靜無聲，也瞧不見人影，這一片也不知費了多少心血才培養成的花海，轉眼間已是狼籍不堪，花無缺既驚且怒，但面對著這麼多老鼠，他也沒法子了。

在移花宮中，他既不能用火燒，也不能用水淹，若是要去趕，這些老鼠根本就不怕人。他再想不到名震天下的「移花宮」，竟拿這一群動物中最無用、最卑鄙的老鼠無法可施。

這時黑暗中才傳來一陣狂笑聲。

一個尖銳的語聲狂笑著道：「只可惜移花宮主不在家，否則讓她們親眼瞧見這些寶貝鮮花進了咱們老鼠的肚子，她們只怕連血都要吐出來了。」

花無缺此刻神情反而鎮定了下來，既不再驚慌，也不動怒，就好像連一隻老鼠都沒有瞧見似的。

他臉上帶著微笑，緩緩道：「無牙門下的高足既已來了，何不出來相見？」

只聽黑暗中那人大笑道：「這小子倒沉得住氣，你可知道他是誰麼？」

花無缺還是身形不動，淡淡道：「在下花無缺，正也是移花宮門下！」

那人道：「花無缺？我好像聽見過這名字。」

話聲未了，那黑暗的角落裡，突然閃起了一片陰森森的碧光，碧光閃動，漸漸現出了兩條人影。

這兩人俱是枯瘦頎長，宛如竹竿，兩人一個穿著青衣，一個穿著黃袍，臉上卻都是碧油油的像是戴了層面具。但不知怎地，卻令人一見就要起雞皮疙瘩，一見就要作嘔。

那青衣人碧森森的目光上上下下瞧了花無缺幾眼，陰陰笑道：「閣下居然知道我兄弟是無牙門下，見識已不能算不廣，所以你這麼年輕就要死，我實在不免要替你可惜。」

黃衣人笑道：「他叫魏青衣，我叫魏黃衣，我們本不想殺你，怎奈家師此番復出，第一個要毀的就是移花宮，我們也沒法子。」

少女們聽到這說不出有多醜惡的笑聲，瞧見被老鼠圍在中間的兩個人，竟無一人敢出手。

只見魏青衣肩頭微微一動，花無缺身形立刻沖天飛起，接著，立刻便有一絲碧光自魏青衣掌中飛出！

但這時花無缺身形早已撲了過去，碧光過處，一個少女已慘呼著倒地，花無缺卻不回頭，雙掌已擊向魏青衣頭頂！

魏青衣再也想不到他來得竟如此快，腳步倒錯，平平一掌撩了上去，魏黃衣亦自斜斜一掌擊出。

誰知花無缺這凌空一掌，竟也是虛勢，掌到中途，他手肘突然縮了回來，不去接魏青衣的一掌，反而空空劃了個圈子。

魏青衣只覺掌勢突然脫力，就在這舊力落空，新力未生的刹那間，另一股奇異的力量已將他掌勢引得往外一偏，也不知怎的，擊出這一掌，竟迎上魏黃衣斜斜擊過來的一掌！

「啪」的一聲，雙掌相接，接著又是「喀嚓」一聲，魏青衣這已脫了力的一條手掌，竟生生被魏黃衣震斷了！

花無缺竟以出其不意的速度、冒險的攻勢、妙絕天下的「移花接玉」神功一著便佔了上風！

一掌接過，魏青衣、魏黃衣兩人俱是大驚失色。

魏黃衣雖未受傷，但見到自己竟傷了同伴，驚慌更甚，一腳踩在老鼠堆上，鼠群一慌，四下奔出。

只見花無缺一招得手，竟又含笑站在那裡，並未跟著搶攻，只因他方才一招便已試出這兩人的功力，實是非同小可，他自知僥倖得手，絕不貪功急進，他還要等著這兩人再次上鈎。

這時鼠輩已散佈開來，再次往四方流竄。

鐵心蘭突然咬了咬牙，自窗框上拆下段木頭，咬著牙奔出去，舉手一棍，將一隻老鼠打得血肉橫飛。

本來往四下流竄的老鼠，此刻竟都向鐵心蘭圍了過來。鐵心蘭心已發寒，手已發軟，但仍咬著牙不退縮。

躲在宮簷下的少女們，終於有一個奔出來——只要有一個出來，別的人也就會跟著出來了。她們只要打死一隻老鼠，膽子也就壯了。

十幾個嬌柔又美麗的少女，流著汗，喘著氣，忘記了一切，全心全意地在和一群老鼠拚命！鼠輩終於敗了，大多被打死，少數已逃得不見蹤影。

少女們瞧著地上狼籍的鼠屍，又瞧著自己的手，她們幾乎不相信這些老鼠真是她們打死的。這簡直就好像做了一場噩夢！

然後，她們有的拋下棍子開始嘔吐，有的卻瘋狂般大叫大笑起來，也有的擁抱起別人，放聲痛哭。

這些情況，都是「移花宮」絕不會發生的，但現在卻發生了，只因她們經過這一番惡戰後，已不知不覺地放鬆了自己。

只有鐵心蘭，她停下了手，立刻就去找花無缺！

花無缺竟已不見了！

魏青衣、魏黃衣也不見了！

鐵心蘭踉蹌地四下搜尋著，心裡又是驚慌，又是害怕。她方才專心對付老鼠，竟忘了瞧一瞧這邊的戰況！

花無缺的武功雖高，但這兩人既敢闖到移花宮來，又豈是弱者？花無缺以一敵二，未必真是他們的對手。

鐵心蘭幾乎要急瘋了，忽然間，她發覺殘花叢中，似躺著一個人的屍身。

只見他右臂已齊肘而斷，胸前有個血淋淋的大洞，一張陰森森碧綠的臉上，也已被人打腫了。

這模樣也不知有多麼猙獰可怕，鐵心蘭哪裡還敢再看！她趕緊移開目光，不覺瞧見了魏青衣的一隻左手。

只見他這隻鬼爪的手掌食、中兩指上，竟帶著兩粒血淋淋的眼珠子！顯然是被他自眼眶中生生挖出來的！

她眼淚不覺已奪眶而出！

忽然間，她聽得有一陣沉重而急促的，像是負傷野獸般的呼吸聲，自一片山崖下傳了上來。

她立刻撲了過去！只見一個人滿面流血，雙臂箕張，喘息著蹲在一株樹下，一雙眼睛，已變成了兩個血洞！

但這人也不是花無缺，而是魏黃衣！他顯然是在「移花接玉」的奇妙功夫下，被他自己的同伴挖去了眼珠！

七七　萍水相逢

鐵心蘭見那滿面流血的人不是花無缺，雖然鬆了口氣，但瞧見這比豺狼更兇悍的人，瞧見這殘酷而詭秘的情況，身子仍不禁發起抖來。

幸好她立刻又瞧見了花無缺！花無缺此刻正遠遠站在魏黃衣對面的另一株樹下。他全身每一根神經、每一根肌肉，都在緊張著。一雙眼睛，更瞬也不瞬地瞪著魏黃衣的一雙手！

兩個人雖然全都站著不動，但這情況卻比什麼都要緊張，就連遠在山崖上的鐵心蘭，也已緊張得透不過氣來。

突聽魏黃衣一聲狂吼，向花無缺撲了過去！他雖然已經沒有眼睛可看，但還有耳朵可聽！

這一撲不但勢道之威猛無可比擬，而且方向準確已極！

但就在這刹那間，花無缺左右雙手，各各彈出一粒石子，他自己卻閃電般從魏黃衣脅下竄了出去！

只聽「喀嚓」一聲，花無缺身後的一株比面盆還粗的大樹，已被魏黃衣的身子生生撞斷！他竟還未倒下，一個虎跳，又轉過身來。

他的頭向左右旋轉，嘶聲獰笑道：「花無缺，我知道你在哪裡，你逃不了的，今日就是你我兩人誰也休想活著走，我要和你一起死在這裡！」

他其實根本不知道花無缺在哪裡，花無缺又到了他對面，他的頭卻不自覺地左右轉動。

鐵心蘭瞧著他這樣子，覺得既可怕，又可憐，若不是花無缺此刻猶在險境，她實在不忍心再瞧下去。花無缺也顯然大是不忍，竟忍不住嘆了口氣，黯然道：「我實在不忍和你動手，我勸你還是……」魏黃衣突然跳起來，狂吼道：「我用不著你可憐我，我……我就算找不到你，也用不著你……」他聲音已說不下去，卻開始拚命去捶打自己的胸膛，嘴裡輕哼著，雖不是哭，卻比哭更淒慘十倍。

鐵心蘭瞧得目中竟忍不住流下淚來，魏黃衣就算是世上最惡毒殘暴的人，她也不忍再看見他受這樣的罪。她忍不住嘆道：「你快走吧，我知道花……花公子絕不會阻攔你。」

魏黃衣嘶聲笑道：「走？……你難道不知道無牙門下，可殺不可辱……」

狂笑聲中，他忽然用盡所有的潛力，飛撲而起，向低崖上的鐵心蘭撲了過去，嘶聲獰笑道：「你不該多話的，我雖殺不了花無缺，卻能殺死你！」

鐵心蘭已被他瘋狂的模樣駭呆了，竟不知閃避。

魏黃衣話聲未了，人已撲上低崖，兩條鐵一般的手臂，已挾住了鐵心蘭，瘋狂般大笑道：「我要死，至少也得有一個人陪著我！」

鐵心蘭只覺全身都快要斷了，那張流滿鮮血的臉，那兩個血淋淋的黑洞，就在她面前，她駭得連驚呼聲都發不出來！

只聽「噗」的一聲，魏黃衣狂笑聲突然斷絕，兩條手臂也突然鬆了，倒退半步，仰天跌下了低崖。

花無缺已在她面前，鐵心蘭再也忍不住，撲入花無缺懷裡，放聲痛哭起來。

花無缺撫著她的頭髮，黯然道：「我本不忍殺他的，我……」

鐵心蘭痛哭道：「我錯了，我本不該多嘴的，否則你也不必勉強自己來殺一個沒有眼睛的人，我……我為什麼總是會把事情弄得一團糟。」

花無缺柔聲道：「你認為你錯了麼？你只不過是心太軟了，錯，並不在你，你本想將每件事都做好的，你已盡了你的力量了。」

鐵心蘭啜泣著道：「你總是對我這麼好，而我……我……」

花無缺不敢再看她，轉過眼，俯首凝視著低崖下魏黃衣的屍身，長長嘆了口氣，喃喃道：「無牙門下，好厲害的無牙門下，江小魚，你對付得了麼？」

他輕輕一句話，就將話題轉到小魚兒身上。

鐵心蘭果然身子一震，她心裡對花無缺的感激與情意，果然立刻變作了對小魚兒的關心。

花無缺嘆道：「無牙門下的弟子，已如此厲害，何況魏無牙自己？江小魚呀江小魚，我實在難免要替你擔心。」

鐵心蘭再也忍不住失聲問道：「江小魚，他難道已經……」

花無缺這才回過頭，沉聲道：「他此刻只怕已到了龜山，只怕已快見著魏無牙了！」

第二天，花無缺就帶著鐵心蘭直奔龜山。

他有意無意間，始終和鐵心蘭保持著一段距離，行路時跟在鐵心蘭身後，吃飯時故意找件事做，等鐵心蘭快吃完時再上桌，晚間投宿時，他也不睡在鐵心蘭的鄰室，卻遠遠再去找個房間。

他們的心情都像是很沉重，終日也難得見到笑容。

他們走了兩天，這一日晚間投宿，花無缺很早就回房睡了，但他卻又怎會真的睡得著？

花無缺凝注著飄搖的燭光，心裡想到小魚兒，想到鐵心蘭，想到移花宮主，又想到那神秘的「銅先生」。

每個人都在他心裡結成個解不開的死結。他實在不知道自己該如何處理。

只聽門外忽然響起了輕輕的敲門聲。

花無缺只當是店伙來加水，隨口道：「門沒有關，進來吧。」

他再也想不到推門進來的，竟是鐵心蘭。

燈光下，只見她穿著件雪白的衣服，烏黑的頭髮，長長披落，她的眼睛似乎微微有些腫，眼波看來也就更矇矓。

但她低垂著頭，矇矓的眼波，始終也未抬起。花無缺的心像是忽然被抽緊了。

鐵心蘭垂著頭道：「我……我睡不著，心裡有幾句話，想來對你說。」

「請坐。」他實在不知道該說什麼話，只有說「請坐」這兩個字，卻不知道這兩個字說得又是多麼冷淡，多麼生疏。

她遲疑了許久，像是鼓起了最大的勇氣，才幽幽道：「我知道這些日子來，你故意很冷淡我，很疏遠我。」

花無缺默然半晌，沉重地坐下來，長嘆道：「你要我說真話？」

「遲早總要說的話，爲什麼不現在說？」

花無缺自燭台上剝下了一段燭淚，放在手指裡重捏著，就好像在捏他自己的心一樣。

「你知道，人與人之間在一起接近得久了，就難免要生出感情，尤其是在困苦與患難中。」他一個字一個字地說著，說得是那麼艱苦。

鐵心蘭出神地瞧著他手心裡的燭淚，卻好像他在捏著的是她的心。

「我不是怕你對不起他，而是怕我自己，我……」他咬了咬牙，接著道：「我不忍把你的情感拖入矛盾裡，假如我和你接近得太多，不但我痛苦，你也會痛苦。」

鐵心蘭的頭又垂了下去，目中已流下淚來。

她忽然抬起頭，含淚凝注著花無缺，大聲道：「但我……我是個孤苦的女孩子，我只想把你當做我真的兄長，我希望你能相信我……」

花無缺沒有說話。

鐵心蘭道：「我此刻只是要告訴你，你不必疏遠我，也不必防範我。只要我們心裡光明坦蕩，就不怕對不起別人，也不必怕別人的想法。」

花無缺終於展顏一笑，道：「我現在才知道你很有勇氣，這勇氣，平常雖看不出，但到了必要時，你卻比任何人都勇敢得多！」

鐵心蘭長長吐了口氣，也展顏笑道：「我把這些話說出來，心裡真的愉快多了，我真想喝杯酒慶祝慶祝。」

花無缺霍然站起，笑道：「我心裡也痛快多了，我也正想喝杯酒慶祝慶祝。」

兩人將心裡憋著的話都說了出來，就好像突然解開了一重枷鎖。只可惜客棧中已沒有酒菜，於是兩人走上街頭。

長街上的燈光已疏，店舖也都上起了門板，只有轉角處一個麵攤子的爐火尚未熄，一陣陣牛肉湯的香氣，在晚風中顯得分外濃冽。

鐵心蘭笑道：「坐在這種小麵攤上喝酒，倒也別有風味，卻不知道你嫌不嫌髒？」

花無缺微笑道：「你真的把我看成只肯坐在高樓上喝酒的那種人麼？」

鐵心蘭嫣然一笑，還未走到麵攤子前，已大聲道：「給我們切半斤牛肉，來一斤酒。」

麵攤旁擺著兩張東倒西歪的木桌子，此刻都是空著的，只有一個穿著黑衣服的瘦子，正蹲在麵攤前那張長板凳上喝酒。

朦朦朧朧的熱氣與燈光下，這黑衣人瘦削的臉，看來簡直比那小木櫥裡的滷菜還要乾癟，但是他的一雙眼睛，卻比天上的星光更亮。

他箕踞在板凳上，一面啃著鴨頭，一面喝著酒，神思卻已似飛到遠方。

一個落拓的人，坐在簡陋的麵攤上喝酒，追悼著逝去的青春與歡樂，這本是極普通的情況。鐵心蘭和花無缺也沒有留意他。

他們天南地北的聊著，但後來他們忽然發現，無論他們聊什麼，都好像總和小魚兒有些關係。

花無缺笑道：「如此良宵，有酒有肉，這本已足夠了，但我卻總還覺得缺少了什麼，現在我才知道缺少的是什麼了。」

鐵心蘭垂下了頭，道：「你是說……缺少一個人？」

花無缺嘆道：「沒有他在一起，你我豈能盡歡？」

鐵心蘭默然半晌，抬頭道：「你想，我們三個人會不會有在一起喝酒的時候？」

花無缺道：「爲什麼不會有？」

他一笑舉杯，道：「來，你我且爲江小魚乾一杯。」

「江小魚」這三個字說出來，那黑衣人突然拋下了鴨頭，放下了酒杯，目光閃電般向他們掃了過去。

鐵心蘭一飲而盡，臉更紅了。她臉上雖有笑容，目中卻似含有淚光，悠悠道：「我若也是個男人，那有多好……」

她抬起頭，忽然發覺一個乾枯瘦削的黑衣人，已走到面前，一雙發亮的眼睛，不停地在他們臉上打轉。

花無缺和鐵心蘭都怔住了。

這黑衣人上上下下，打量了他們幾眼，忽然向花無缺道：「你就是花無缺？」

花無缺更驚奇道：「正是，閣下……」

黑衣人根本不聽他說話，已轉向鐵心蘭，道：「你就是鐵心蘭？」

鐵心蘭點了點頭，已吃驚得說不出話來。

黑衣人眼睛瞪得更大，道：「你們方才可是爲江小魚乾了一杯？」

她知道小魚兒仇人不少，她以爲這黑衣人也是來找麻煩的，誰知這黑衣人竟拉過張凳子，坐了下來，道：「好！你們爲江小魚乾一杯，我最少要敬你們三杯！」

他竟舉起那酒罈，爲他們各各倒了杯酒。鐵心蘭和花無缺望著面前的酒，也不知是喝好，還是不喝好。

黑衣人自己先仰脖子乾了一杯，瞪眼道：「喝呀！你們難道怕酒中有毒不成？」

花無缺還在懷疑著，鐵心蘭已大聲道：「對不起，我們沒有和陌生人喝酒的習慣，你若要敬我們的酒，至少總得先說出你是誰。」

黑衣人道：「你也莫管我是誰，只要知道我是江小魚的朋友就好了。」

鐵心蘭瞪眼瞧了他半晌，道：「好，你既是江小魚的朋友，我就喝了這一杯。」

黑衣人轉向花無缺，道：「你呢？」

花無缺微微一笑，道：「在下喝三杯。」

黑衣人大笑道：「好，你很好，很夠朋友。」

他和花無缺對飲了三杯，又道：「你在這樣的星光下，和這樣的美女坐在一起喝酒，心裡居然還沒有忘記江小魚，好……好……我再敬你三杯！」

那罈酒已差不多快空了，這黑衣人眼睛雖然清亮，但神情間卻似已有些醉意，再不管別人喝不喝，也不和別人說話，只是自己一杯又一杯地往肚子裡灌，不時仰望著天色，似乎在等人。

他等的是誰？

鐵心蘭凝目瞧著他，忍不住又道：「你真的和江小魚是朋友？」

黑衣人瞪眼道：「江小魚又不是什麼了不起的大人物，我為何要冒認是他朋友？」

他語聲頓了頓，忽然又道：「你們若是瞧見他時，不妨代我向他問好。」

鐵心蘭試探著又道：「我們見著小魚兒時，說你是誰呢？」

黑衣人沉吟道：「你就說是他大哥好了。」

鐵心蘭忽然長身而起，厲聲道：「你究竟是什麼人？」

黑衣人道：「我不是剛告訴你……」

鐵心蘭冷笑道：「放屁，小魚兒絕不會認別人是他大哥的，你休想騙我。」

黑衣人忽然大笑起來，道：「好，好，你們當真不愧是小魚兒的知己——不錯，我一心想要他叫我一聲大哥，但他卻總是要叫我兄弟。」

鐵心蘭忍不住又道：「喂，我看你像是有什麼心事，是麼？」

黑衣人又瞪起眼睛，道：「心事？我會有什麼心事？」

鐵心蘭道：「你若真將我們當成江小魚的朋友，為何不將心事說出來，也許……也許我們能幫你的忙。」

黑衣人忽然仰天狂笑，道：「幫忙！我難道會要別人幫忙！」他高亢的笑聲中，竟也充滿了悲痛與憤怒。

鐵心蘭還想再問，卻被花無缺以眼色止住了。遠處傳來更鼓聲，已是二更三點。

黑衣人突又頓住笑，凝注著花無缺與鐵心蘭，道：「好，你們就每人敬我三杯酒吧，這就算幫了我的忙了。」

六杯酒下肚，黑衣人仰天笑道：「我本當今夜只有一個人獨自度過，誰知竟遇著了你們，陪我痛飲了一夜，這也算是我人生一大快事了……」

黑衣人霍然站起，像是想說什麼，卻連一個字也沒有說，扭過頭就走。

他走到麵攤子前，把懷裡的東西全都掏了出來，竟有好幾錠金子，有十幾粒珍珠，他隨手抛在麵攤上，道：「這是給你的酒錢，全給你。」

麵攤老闆駭得怔住了，等他想說「謝」時，那黑衣人卻已走得很遠。昏黃的燈光，將他的影子長長拖在地上。

他看來是如此寂寞，如此蕭索。

花無缺緩緩道：「在他臨死前的晚上，他本都以爲要獨自度過的，他竟找不到一個朋友來陪他度過最後的一天。」

鐵心蘭失聲道：「臨死的晚上？最後一天？」

花無缺嘆道：「你還瞧不出麼？……」

他忽然頓住語聲，拉著鐵心蘭掠了出去。

那黑衣人腳步踉蹌，本像是走得極慢，但銀光一閃後，他就忽然不見了，竟像是忽然就被夜色吞沒。

鐵心蘭只有等著。但她的一顆心卻總是靜不下來。

掠過幾重屋脊，花無缺就將鐵心蘭放下，道：「我去追他，你在這裡等著！」

這黑衣人是誰？他爲何要死？他和小魚兒……人影一閃，花無缺已到了她面前。

花無缺道：「你跟我來！」

兩人又飛掠過幾重屋脊，鐵心蘭又忍不住問道：「你怎知他已快死了？」

花無缺嘆道：「他隨時在留意著時刻，顯見他今天晚上一定有件要緊的事要去做。」

鐵心蘭道：「這我也發覺了。」

花無缺緩緩道：「但他既是江小魚的朋友，我們又怎能坐視他去送死！」

鐵心蘭咬了咬嘴唇，道：「他輕功已是頂尖好手，就算打不過別人，也該能跑得了的，但卻完全不抱能逃走的希望，他那對頭，豈非可怕得很？」

花無缺沉聲道：「所以你要分外小心，有我在，你千萬不要隨意出手。」

鐵心蘭忽然發現前面不遠的山腳下，有座規模不小的廟宇，氣派看來竟似豪富人家的莊院。

此時此刻，這廟宇的後院，居然還亮著燈火。

鐵心蘭道：「他難道就是到這道觀裡去了？」

花無缺截口道：「他進去時，行動甚爲小心，以他的輕功，別人暫時必定難以覺察，所以我就先趕回去找你。」

鐵心蘭放眼望去，只見這道觀裡燈火雖未熄，但卻絕沒有絲毫人聲，更看不出有絲毫兇險之兆。

花無缺皺眉道：「你在這裡等著，我進去看看。」

鐵心蘭卻拉住了他，沉聲道：「我看這其中必定還有些蹊蹺，說不定這也是他和別人串通好的陷阱，故意要將我們誘到這裡來的！」

花無缺淡淡一笑，道：「此人若是真的要誘我入伏，我更要瞧個究竟了。」

他輕輕甩脫鐵心蘭的手，人影一閃，已沒入黑暗中。

鐵心蘭望著他身影消失，苦笑道：「想不到這人的脾氣有時竟也和小魚兒一模一樣。」

花無缺從黑暗的簷下繞到後院，又發覺這燈火明亮的後院，已不再是廟宇，無論房屋的格式和屋裡的陳設，都已和普通的大戶人家沒什麼兩樣。

最奇怪的是，整個後院裡都聽不見人聲，也瞧不見人影，但在那間精緻的花廳裡，豪華的地氈上，卻橫臥著一隻吊睛白額猛虎。

這花廳看來本還不只這麼大，中間卻以一道長可及地的黃幔，將後面一半隔開，猛虎便橫臥在黃幔前。

這花廳爲何要用黃幔隔成兩半？黃幔後又隱藏著什麼秘密？

他自黑暗中悄悄掩過去，這個並非完全因爲他膽子特別大，而是因爲他深信自己的輕功。

他行動間當然絕不會發出絲毫聲息。誰知就在這時，那彷佛睡著的猛虎，竟突然躍起，一聲虎吼，響徹天地，滿院木葉蕭蕭而落。

七八　冤家路窄

花無缺的輕功縱然妙絕天下，怎奈這老虎既不必用眼睛看，也不必用耳朵聽，牠只要用鼻子一嗅，無論什麼人走進這後院，都休想瞞得牠——那黑衣人既然已入了後院，此刻只怕已凶多吉少了。

花無缺一驚之後，又不禁嘆息。

只見滿廳燈火搖動，那猛虎已待撲起，虎威之猛，當真是百獸難及，就連花無缺心裡也不禁暗暗吃驚。

但這時黃幔後卻傳出了一陣柔媚的語聲，輕輕道：「小貓，坐下來，莫要學看家狗的惡模樣嚇壞了客人。」

這猛虎竟真的乖乖走了過去，坐了下來，就像是忽然變成了一隻小貓。

花無缺不覺已瞧得呆住了，卻見黃幔後又伸出一隻晶瑩如玉，柔若無骨的纖纖玉手，輕撫著虎背。

只聽那柔媚入骨的語聲帶著笑道：「足下既然來了，為何不進來坐坐呢？」

花無缺暗忖道：「那黑衣人方才所經歷的，是否正也和此刻一樣？他是否走進去了？他進去之後，又遭遇到什麼事？」

他斷定那黑衣人既抱著必死之心而來，就絕對不會退縮的，這花廳縱然真是虎穴，他也會闖進去！

想到這裡，花無缺也不再遲疑，大步走了過去！

他正面帶著微笑，一步步走進去，就好像一個彬彬有禮的客人，來拜訪他的世交似的。

黃幔後傳出了銀鈴般的笑聲，道：「好一位翩翩濁世佳公子，不敢請教高姓大名？」

花無缺抱拳一揖，道：「在下花無缺，不知姑娘芳名？」

黃幔後嘻嘻笑道：「徐娘已嫁，怎敢能再自居姑娘……賤妾姓白。」

花無缺道：「原來是白夫人。」

白夫人道：「不敢，花公子請坐。」

花無缺竟真的坐了下來，道：「多謝夫人。」

這也是花無缺改不了的脾氣，只要別人客客氣氣地對他，他就算明知道這人要宰了他，也還是會對這人客客氣氣的。

只聽白夫人又笑道：「公子遠來，賤妾竟不能出來一盡地主之誼，盼公子恕罪。」

花無缺道：「能與夫人隔簾而談，在下已覺不勝榮寵。」

白夫人忽然大笑道：「我已經算很客氣的了，不想你竟比我更客氣，咱們這樣客氣下去，我既不好意思問你是爲何而來，你也不好意思說，這些客氣話，不如還是免了吧。」

花無缺微微一笑道：「先禮而後兵，正是君子相爭之道，以在下之見，還是客氣些的好。」

白夫人道：「你我無冤無仇，你甚至連我的面都未見到，你怎知我要和你先禮後兵呢？我並沒有和你『兵』的意思呀。」

花無缺道：「陌生之人，夤夜登堂，夫人縱以干戈相待，固亦理所當然也。」

白夫人嬌笑道：「我雖然不知道你的來意，但看你文質彬彬，一表人材，又是滿腹詩書，出口成章，怎麼看也不像個壞人的樣子，你若像剛才進來的人那副樣子，我縱然不會難爲你，但別人卻放不過你了。」

花無缺長長吐了口氣，沉聲道：「多蒙夫人青睞，怎奈在下卻偏偏是爲了方才那人而來的。」

白夫人道：「哎喲，你難道和那個鬼鬼祟祟的小黑鬼是朋友？」

花無缺道：「夫人若能將他的下落賜知，在下感激不盡。」

白夫人道：「我就算將他的下落告訴了你，你有這本事救他出去麼？」

花無缺道：「在下在夫人面前，倒也不敢妄自菲薄。」

白夫人大笑道：「好，好個不敢妄自菲薄，既是如此，你就先露一手給我瞧瞧吧，我看你是不是真有能救他出來的本事。」

花無缺微微一笑，道：「如此在下就獻醜了。」

他坐著動也沒有動，但整個人卻突然飛了起來，那張沉重的紫檀大椅，也好像黏在身上了。

白夫人大笑道：「好，有你這樣的本事，難怪你說不敢妄自菲薄了，只恐怕……」

花無缺皺眉道：「只恐怕什麼？」

白夫人又接著道：「我們這裡有兩個客人，卻瞧著那小黑鬼不順眼了，他們也不知道爲什麼，說著說著就打了起來！唉，你那朋友樣子雖然兇，卻又偏偏不是我那兩個朋友的對手。」

花無缺失聲道：「他莫非已遭了別人毒手？」

白夫人道：「你那朋友好像是被我的朋友帶走了，但帶到哪裡去了，我可也不知道。」

花無缺不覺呆住了，一時間竟不知該怎麼做才好。

他也摸不清這位白夫人是何等身份，更摸不清她說的話是真是假，何況，他就算明知她說的是假話，也是無可奈何。

他走也不是，不走也不是，正在發怔。

誰知白夫人卻又忽然「噗哧」一笑，道：「但你也莫要發愁，你若真的要找他，我是可以帶你去的。」

花無缺喜道：「多謝夫人。」

白夫人竟又嘆了口氣，道：「只不過我被人關在這裡，動也不能動，又怎麼能帶你去呢？」

花無缺瞧著那在纖手撫摸下，馴如家貓的猛虎，吶吶道：「夫人既是此間的主人，此虎又是夫人所養，夫人卻是被誰關在這裡的，在下實在百思不得其解。」

白夫人嘆了口氣道：「這事說來話長，你先掀起這簾子，我再告訴你。」

花無缺遲疑著道：「莫非是個陷阱？」

白夫人道：「你還說自己本事大，竟連這簾子都不敢掀麼？」

花無缺霍然長身而起，一把將那簾子掀了開來。簾子一掀，他更吃驚得說不出話來。

這花廳前面一半，陳設精雅，堂皇富麗，但被黃幔隔開的後面一半，卻什麼陳設也沒有，滿地都是稻草，只有在角落裡放著隻水槽——這哪裡像是人住的地方，簡直像是豬窩、馬廄。

這情況已經夠令人吃驚的了，更令人吃驚的是，這華衣美婦的脖子上，還繫著根鐵鍊，鐵鍊的另一端，深深釘入牆裡。

花無缺也像是被釘子釘在地上了，再也動彈不得。

白夫人瞧著他，淒然一笑道：「你現在總該明白我為什麼不能帶你去了吧！」

花無缺暗中嘆了口氣，道：「這……這究竟是誰做的，是誰……」

白夫人垂下了頭，一字字道：「我的丈夫！」

花無缺幾乎跳了起來，失聲道：「你的丈夫？」

白夫人淒然道：「不錯，我的丈夫是天下最會吃醋、最不講理的男人，他總是認為只要他一走，我就會和別的男人勾三搭四。」

花無缺呆望著她，哪裡還說得出話來？

白夫人道：「你看我的衣服打扮還不錯，又覺得奇怪，是麼？」

她長嘆著接道：「若有別人瞧了我一眼，他就要將那人殺死，你現在已瞧過我了，你就算不救我出去，他也要找你算賬的。」

花無缺苦笑道：「在下平生最恨的，就是欺負婦人女子的人，莫說在下還有求於夫人，就算沒有此事，在下無論如何也要將夫人救出去的。」

鐵心蘭伏在黑暗中，等了許久。

忽然間，她聽到一聲驚天動地的虎吼，但虎吼過後，四下又轉於靜寂，什麼動靜都沒有了。這沒有動靜卻比什麼動靜都令鐵心蘭擔心。

她又等了半晌，愈等愈著急，到後來實在忍不住了，終於自藏身處躍出，她無論如何也想去瞧個究竟。

鐵心蘭縱身躍上了牆頭。她剛躍上牆頭，突然有燈光一閃——那是特製的孔明燈，一道光柱閃電般從她臉上掠過。

接著，黑黝黝的大殿裡，就有一人緩緩笑道：「我當是誰呢，原來是鐵心蘭姑娘。」

鐵心蘭這一驚，幾乎在牆頭上凍結住了，嘶聲道：「你是誰？」

「姑娘走進來瞧瞧，就會認得我是誰的。」

鐵心蘭又驚又疑，哪裡敢冒然走進這陰森黝黯的大殿。

那人陰惻惻一笑，接著又道：「姑娘既已來到這裡，還是進來瞧瞧的好。否則，連姑娘的那兩個朋友都走不了，憑姑娘的本事，難道能走得了麼？」

鐵心蘭全身都顫抖了起來！難道連花無缺都已落入別人的陷阱，遭了毒手？

黑暗中那人緩緩道：「石階旁的柱子下，有盞燈，還有個火摺子，姑娘最好點著燈才進來，別人都說我在燈光下看來，是個非常英俊的男人。」

鐵心蘭又在猶疑：「這又是什麼詭計？」

但無論如何，燈光通常都能帶給人一些勇氣，黑暗中危險總比較大——於是她尋著燈，燃起。鐵心蘭緊緊握著燈，一步步走進了大殿。

大殿中哪裡有什麼人？巨大的香爐，褪色的黃幔，魁偉而猙獰的神像……燈光又像是忽然黯淡了。

鐵心蘭忍不住打了個寒噤，大聲道：「你究竟是什麼人？爲何要躲起來？」

沒有人回答，也瞧不見人影。莫非那木雕的神像，在向一個平凡的女子惡作劇？

鐵心蘭不敢抬頭，卻又忍不住抬起頭。巨大的山神，箕踞在一隻猛虎身上，似乎正在瞧著她獰笑。

鐵心蘭幾乎忍不住要拋下燈，轉身逃去。銅燈又變得冰冷，她的手已開始發抖。

忽然，神幔後爆發出一陣狂笑聲。

一人大笑道：「鐵心蘭呀鐵心蘭，你的膽子倒當真不小。」這語聲赫然竟似那木塑神像發出來的。

但鐵心蘭反自沉住氣了，她也冷笑道：「你既敢請我進來，爲何又躲在神像後不敢見我？」

那人大笑道：「女人的膽子，有時候的確比男人大得多。我本想駭你一跳的，誰知道竟被你瞧破機關了。」

隨著笑聲，一個人緩緩自神像後轉了出來，飄搖的燈光，照著他蒼白的臉，銳利的眸子。他果然是個十分英俊的男人。

但鐵心蘭瞧見了這個男人，卻比瞧見什麼惡魔都要吃驚。

她失聲而呼，道：「江玉郎，是你！」

江玉郎微笑道：「不錯，是我，我方才跟你開了個玩笑，你受驚了麼？」

鐵心蘭一步步往後退，道：「你……你要怎樣？」

江玉郎卻微笑道：「我們是老朋友了，你看見我還怕什麼？」

鐵心蘭連腳趾都冰冷了，臉上卻勉強擠出一絲微笑，道：「誰說我還在害怕，我也高興得很。」

她嘴裡說著話，腳下還是在往後退，她突然將手裡的燈，往江玉郎臉上摔了過去，飛一般逃出了大殿。她突然撞入一個人懷裡！

鐵心蘭用不著用眼瞧，已知道這人是誰了。這人穿的衣裳又軟又滑，滑得像一條滿身都是腥涎的毒蛇。

這人的一雙手也是又軟又滑。他竟然輕輕摟住了鐵心蘭，柔聲道：「你為何要逃？你難道怕我？」

鐵心蘭整個人都軟了，整個身子都發起抖來。她竟已沒有力氣伸手去推。

江玉郎輕撫著她肩頭，緩緩道：「告訴我，你怕的究竟是什麼？」

鐵心蘭努力使自己心跳平靜下來。於是她跺著腳道：「我不理你了，你剛剛嚇得我半死，我爲什麼要理你！」

她知道自己絕不是江玉郎的敵手，她知道此時此刻，唯有少女的嬌嗔，才是她唯一可用的武器。

江玉郎果然笑了，大笑道：「你真是個可愛的女人，難怪小魚兒和花無缺都要爲你著迷了。」

鐵心蘭搶著道：「你以爲你自己比不上他們兩人？」

江玉郎瞇著眼道：「你以爲我比他們兩個人如何？」

鐵心蘭道：「他們還都是孩子，而你……你卻已經是男人了。」

江玉郎大笑道：「你果然有眼光，只可惜你爲何不早讓我知道！」

他將鐵心蘭抱得更緊，鐵心蘭簡直快要吐出來了。

但她卻只是嬌笑道：「你難道是呆子，你難道還要等我告訴你？」

在這微帶涼意的晚風中，在這寂寂靜靜的黑暗裡，懷抱中有個如此溫柔，如此美麗的女人……江玉郎縱然厲害，只怕心也軟了吧。

鐵心蘭的聲音更溫柔，緩緩道：「現在，我不妨告訴你，其實我早已……」

過去。

她已準備了許久，此刻她雙臂已蓄滿真力，她用盡全身力氣，向江玉郎腰眼上打了過去。

但她的手剛一動，左右肩頭上的「肩井」穴，已被江玉郎捏住了，她的力氣連半分都使不出來。江玉郎這惡魔，竟早已看透了她的心裡。

她只覺江玉郎的手沿著她背脊滑了下去，沿著背脊又點了她七、八處穴道，她立刻連手指都無法動彈。

但江玉郎的手卻還在她身上不停地動著，嘴裡咯咯笑道：「我知道你已喜歡我了，今天晚上我可不能辜負你的好意。」

他冰冷柔滑的手，已從她衣服裡滑了進去。鐵心蘭全身的肌膚都在他手指下戰慄起來。

這是她處女的禁地，如今竟被惡毒的男人侵入，她只覺靈魂已飛出了軀殼，心已飛出腔子。

她只想死！從江玉郎嘴裡發出來的熱氣，燻著她耳朵。

只聽江玉郎吃吃笑道：「你不用怕，我會很溫柔地對你，非常非常地溫柔，你立刻就會發覺，小魚兒和花無缺和我比起來，的確還都是孩子。」

鐵心蘭咬著嘴唇，沒有喊出來。她知道此時此刻，呼喊和掙扎非但無用，反而會激起江玉郎的獸性。

她已準備接受這悲慘的命運。她閉起眼睛，眼淚湧泉般流了出來。

誰知就在這時，江玉郎的手竟然停住不動了，鐵心蘭還未覺察這是怎麼回事時，江玉郎竟已將她推開。

她無助地倒了下去，倒在地上。她立刻便瞧見一個女人。

這女人雪白的衣服，蒼白的臉，眼睛瞬也不瞬地瞪著江玉郎，冷冰的眼睛裡，既沒有憤怒，也沒有悲哀。

江玉郎拍了拍手，強笑道：「這丫頭當我是呆子，居然想騙我，我怎能不給她個教訓！」

那女子還是冷冷地瞪著他，不說話。

「你吃醋了麼？」他笑嘻嘻地去摸她的臉，又道：「你用不著生氣，更用不著吃醋，你知道我心裡真正喜歡的只有你！」

那女子動也不動地被他摸著，就像是塊木頭。

那女子終於開了口。她瞪著江玉郎，一字字道：「不管你是不是騙我，從今以後，我只要看見你再動別的女人一根手指，我就立刻殺了你，然後再死在你面前。」

七九　山君夫人

江玉郎吐了吐舌頭，笑道：「你真是會多心，有了你這麼漂亮的老婆，我還會打別人的主意麼？」他摟起鐵萍姑的脖子，在她面頰上親了親。

她垂下頭，眼睛似已有些濕濕的，輕輕接著道：「你知道，你不但是我平生第一個男人，也是我平生第一個對我如此親切的人，無論你這麼做是真是假，只要你永遠這樣對待我，我就已心滿意足了，你就算做別的壞事，我……我也……」她咬著嘴唇，竟再也說不出話來。

鐵心蘭瞧著她，聽到她的話，心裡不禁暗暗嘆道：「這是個多麼寂寞的女人，又是個多麼可憐的女人，她甚至已明知江玉郎對她是假的，假的她竟也接受，她難道已再也不能忍受孤獨……」

鐵心蘭心裡又是難受，又是同情。

大殿的神座下竟有條密道。

這條秘道可以通向幾間地室，鐵心蘭就被鐵萍姑送入了一間很舒服的地室裡來了。

她立刻發現，那「黑衣人」早已在這屋子裡了——他整個人軟癱在一張椅子上，顯然也已被人點了穴道。

令鐵心蘭吃驚的是坐在這「黑衣人」對面的少女。

這少女有一雙十分美麗的大眼睛，只可惜這雙本該十分清澈的大眼睛裡，此刻竟充滿迷惘之色。

她呆呆地望著那「黑衣人」，似乎在思索著什麼，那「黑衣人」也正望著她卻似瞧得癡了。

慕容九怎會也在這裡？鐵心蘭忍不住驚呼出聲來。

江玉郎瞧著他們，哈哈大笑道：「這裡也有個你的老朋友，是麼？」

鐵心蘭咬緊牙，總算忍住沒有再罵出來。

江玉郎走到黑蜘蛛身旁大笑道：「蜘蛛兄，又有位朋友來看你了，你爲什麼不理人家？」

黑蜘蛛這才像是自夢中醒來，瞧見了鐵心蘭，吃驚道：「你……你怎地也來了？」

鐵心蘭苦笑道：「我們本來……本來是想來助你一臂之力的。」

江玉郎仰頭狂笑道：「只可惜普天之下，只怕誰也救不了你們！」

鐵心蘭咬牙道：「你莫忘了，還有花公子……」

江玉郎似乎笑得喘不過氣來，大笑著道：「花無缺此刻還等著別人去救他哩。」

花無缺終於解開了白夫人頸上的鎖鍊。

他長長鬆了口氣，道：「夫人現在可以起來了麼？」

白夫人身子卻已軟軟的倒在稻草上，喘著氣道：「我現在怎麼站得起來？」

花無缺怔了怔，道：「怎會站不起來？」

白夫人嘆了口氣，道：「呆子，你難道看不出來，我現在簡直連一絲力氣都沒有。」

她稱呼竟已從「公子」變爲「呆子」了。花無缺只有伸手去扶她的膀子。

但白夫人卻像已癱在地上，他哪裡扶得起？若不是他兩條腿站得穩，只怕早已被白夫人拉倒在稻草堆上了。

他只好去扶白夫人的腰肢。

白夫人卻又渾身扭曲起來，吃吃笑道：「癢……癢死我了，原來你也不是好人，故意來逗我。」

花無缺臉又紅了，道：「在下絕非有意。」

白夫人咬著嘴唇，道：「誰知道你是不是有意的！」

花無缺簡直不敢看她的眼睛，扭過頭去道：「夫人再不起來，在下就要……」

他實在沒法子了，簡直連話都不知該怎麼說。

白夫人膩聲道：「呆子，你這麼大一個男人，遇見這麼點小事就沒主意了麼？」

花無缺嘆道：「夫人的意思要在下怎樣？」

「你扶不起我來，難道還抱不起我來麼？」她面泛紅霞，豐滿的胸膛不住起伏……

若是換了江玉郎，此刻不撲上去抱住她才怪，若是換了小魚兒，此刻卻只怕要一個耳光摑過去，再問她是什麼意思了。

但花無缺，天下的女人簡直都是他的剋星。他既不會對任何女人無禮，更不會對她們發脾氣。

他甚至直到此刻，還未覺出這嬌慵無力的女人，實在比旁邊那吊睛白額猛虎還要危險十倍。

花無缺沉默半晌，嘆了口氣，柔聲道：「夫人此刻若真的站不起來，在下就在這裡等等好了。」

白夫人眼波流轉，笑道：「我若是一個時辰都站不起來呢？」

花無缺道：「在下素來很沉得住氣。」

白夫人「噗哧」一笑，道：「我若是三天三夜都站不起來，你難道等三天三夜？」

花無缺居然還是不動氣，微笑道：「在下知道夫人絕不會讓在下等三天三夜的。」

她忽然輕呼一聲，跳起來撲入花無缺懷裡。

花無缺這才吃了一驚，道：「夫人，你……」

「不好，我……我丈夫回來了。」

花無缺也不禁變了顏色，失聲道：「在哪裡？」

白夫人全身發抖，道：「在……就在……」

只聽外面一人大吼道：「就在這裡！」

「砰」的一聲，左邊一扇窗戶，被震得四分五裂，一條大漢從粉碎的窗框間直飛了起來。

他身上穿著件五色斑斕的錦衣，面色黝黑，滿臉虬鬚如鐵，一雙眼睛更是神光炯炯，令人不敢逼視。

花無缺早就想推開白夫人了，但白夫人卻緊緊摟住了他的脖子，死也不肯放鬆，像是已經怕得要命。

那大漢自然已瞧得目眥盡裂，怒喝道：「臭婊子，看你做的什麼事？」

他一躍入大廳，那猛虎就搖著尾巴走過去，就好像隻馴服的家犬。但這大漢卻一拳將這重逾數百斤的猛虎打得幾乎飛了起來，撲出去一丈多遠，跳起腳怒罵道：「好個不中用的東西，我要你看著這臭女人，你卻只知道睡懶覺。」

這猛虎竟連半分虎威也沒有了，翻了個身站起來，乖乖的蹲在那裡，瞧那垂頭喪氣的模樣，簡直連隻病貓都不如。

花無缺簡直瞧呆了，忍不住道：「閣下暫且息怒，聽我一言……」

他不說話還好，一說話，那大漢更是暴跳如雷，狂吼道：「我聽你什麼？我聽你個屁！老子前腳一走，你們這雙狗男女就不幹好事。老子早就知道這臭婊子是天生的賤貨，竟會看上你這種小兔崽子。」

白夫人卻大聲道：「老實告訴你，我們在一起已經有兩、三年了，只要你一出去，我們就親親熱熱的在一起，你又能怎麼樣？」

那大漢仰面狂吼，拚命捶著自己的胸膛，吼道：「氣死我了！」

但花無缺卻比他還要憤怒十倍，嗄聲道：「白……白夫人，我和你無冤無仇，你……你爲何要如此？……」

白夫人柔聲道：「好人，你怕什麼？事情反正已到這種地步了，咱們不如索性跟他講個清楚反而好，是麼？」

花無缺氣得手都發起抖來，道：「你……你……」

那大漢厲喝道：「講清楚也沒用，你們這對狗男女若想要老子做睜眼王八，那是在做夢！」

他狂吼著撲過來，一拳擊出！

拳風虎虎，竟將滿廳燈火都震得飄搖不定，花無缺的衣袂，也被他的拳風激得獵獵飛舞！

他實在不想打這場冤枉架，身形一斜，輕輕避了開去！

那大漢更是狂怒，喝道：「好小子，難怪敢偷人家的老婆，原來有兩下子！」喝聲中又是三拳擊出。

花無缺展開身形，連連閃避，能不還手，他實在不想還手。

但這大漢非但拳重力猛，而且招式也十分險峻毒辣，武功之高，竟遠出花無缺意料之外。

花無缺也實在被逼得不能不回手了。他左拳拍出，右手巧妙地劃了半個圓弧。

這正是妙絕天下的「移花接玉」神功。無論是誰，被這種奇異的力量一引，發出的招式，都會反擊到自己身上。

誰知那大漢一聲虎吼，身子硬生生向後一挫，竟將發出去的拳勢，硬生生在半途頓住！

他出拳力道那般猛烈，後防必已大空，此時發出的力道驟然回擊，本是任何人也禁受不住的！

花無缺更未想到這人竟能破得了「移花接玉」神功，除了「燕南天」之外，這只不過是他所遇見的第二個人！

他委實不能不吃驚。這大漢功力之深厚，竟不可思議！

那大漢瞧著他獰笑道：「原來是移花宮出來的，難怪這麼怪了……但你這麼點功夫，又怎能奈何我白山君，叫你師娘來還差不多！」

他拳式再度展出，力道更強、更猛，竟像是真的未將威震天下的「移花接玉」放在眼裡。現在他更不能不還手了。

這白山君的武功，實已激起了他的敵愾之心，他驟然遇見了這麼強的對手，也不免想分個強弱高低！

白夫人在一旁拍手嬌呼道：「對，不要怕他，爲了我，你也該和他拚了！」

這呼聲聽在花無缺耳裡，雖然愈想愈不是滋味，但現在他已好像騎上了虎背，下都下不來了。

他簡直猜不透這白夫人打的究竟是什麼主意！

白山君拳勢愈來愈兇猛。他每一招，每一拳擊出，彷佛都已拚盡了全力，再也沒有餘力可使了，但他第二拳發出，力道卻又和頭一拳同樣兇猛。

但花無缺身形如驚鴻，如遊龍，滿廳飄舞，白山君拳勢雖猛，空自激得他衣袂飛舞，卻還是將他無可奈何。

白夫人嬌笑道：「好人，我真還未看出你有這麼好的功夫，有你這樣的情郎，我還怕什麼？你趕緊宰了這老傢伙，我們就可以安安穩穩地做一對永遠夫妻了。」

她愈說愈不像話，花無缺既不能封住她的嘴，又沒法子不聽，縱然定力不錯，卻也難免爲之分心。那白山君的拳式，卻又根本容不得他稍有分心。

白夫人忽然失笑驚呼道：「哎喲，小心他下一著虎爪抓心！」呼聲中，白山君果然虎吼一聲，一爪抓來。

這一招也未見得特別厲害，花無缺向後微一錯步，就避開了，心裡倒不覺有些奇怪，不知道白夫人爲何要突然驚呼起來。

他知道這其中必定是有花樣的。

但這時卻已沒有時間來讓他想了。他腳步剛往後一退，左右雙膝的腿彎裡，已各各中了一點暗器。

他直到身子倒下，還不知道這暗器竟是白夫人發出來的，白夫人卻已撲過來，摟住了白山君的脖子，嬌喘著道：「我本來以爲已愛上了別人，但你們一打起來，我才知道真正愛的還是你，我寧可將天下的男人都殺光，也不能看別人動你一根手指。」

花無缺嘆了口氣，閉上眼睛，心裡直發苦：「唉，女人……」

他現在才懂得小魚兒爲什麼會對女人那麼頭疼了。

只聽白山君狂笑起來，笑聲愈來愈近，終於到了他身旁。他眼睛閉得更緊，既不想說，也不想聽，更不想看。

白山君卻狂笑道：「你現在總該知道咱老婆的厲害了吧！誰若沾上她，不倒楣才怪，你年紀輕輕，不像個呆子，怎地偏偏做出這種事來？」

花無缺咬緊牙關，也不想辯駁。白山君卻一把拎起他衣領，拖起就走。

只覺白山君竟將他放到一張短榻上，又對他翻了個身，面朝下，接著，竟將他的褲子脫了下來。

花無缺駭極大呼道：「你……你想幹什麼？」他拚命仰起頭，張開眼睛。

只見白山君笑嘻嘻地站在短榻旁，面上絕沒有絲毫惡意，手裡拿著一塊黑黝黝的馬蹄鐵，緩緩道：「我那老婆暗器之歹毒，昔年連燕南天聽了都有些頭疼，你兩條腿各中一枚，我若不用這吸鐵星將它吸出來，你這輩子就休想走路了。」

花無缺又驚又疑，道：「你……你爲何要救我？」

白山君忽又大笑起來，道：「你以爲我真相信我老婆的話麼？」

這時他已自花無缺腿彎裡吸出了兩根細如牛毛的小針，針雖小，但釘在花無缺腿裡時，他全身竟連一絲力氣都沒有，連手指都動彈不得。

此刻針被吸去，花無缺立刻就奇蹟般恢復了力氣，翻身一掠而起，眼睜睜望著白山君，道：「你既不信她的話，方才爲何……爲何要那般惱怒？」

他簡直好像墜入五里霧中，再也摸不著頭緒。

白山君拍了拍他肩頭，笑道：「小伙子，我知道你也被弄糊塗了，好生坐下來聽我說吧。」

花無缺苦笑道：「在下倒的確想請教請教。」

白山君竟也嘆了口氣，竟也苦笑道：「你可知道，世上有一種奇怪的人，別人若是愛她敬她，她就覺得痛苦，若是百般凌辱虐待於她，她反而會覺得舒服快樂。」

花無缺既覺驚奇，又忍不住覺得有些好笑，道：「世上真有這樣的人？」

白山君苦笑道：「自然是有的，我老婆就是其中的一個。」

「她……她怎會這樣子的？」

白山君嘆道：「據說她從小就是如此，非但從小就喜歡別人虐待她，而且她自己還要虐待自己，到了老年時，這脾氣更是變本加厲，竟連普通居室都待不下去，非要將住處佈置成馬廄一般，而且還要我用鐵鍊鎖住她。」

花無缺嘆道：「原來這竟是她自願如此的，在下本還以爲……」

白山君道：「我雖然知道她這毛病，但有時還是不忍下手，也不願意動手，所以她就時常會故意激怒我，爲的就是想讓我揍她。」

花無缺嘆道：「今日之事，想來也必定就是爲了這原故了。」

白山君道：「她年華逐漸老去，總以爲我會對她日久生厭，移情別戀，所以時常又會故意令我嫉妒！……」

「其實白夫人那些做作全都是多餘的，閣下愛妻之心，自始至終，從來也未曾改變過，是麼？」

白山君仰首大笑道：「不錯，我只顧了她的歡喜，卻令朋友你吃了個大虧，此事實在是我夫妻之錯，是打是罰，但憑朋友你吩咐如何？」

花無缺整了整衣裳，微笑道：「實不相瞞，在下本來對此事也委實有些惱怒，但聽了閣下這番話，卻非但對閣下的處境甚是同情，對閣下如此深摯的伉儷之情，更是十分相敬。何況，在下本已作了賢伉儷的階下囚，本只有任憑閣下處治的。」

他語聲忽然頓住，只因他剛走了兩步，忽又發現自己雖然已可行動無礙，但一口氣到了腰上便再也無法提起。

花無缺緩緩道：「閣下又何苦要在我腰畔暗施手腳？」

白山君像是吃了一驚，失聲道：「真的麼？那想必是我方才為你拔針時，一不小心，又將那『遊絲針』插入你腰畔什麼穴道裡去了。」

花無缺悠悠道：「就在『笑腰穴』下。」

白山君像是著急得很，搓著手道：「若在『笑腰穴』附近，那就麻煩了。我實在不敢胡亂替你拔針，否則若是又一不小心，令那遊絲針竄入你『笑腰穴』裡，便是神仙也救不了的，只有眼看著你狂笑三日，笑死為止。」

花無缺默然半晌，道：「既是如此，在下只有告辭，去另外設法了。」

白山君嘆道：「你現在若是隨意走動，那遊絲針也會跟你氣血而動，竄入你笑腰穴裡，你縱然十分小心，也走不出七十步的。」

花無缺停下腳步，緩緩轉過身，靜靜地凝注著他，良久良久，才長長嘆了口氣，苦笑著搖頭道：「賢夫婦的行徑，的確令人難解得很，尊夫人不願爲人，卻願做馬，這且不去說她，而閣下……」

白山君凝注著他，過了很久，才緩緩道：「你真的直到此刻還不知道我是誰？」

花無缺道：「在下見識一向不廣。」

白山君笑道：「不錯，移花宮門下，自然不會留意江湖俠蹤……但『十二星相』這名字，你難道也從未聽人說過？」

花無缺恍然失聲道：「不錯，虎爲『山君』，難怪閣下不但以虎自命，還蓄虎爲奴，馬爲『虎妻』，難怪尊夫人不願爲人願做馬了。」

白山君大笑道：「你此刻既然已知道我是誰，便該知道『十二星相』中人，與『移花宮』乃是死敵，你既已落入我手中，難道不害怕麼？」

花無缺神色不動，淡淡道：「閣下若要動手，方才便不必救我，閣下方才既然救了我，想必是有求於我，閣下既然有求於我，我難道還會害怕麼？」

白山君又自大笑起來，他笑著笑著忽又沉下臉，沉聲道：「不錯，我的確有求於你，只要你說出『移花接玉』這功夫的秘密，我不但立刻放了你，而且你若有所求，我必也件件應允。」

花無缺忽也笑了起來，道：「閣下若以爲『移花接玉』的秘密，如此容易便可得到，閣下就未免會大大失望了。」

白山君變色道：「你難道敢不說？」

花無缺悠然道：「世上令人開口的法子有很多，有的以生死相脅，有的以酷刑逼供，有的以財色相誘，閣下不妨都試試看，看是否能令在下開口。」

白山君默然半晌，忽又一笑，道：「我既然無法可想，也不願白費氣力，看來只有一走了之。你願意留下，就留下，願意走就走，我也管不了你了。不過你萬一要找我時，只要大叫一聲，我就會來的。」他竟然真的說走就走，話未說完，已揚長而去。

這一著又出了花無缺意料之外，一時間竟有些不知所措。

只見白山君剛走出門，又回過頭，笑道：「但你也莫要忘記，千萬莫要走出七十步，否則大笑而死的滋味，可實在比什麼死法都要難受得多。」

八十 義無反顧

花無缺眼見著白山君從這扇門裡走出去，他本來也可以跟著走出去的，但他卻只怔在那裡，動彈不得。

他知道白山君的話絕不是故意嚇唬他，他雖然還可以走出去，卻也不願以性命來作賭注，賭自己是否能走出七十步。

就在這時，忽聽一聲虎吼。

廳房中窗戶本是緊閉著的，但一聲虎吼過後，腥風突起，燈火搖搖欲滅，滿堂桌椅，也似將隨風而倒！

花無缺不由得聳然色變，猛虎已入了廳堂。

這平陽之虎，竟又恢復了森林之王的威勢，虎步雖慢，但每一步都似乎帶著千鈞之力。

只可惜他此刻連真氣都不能提起，簡直可說是手無縛雞之力，何況搏虎？猛虎，既已長驅而入，他只有一步步往後退。

那猛虎已逼到他面前，虎尾已如旗杆般聳起，接著而來的是一撲、一掀、一剪，又豈是此刻的花無缺所能抵擋？

花無缺額上冷汗已滾滾落下！眼見他此刻若不向白山君呼救，便難免要被虎爪撕裂！一飽虎吻。

他雖不願死，將性命看得十分珍貴，但像他這麼樣的人，卻又怎甘向別人呼救呢？又是一聲虎吼！几上花瓶震落，「噹」的摔成粉碎！

江玉郎已狂笑著走了出去。鐵心蘭聽著他得意的笑聲，手腳俱已冰冷。

她知道江玉郎心腸雖毒，膽子卻小，若非有十分的把握能制住花無缺，他此刻絕不會這麼得意，這麼放心！

眼淚，已一連串從她眼睛裡流了出來。

突聽黑蜘蛛冷笑道：「到底是女人，死，又有什麼大不了，何必哭得如此傷心！」

鐵心蘭咬著嘴唇，道：「你……你以爲我是在爲自己傷心？」

黑蜘蛛忽然瞪起眼睛，道：「你難道是爲了那姓花的？」

鐵心蘭垂下了頭，黑蜘蛛大聲道：「若是小魚兒死了，你也會如此傷心？」

鐵心蘭霍然抬起頭，瞧了他半晌，淒然一笑道：「他若死了，你以爲我還能活得下去麼？」

「既然如此，你爲何又要爲別人傷心？……一個女人只能爲了一個男人傷心，別的男人是死是活，她都不該放在心上。」

鐵心蘭長長嘆息了一聲，黯然道：「我的心事，你不會懂的，永遠都不會懂的，任何人都不會懂的。」

鐵心蘭轉目去瞧慕容九——慕容九仍然癡癡地站在那裡，連手指都沒有動過，就像是永遠也不會動了。

鐵心蘭淒然一笑道：「你自己豈非也是爲了救人而來的？」

黑蜘蛛大喊道：「不錯，我是爲了救她而來的！但我是心甘情願地爲她而死，除了她之外，別的女人就算在我面前，我也未必會伸　伸手的！」

鐵心蘭凝注著他，幽幽道：「但你無論對她多麼好，多麼真情，她也不會知道的。」

黑蜘蛛怒目瞪著她，一字字道：「我告訴你，我對她好，用不著她知道，也用不著她同樣來對我好，我愛她就是愛她，絕沒有任何條件！」

鐵心蘭顫聲道：「就算她以後不愛你，甚至根本不理你，你還是要愛她？」

黑蜘蛛大聲道：「不錯，我愛她，並不是爲了要她嫁給我，只要她能好好的活著，我死了也沒有什麼關係。」

鐵心蘭默然半晌，目中又流下淚來，黯然道：「一個女人一生中，若能得到這樣的情感，她死了也沒有什麼關係了，她已可心滿意足……」

她抬起頭，忽然發現慕容九此刻竟也已淚流滿面。

鐵心蘭又驚又喜，大聲道：「你已能聽得懂我們的話？你已能懂得他的意思了麼？」

慕容九目中雖有淚珠不停地流下來，但目光仍是一片癡迷，黑蜘蛛面上本已泛起了興奮喜悅的光芒，此刻光芒又已黯淡。

鐵心蘭柔聲道：「你用不著難受，她現在神智雖仍癡迷不醒，但你的真情，顯然已感動了她，只要你的心不變，總有一天，她會完全領受的。」

突聽一人咯咯笑道：「總有一天？……嘿嘿，只怕這一天永遠也不會來了。」

江玉郎竟又搖搖擺擺走了進來。

鐵心蘭吃驚道：「你還想來幹什麼？」

江玉郎笑嘻嘻道：「我自然是來看你的。」他搖搖擺擺走到鐵心蘭面前，又伸手去摸她的臉。

鐵心蘭駭極大呼道：「你……你莫忘了，那位穿白衣服的姑娘……」

江玉郎大笑道：「我自然不會忘記她，所以我已給她吃了一服安神的藥，現在她已安安穩穩地睡了，你就算喊破喉嚨，她也不會聽到。」

鐵心蘭全身又不覺顫抖起來，大呼道：「只要你碰我一根手指，我就……我就告訴她。」

江玉郎咯咯笑道：「不會，你不會告訴她的，我保證她醒來的時候，你已經不能說話了。」他的手已從她肩頭緩緩滑到胸膛。

鐵心蘭連血都涼了，顫聲道：「求……求求你，不要這樣，求求你殺了我吧。」

江玉郎笑道：「殺你？我現在爲何要殺你？江小魚和花無缺的情人，我若不享受享受，我怎對得起他們？」

他大笑著將鐵心蘭抱了起來，獰笑著又道：「老實告訴你，我不惜一切，也要得到你，倒也不是真的看上了你，我只不過是因爲花無缺和江小魚……」

鐵心蘭已聽不到他的話，她已暈了過去。

黑蜘蛛雖然將牙齒咬得吱吱作響，卻也只有眼見江玉郎抱著她走出門，眼看著她就要被人蹂躪……

猛虎作勢欲撲，花無缺已眼見要喪生虎爪。

就在這時，他忽然發現身旁掛著的一幅畫，竟然緊緊貼在牆上，下面的畫軸，也緊嵌在牆裡。

花無缺已無暇思索，伸手將畫軸一旋一扳，整幅畫便突然陷入，現出了一重門戶，他立刻閃身而入。

又是一聲震天動地的虎吼。但花無缺已將這秘密的門戶闔起。

花無缺雖也想瞧瞧門裡的情況，卻又實在不敢妄自多走一步——他每走一步，下一步就可能是致命的一步！

但這時門裡竟有顫抖的呼聲傳了出來：「求求你，不要這樣，求求你殺了我吧！」

這赫然竟是鐵心蘭的呼聲。

花無缺熱血衝上頭頂，再也不顧一切，大步走了過去！

江玉郎洋洋得意，剛想將鐵心蘭抱出門，忽然發現一個人站在門口，擋住了他的去路。

燈光照著這人蒼白、憤怒而英俊的臉，竟是花無缺！白山君和白夫人卻蹤影不見！

江玉郎就像是挨了一鞭子，立刻踉蹌後退了幾步。

花無缺怒目瞧著他，此刻只要還有一絲真氣能提得上來，花無缺也不能再容這陰毒卑鄙的小人再活在世上。

幸好江玉郎也不知道他已無力傷人，縱然再借給江玉郎一個膽子，也萬萬不敢向他動手的。

花無缺只有在暗中嘆了口氣，緩緩道：「你還不放下她？」

江玉郎滿臉陪笑，已恭恭敬敬將鐵心蘭放在椅子上。

花無缺道：「我也不願傷你，你……快走吧！」

江玉郎如蒙大赦，一溜煙逃了出去，嘴裡猶自陪著笑道：「小弟遵命……小弟遵命！」

黑蜘蛛忍不住狂吼一聲，道：「姓花的，你這是什麼意思？這樣的人，你爲何不宰了他？」

花無缺苦笑道：「殺之既污手，放了也罷。」

他生怕江玉郎還在偷聽，自然不肯說出真正的原因。

黑蜘蛛怒道：「你怕玷污你那雙寶貝的手，我卻不怕。你快解開我的穴道，我去找他算賬。」

花無缺怔了怔，他現在又怎有力量爲別人解開穴道？他只有裝作沒聽見。

黑蜘蛛大怒道：「你難道也不願沾著我？我難道也會弄髒你的手？」

花無缺只有垂著頭，向鐵心蘭走過去，又走了十幾步，才走到身旁，他只覺這段路簡直長得可怕。

黑蜘蛛冷笑道：「好，很好，原來你竟是這樣的人，我們真看錯了你！像你這樣的人手指若沾著我，我反倒會作嘔。」

花無缺暗中嘆了口氣，無話可說。

他平生從未被人如此辱罵，此刻卻只有忍受，只因他此刻若是說出真相，萬一被江玉郎聽見，大家便誰都休想活得成了——江玉郎此刻唯一畏懼的就是他，而他對江玉郎，又何嘗不是步步提防？

這時鐵心蘭悠悠醒轉。

她一眼瞧見了花無缺，淚眼中立刻發出了光，喜極而呼道：「你來了！你果然來了，我就知道沒有人能傷得了你，我早已知道你一定會來救我們的。」

黑蜘蛛冷笑道：「我若要這種人來救我，倒不如死了還好。」

鐵心蘭大奇道：「你……你爲何要對他這樣說話？」

突聽一人道：「花公子現在自顧尚不暇，哪有力氣救你們？你們難道還瞧不出來麼？你們又何苦逼他？」

狂笑聲中，江玉郎又大搖大擺走了進來。花無缺竟眼睜睜瞧著他走進來，一句話也說不出。

鐵心蘭簡直駭呆了，嘶聲道：「這……這是真的麼？」

花無缺長長嘆了口氣，緩緩道：「江玉郎，我不願殺你，你難道真要來自尋死路？」

江玉郎大笑道：「不錯，我就是要來自尋死路，我現在就要將鐵姑娘抱走，死在她身上。」

他嘴裡雖說得狂，但心裡多少還是對花無缺有些畏懼，繞過了他，才敢走近鐵心蘭身旁，一把抱了起來。

鐵心蘭大驚呼道：「你……你敢……」

江玉郎瞧見花無缺還未出手，膽子更大了，大聲笑道：「我爲何不敢？難道我們的花公子還敢對我怎樣！」

他抱著鐵心蘭，一步步退著往外走，眼睛還是瞪著花無缺。

花無缺汗如雨下！

他現在已走了五、六十步，下一步便可能邁入鬼域！

江玉郎放聲狂笑，道：「花無缺呀，花無缺！你爲什麼不過來？你那一身自命天下無敵的武功，到哪裡去了？你難道真要眼看著我將你的情人抱上床麼？」

他已退到門口，卻故意停了下來。

花無缺全身都顫抖起來，死，固然可怕，更可怕的是，他知道自己若是死了，鐵心蘭悲慘的命運還是無法改變！

江玉郎的手，又襲上鐵心蘭的胸膛，奸笑道：「你瞧，這是多麼軟的胸膛，多麼嫩的皮膚，這處女的身子，本來是完全屬於你的，現在，卻完全歸我了，我要怎樣享受，就可以怎麼樣享受！」

花無缺忽然一步步走了過去！

他就算明知必死，他就算明知救不了鐵心蘭，但他也不能眼見著鐵心蘭被人如此侮辱！

江玉郎笑聲忽然頓住了。

他瞧著花無缺已鐵青得可怕的臉，吃驚道：「你……你敢過來？」

花無缺深深吸了口氣，道：「放下她！」

江玉郎目光閃動，忽然發現花無缺的臉色雖沉重，但腳步卻是輕飄飄的，像是一個完全不會武功的人走路的樣子。

江玉郎立即又放聲狂笑起來，大笑道：「花無缺，你嚇不了我的！我早已看出，你已被白山君夫妻所傷，武功連一分都使不出來了，是麼？」

花無缺咬著牙不說話，還是一步步往前走！

他自然知道江玉郎說的不假，也知道自己正在步入死路，但他現在已只有死路一條，別無選擇的餘地！

江玉郎厲聲喝道：「好小子，你真有種！但你若敢再往前走一步，我就宰了你！」

花無缺暗中嘆了口氣，又往前走了一步。他忽然發覺死亡並不如想像中那麼可怕！

鐵心蘭忍不住嘶聲大呼道：「花無缺，求求你，莫要過來吧，我……我並沒有關係，我對你更沒有什麼好處，你何必將我放在心上。」

江玉郎獰笑道：「你莫忘記，一個人是只有一條命的！」

花無缺緩緩道：「不錯，生命的確可貴，它絕沒有任何東西可以交換……」

他微微一笑，接著道：「所以，我若要為一個人而死，也絕不需要你有交換條件，她是否對我好，她是否愛我，都沒有什麼關係。」

鐵心蘭已痛哭失聲，再也說不出話來。

黑蜘蛛終於忍不住大喝道：「一條好漢子！我黑蜘蛛平生從未向人低頭，但對你……我方才錯怪了你，現在鄭重向你致歉，你……你好生去吧！」

花無缺微笑道：「多謝。」

他又往前走出一步！江玉郎似乎也被他這種不顧一切的勇氣嚇呆了，他再也沒有想到花無缺竟也會和小魚兒一樣，必要時竟真的會拚命的！生命，在別人看來固然是珍貴無比，但他們眼中，竟似看得輕淡得很。

八一 生死兩難

江玉郎見花無缺緩緩向自己走來，終於獰笑道：「好，你既然要死，我就索性成全了你吧！殺個把人，想來也不會妨礙我享受的興致的！」

他掌心已扣著一把暗器，正待發出去！

誰知就在這時，突見花無缺身子劇烈的顫抖，如被針刺，接著，竟放聲狂笑了起來！

笑聲有如瘋狂，江玉郎更想不到溫文爾雅的花無缺，也會發出這瘋狂般的笑聲，忍不住失聲道：「你瘋了麼？」

花無缺邁出最後一步時，突覺一根針刺入了他全身最脆弱、最柔軟的地方，一陣奇異的滋味，又痛又癢，直攢入心裡。

他竟突然忍不住瘋狂的大笑起來，竟再也遏制不住，但那股被隔斷了的真氣，卻驟然爲之暢通！

江玉郎又驚又奇，滿把銀針，暴雨般撒出！

花無缺狂笑叱道：「你……你敢！」

叱聲中，舉手劃了個圓圈，漫天暗器，突然如泥牛入海，無聲無息的一起消失，也不知到哪裡去了！

黑蜘蛛動容道：「好一著移花接玉！」

江玉郎嚇得面如土色，大聲驚呼道：「你方才難道是在裝模作樣？」

花無缺道：「不錯……哈哈……還不放下她來！」

江玉郎顫聲道：「我……我放下她，你就放了我？」

花無缺大笑道：「放……放……」

江玉郎知道他一言既出，重逾千斤，再也不敢囉嗦了，放下鐵心蘭轉身就跑，一霎眼便無蹤無影！

花無缺不斷地狂笑著，心裡卻已涼透！白山君的話，竟果然不是假的！

花無缺緊咬著牙，卻也止不住笑聲，他只有暫時不去想這件事，俯身拍開了鐵心蘭的穴道。

鐵心蘭瞪大了眼睛，訝然道：「你將我們都騙過了，害我們爲你著急，你就覺得很好笑麼？」

花無缺知道鐵心蘭又誤會了，卻又不能解釋，到了這種時候，他還怕鐵心蘭知道真相後，會爲他傷心。

他只有轉過身，先拍開黑蜘蛛的穴道。

黑蜘蛛也大怒喝道：「你覺得這玩笑開得很好笑麼？」

花無缺暗中嘆了口氣，又有誰能瞧見他心裡的痛苦！別人只能瞧見他好像在得意地大笑著，他拉起鐵心蘭狂奔而出。

黑蜘蛛到底江湖歷練較豐，終於也發現有些不對，皺著眉想了想，忽又發現慕容九在呆望著他。

他立刻拋開一切心事，也拉起慕容九奔了出去！

鐵心蘭是從這條地道進來，自然知道密室的出口。

他們乘著黑暗的夜色，奔入曠野。滿天星群漸隱，山麓下林木沉寂，花無缺的笑聲聽來也就更刺耳。

鐵心蘭又忍不住道：「你可以不笑了麼？」

花無缺的心已快碎了，幾乎忍不住要將真相說出來。

但他忽又想到，與其要讓鐵心蘭等著看他的慘死之況，倒不如還是被她永遠誤會下去的好。他反正已快死了，又何必還要教別人傷心？

鐵心蘭跺了跺腳，道：「你……你再要這樣笑下去，我就走了！」

花無缺暗中嘆了口氣，嘴裡卻大笑道：「你走吧！哈哈……我反正已知道你愛的不是我……哈哈哈，你快走吧！」

鐵心蘭身子一震，顫聲道：「你真要我走？」

花無缺狂笑著道：「是！」

鐵心蘭呆視著他，一步步往後退。花無缺卻已是仰天狂笑，也不瞧她一眼。

鐵心蘭咬一咬牙，跺腳道：「好，我走就走，我……我現在才知道你是這樣的人！」

她轉身狂奔而出，眼淚卻已流落滿面。花無缺還是在不停地狂笑著。

他已明知必死，他眼見著他最珍惜的人離他而去，連他拚命救出來的人，也絲毫不諒解他，但他……還是只有不停的笑，不停的笑……

寂靜黑暗的山林中，充滿了他這淒涼而瘋狂的笑聲，最後一粒孤星，也沉重地落入死灰色的穹蒼裡……

花無缺眼淚終於也忍不住流下面頰。

他從小生長的，便是一個冷酷無情的世界，他從來也不知道流淚是什麼滋味，但現在……他卻在狂笑中落下淚來！

忽然間，鐵心蘭又來到他面前，靜靜地瞧著他。

花無缺趕緊悄悄擦乾了面上淚痕，大笑道：「你又回來作什麼？」

鐵心蘭面上已帶著有恐懼之色，顫聲道：「告訴我，這究竟是怎麼回事？」

花無缺道：「什麼事？……哈哈，我只是覺得你好笑！哈哈哈，你難道連趕都趕不走？」

鐵心蘭道：「我知道你絕不是這樣的人，我不能走！」

花無缺道：「你不走？哈哈，好，我走！」

他還沒有轉過身，鐵心蘭已一把抱住了他，嘶聲道：「告訴我，你……你是不是受了種很奇怪的傷？」

花無缺大笑道：「我怎會受傷？」

鐵心蘭只覺他的手已冷得像冰一樣，大駭道：「你爲何不肯說實話？」

花無缺心如刀割，卻還是只有笑，不停地笑。

鐵心蘭又流下淚來，道：「我知道你是爲了我，才變成這樣子的，你……」

花無缺狂笑道：「我爲了你……哈哈，你還是快去找江小魚，快去快去！」

鐵心蘭嘶聲道：「我不去，我誰也不找，我一定要陪著你，無論誰也不能要我走。」

花無缺道：「江小魚呢？」

鐵心蘭淚如湧泉，顫聲道：「小魚兒？……我早已忘記他了。」

花無缺大笑道：「但你還是忘不了他的，哈哈……愛，並不是交換，哈哈哈，你若愛一個人，無論他怎樣對你，你都是愛他的。」

鐵心蘭道：「我……我……」她終於撲倒在地上，放聲痛哭起來。

花無缺仰天笑道：「你還是去找他吧……好生照顧他，知道麼……哈哈……但望你們一輩子過得快快活活……」

他笑聲忽然漸漸遠去！鐵心蘭抬起頭時，花無缺已蹤影不見了。

她知道自己是永遠追不上他的，只有痛哭著嘶聲呼道：「花無缺，你這混賬……你若這樣死了，我能嫁給小魚兒麼？你若這樣死了，我們這一生，又怎麼會再有一天快活？」

她用盡力氣放聲大呼道：「花無缺，花無缺……你回來吧！」

但這時哪裡會再有花無缺的回應？只有冷風穿過樹林，發出一聲聲令人斷腸的嗚咽……

天亮的時候，花無缺生命就將結束！他知道自己的生命簡直比一隻寒風中的秋蛾還要短促！

但他難道就這樣等死麼？

花無缺本已絕望地坐下來，此刻卻又一躍而起。

他仰天狂笑道：「花無缺呀花無缺，你至少現在還是活著的！你至少還可以用這短促的生命做一番事！你就算要死，也不該死得無聲無息！」

天地間響徹了他高亢的笑聲。

他返身又向那山君神廟飛掠了過去。大殿仍然黑暗而陰森。

花無缺一掠而入，飛起一腳，將那山君神像踢了下來，狂笑著道：「白山君，你出來吧！」

花無缺狂笑著提起神案，重重摔在院子裡，大笑道：「白山君，你聽著，我雖然要死了，但我也要將你們這些陰毒的人全都殺死，爲世人除害！」

突聽一聲虎吼，那吊睛白額猛虎箭一般竄了進來。

花無缺狂笑著迎上去，身形一避，先讓過這猛虎不可抵擋的一撲之勢，反身一掌，砍在虎頸上！

花無缺身形展動，如遊龍夭矯，那猛虎哪裡能沾著他半片衣袂？三撲之後，其勢已竭！

花無缺再拍出一掌，猛虎竟已伏在地上，動彈不得！

後院裡竟也是寂無人影！

花無缺滿腔悲憤，竟是無處發洩，一腳踢開門戶，抓起桌子，遠遠擲出，桌子被摔得粉碎！

但縱然這整個莊院都被他毀去，卻又有何用！

花無缺狂笑大呼道：「白山君！白山君！你在哪裡！你爲何不肯出來與我一戰？」

他此刻但求一戰，縱然不敵戰死，也是心甘情願的！

花無缺但覺一股熱血直衝上來，隨著狂笑濺出了點點鮮血，有如花瓣般灑滿了他的衣衫。

他只覺自己氣力似已將竭，身子也搖搖欲倒！他那一股怒氣，也似已由盛而衰，由衰而竭。

花無缺忽然發現，此刻只希望有個人在他身旁，無論是誰都沒有關係，他實在不願意寂寞而死！

他只希望戰死！卻偏偏沒有人理睬，他希望死在人群中，卻似乎竟已沒有力氣走出去！

花無缺踉蹌後退，噗地倒在椅上，目光茫然凝住著逐漸降臨的曙色，只希望死亡也跟著曙色而來。他實已心灰意冷，他竟在等死！

但他卻還是忍不住要笑，不停的笑，瘋狂的笑，笑出了他自己的生命，卻笑不出他心頭的悲憤！

他可以逃避一切，卻又怎能逃避自己的笑聲？這笑聲就像是附骨的毒蛆，一直要纏到他死爲止！

他現在甚至已不惜犧牲一切，只求能停住這該死的笑聲，他拚命掩起耳朵，卻又怎會聽不見自己的笑聲？

這笑聲簡直令他發瘋，爲了使笑聲停止，他已準備結束自己的生命！

就在這時，蒼茫的曙色中，忽然現出了一條人影！

晨霧迷漫，如煙氤氳，花無缺終於看清了她的臉，那美麗的臉上，似乎也帶著絕望的死色！

白夫人！這人竟是白夫人！她終於還是出現了！

花無缺本來以爲自己一見了她就會衝過去的，誰知此刻竟只是呆呆的坐著，呆呆地望著她。

花無缺又以爲她一定是要來殺他的，誰知她也只是靜靜地站在他面前，靜靜地瞧著他。

花無缺忽然狂笑道：「你來得正好，既來了爲何還不出手？」白夫人只是瞧著他，竟不說話。

「原來你只是來看著我死的麼？」白夫人還是不說話。

「很好，無論你爲何而來，我都很感激你，我正在覺得寂寞。」

白夫人竟忽然長長嘆息了一聲，黯然道：「可憐的人，你竟連求生的勇氣都沒有了麼？」

花無缺心裡一陣絞痛，嘶聲笑道：「你一心只求我速死，卻反來要我求生，你難道還覺得我的痛苦不夠？」

白夫人道：「但我也知道我是對不起你的，只求你能原諒我。」

花無缺猛笑道：「你爲什麼要說這些話？難道又想來騙我麼？」

白夫人黯然垂首，道：「我也知道你是絕不會相信我的，但……但你能跟我去瞧一樣東西麼？」

花無缺動也不動的坐著，笑聲已嘶啞。

白夫人抬頭凝注著他，顫聲道：「我只求你這一次，無論如何，這對你也不會再有什麼傷害是麼？」她目中竟似真的充滿了哀求之色。

花無缺嘶聲笑道：「不錯，我既已將死，還有什麼人能傷害我？」他終於還是跟著她走了出去。

穿過幾間屋子，花無缺赫然發現竟有個人倒懸在橫樑上，全身鮮血淋漓，一柄長刀穿胸而過。

花無缺失聲道：「白山君死了！」

狂笑聲掩去了他語聲中的驚訝之意，他語聲中甚至還有些失望，卻絕沒有高興的意思。

他雖想與白山君一戰，雖想將此人除去，但驟然見到此人死狀如此之慘，想到一個人生命之短促，竟不覺興起兔死狐悲之感。

白夫人緩緩道：「我要你親眼瞧見他的屍身，也正是因爲我覺得對不起你……」

花無缺道：「你殺了他？」

白夫人黯然長嘆了一聲，道：「不錯，是我殺了他！」

花無缺踉蹌而退，一個字也說不出來。

白夫人偷偷瞟了花無缺一眼道：「我那麼樣對你，只因我一心還在想挽回他的心，我爲了他，不惜傷害任何人，不惜做出任何事……」

她目中淚珠又一連串落了下來，幾乎泣不成聲。

花無缺道：「但你既然如此對他，爲何又殺了他？」

她忽然返身撲到花無缺懷裡，放聲痛哭道：「他竟絲毫不念夫妻之情，他……他……他竟要殺我！」花無缺竟沒有推開她。

在這種情況下，他還是不忍推開一個在他懷中痛哭的女人——一個痛哭著的女人，伏在一個狂笑著的男人懷裡痛哭，旁邊還倒懸著一具鮮血淋漓的屍身，這情形之怪異詭秘，當真誰也描敘不出。

花無缺道：「所以……你就殺了他？」

白夫人道：「我本來雖然不惜爲他而死的，但他真要來殺我時，我卻再也忍受不住，二十年來所受的折磨和委屈，二十年來的冤苦和悲痛，全都在這一瞬間發作出來，我忍不住抽出了刀，一刀向他刺了過去！」

她慘然接道：「我本也以爲這一刀大概傷不了他，誰知他從未想到我會反抗，竟毫無防備之心，我這一刀，竟真的……真的將他刺死了！」

花無缺又能說什麼？他笑聲已漸漸嘶啞，腿已漸漸發軟。他一身氣力，竟已都被笑了出去！

花無缺忽然道：「過去的事，不必再提，我……我絕不會再恨你……」

白夫人道：「你原諒了我？」

花無缺點點頭，又道：「你話已說完了麼？」

白夫人道：「我該說的都已說了，你……你難道沒有話要對我說？」

花無缺道：「我……我只望你……」

他自然希望白夫人能止住他這要命的笑聲，但到了這地步，他竟然還是無法在女人面前說一句懇求的話。

白夫人靜靜瞧了他半晌，黯然道：「其實用不著你說，我也早該爲你起出笑穴中那根銷魂針的。但你方才用力過度，針已入穴極深，我也無力爲你起出來了。」

花無缺心裡一陣絞痛，突然推開了白夫人轉身而行，到了此刻，他知道自己的命運已注定，只有笑死爲止！

誰知白夫人卻又攔住了他的去路，道：「你現在還不能走。」

花無缺再也忍不住怒氣上湧，卻又勉強壓了下去，道：「事已至此，你爲何還要留下我？」

白夫人道：「世上還有個能救你的人，我雖然無力救你，但卻能將你的性命延長三天，三天內，我就可以帶你去找到那個人，你若想活下去，你就該有勇氣去求他！你年紀輕輕，求人並不可恥，不敢活下去才真正可恥。」

花無缺嗄聲笑道：「我縱去求他，他也未必會救我，我又何苦……」

白夫人截口道：「我很瞭解那個人，只要你去，他一定會救你的。」

她緩緩接道：「何況，你並不是去求他，你只不過去治病而已。一個人生了病而不去就醫，這人並不可敬，反而可笑！」

她翻來覆去的解說，花無缺心終於動了。一個人無論多麼不怕死，有了生機時還是不願意死的。

花無缺終於點了點頭。對如此真摯的懇求，他永遠都無法拒絕的。

八二 溫柔陷阱

花無缺和白夫人已走了。大廳裡更沉寂，更陰森，曙色斜照著屍身上的鮮血，鮮血竟被映成了慘碧顏色。

這時江玉郎卻悠然踱了進來，拊掌笑道：「前輩端的是智計過人，弟子當真佩服得五體投地。」

倒懸在樑上的「死人」突然哈哈一笑，道：「此計雖妙，也只有姓花的這種人才會上當，若換了你我，只怕再也不會如此輕易就相信女人的話。」

這「死人」此刻竟已自樑上翻身躍下，右手拔起了自前胸刺入的刀柄，左手拔出了自後背刺出的刀尖。

原來這柄刀竟是兩截斷刀，黏在白山君身上的。

花無缺暈暈迷迷地坐在車子裡，白夫人給他吃了種很強烈的寧神藥，藥力發作，他就昏昏欲睡。

幸好這車廂還舒服得很，他既不知道白夫人從哪裡叫來的這輛車，也不知道趕車的是誰，更不知道車馬奔向何方。

一個垂死的人，對別人還有什麼不可信任的！

三天後的黃昏，車馬上了個山坡，就緩緩停下，推開車窗，夕陽滿天，山坡上繁花如錦，彷彿圖畫。

極目望去，大江如帶，山坡後一輪紅日如火，夕陽映照下的江水，更顯得無比的燦爛輝煌。

花無缺暗嘆忖道：「我此番縱然無故而死，但能死在這樣的地方，也總算不虛此行了。」

只聽白夫人長長嘆息了一聲，黯然道：「那人脾氣甚是古怪，我……我不願見他。」

她開了車門，扶著花無缺下車，遙指前方，道：「你可瞧見了那邊的山亭？」

只見紅花青樹間，有亭翼然。一縷流泉，自亭畔的山岩間倒瀉而下，飛珠濺玉，被夕陽一映，更是七彩生光，艷麗不可方物。

花無缺九死一生，驟然到了這種地方，無疑置身天上，淡淡的花香隨風吹來，他癡了半晌，才點頭道：「瞧見了。」

白夫人道：「你轉過這小亭，便可瞧見一面石門藏在山岩邊的青籐裡，石門終年不閉，你只管走進去無妨。」

花無缺暗嘆忖道：「能住在這種地方的，自然不會是俗人，我有幸能與高人相見，本是人生樂事，只可惜我現在竟如此模樣。」

花無缺道：「他叫什麼名字？」

白夫人道：「他叫蘇櫻。」

花無缺暗嘆道：「蘇櫻……蘇櫻……我與你素不相識，卻要求你來救我的性命，你只怕會覺得可笑。」

白夫人又道：「你見著他後，他也許會問你是誰帶來的，你只要說出我的名字……對了，我的本名是馬亦雲。」

花無缺道：「我記得。」

白夫人淒然一笑，道：「我此後雖生如死，你也不必再關心我，從今以後，世上再沒有我這苦命的女人……」

她語聲忽然停頓，轉身奔上了馬車，車馬立刻急馳而去。花無缺怔了半晌，心裡也不知是何滋味。

這女人害得他如此模樣，但此刻他卻只有感激，只有信任，絕沒有絲毫懷疑和忿恨。

車馬轉過幾處山坳，突又停住。山岩邊，濃蔭下，已來了三個人，卻正是鐵萍姑、江玉郎和白山君。

花無缺已走入了那已被蒼苔染成碧綠色的石門。

石門之後，洞府幽絕，人行其中，幾不知今世何世。

花無缺只恨自己的笑聲，偏偏要破壞這令人忘俗的幽靜，他用力掩住自己的嘴，笑聲還是要發出來。

走了片刻，入洞已深，兩旁山壁，漸漸狹窄，但前行數步，忽又豁然開朗，竟似已非人間，而在天上。

前面竟是一處幽谷。白雲在天，繁花遍地，清泉怪石，羅列其間，亭台樓閣，錯綜有致。

遠遠一聲鶴唳，三五白鶴，伴有一二褐鹿徜徉而來，竟不畏人，反而似乎在迎接著這遠來的佳客。

花無缺正已心動神移，那白鶴卻已啣起了他衣袂，領著他走向青石路上，繁花深處。

只見一條清溪蜿蜒流過，溪旁俏生生坐著條人影。

她垂頭坐在那裡，似乎在沉思，又似乎在向水中的游魚訴說著青春的易逝，山居的寂寞。

她漆黑的長髮披散肩頭，一襲輕衣卻皎白如雪。

花無缺竟不由自主被迎賓的白鶴帶到了這裡，岸上的人影與水中人影相互輝映，他不覺又瞧得癡了。

白衣少女也回過頭來，瞧了他一眼。她不回頭也罷，此番回過頭來，滿谷香花，卻似乎頓然失去了顏色。只見她眉目如畫，嬌靨如玉，玲瓏的嘴唇，雖嫌太大了，廣闊的額角，雖嫌太高了些，但那雙如秋月，如明星的眼波，卻足以補救這一切。

她也許不如鐵心蘭的明艷，也許不如慕容九的清麗，也許不如小仙女的嫵媚……她也許並不能算很美。

但她那絕代的風華，卻令人自慚形穢，不敢平視。

此刻，她眼波中帶著淡淡一絲驚訝，一絲埋怨，似乎正在問這魯莽的來客，為何要笑得如此古怪。

花無缺的臉竟不覺紅了起來，道：「在……在下花無缺，特來求見蘇櫻蘇老先生。」

白衣少女緩緩接著道：「我就是蘇櫻。」

花無缺這才真的怔住了。他本以為這「蘇櫻」既能治他的不治之傷，必然是江湖耆宿，武林名醫，退隱林下的高手。他再也想不到這蘇櫻竟是個年華未滿雙十的少女。

蘇櫻眼波流動，淡淡道：「山居幽僻，不知哪一位是閣下的引路人？」

花無缺道：「這……在下……」

他實未想到白夫人竟要他來求這少女來救他的性命，面對著這淡淡的笑容，冷漠的眼光，他怎樣好意思說出懇求的話來？

蘇櫻道：「閣下既然遠道而來，難道連一句話都說不出麼？」

她話雖說得客氣，但卻似已對這已笑得狼狽不堪的來客生出了輕蔑之意，嘴裡說著話，眼波卻又在數著水中的游魚。

花無缺忽然道：「在下誤入此間，打擾了姑娘的安靜，抱歉得很……」他微微一揖，竟轉身走了出去。

蘇櫻也未回頭，直到花無缺人影已將沒入花叢，卻突又喚道：「這位公子請留步。」

花無缺只得停下腳步，道：「姑娘還有何見教？」

蘇櫻道：「你回來。」

這三個字雖然說得有些不客氣了，但語聲卻變得說不出的溫柔，說不出的宛轉，世上絕沒有一個男子聽了這種語聲還能不動心。花無缺竟不由自主走了回去。

蘇櫻還是沒有回頭，淡淡道：「你並未誤入此間，而是專程而來的，只不過見了蘇櫻竟是個少女後，你心裡就有些失望了，是麼？」花無缺實在沒有什麼話好說。

蘇櫻緩緩接道：「就因爲你是這種人，覺得若在個少女面前說出要求的事，不兗有些丟人，所以你雖專程而來，卻又藉詞要走，是麼？」

花無缺又怔住了。

這少女只不過淡淡瞧了他一眼，但這一眼卻似瞧入他的心裡，他心裡無論在想什麼，竟都似瞞不過這一雙美麗的眼睛。

蘇櫻輕輕嘆了口氣，道：「你若是還要走，我自然也不能攔你，但我卻要告訴你，你是萬萬走不出外面那石門的！」

花無缺身子一震，還未說話，蘇櫻已接著道：「此刻你心脈已將被切斷，面上已現死色，普天之下，已只有三個人能救得了你，而我……」

她淡淡接著道：「我就是其中之一，只怕也是唯一肯出手救你的，你若對自己的性命絲毫不知珍惜，豈非令人失望！」

這是間寬大而舒服的屋子，四面都有寬大的窗戶。此刻暮色漸深，明燭初燃，滿谷醉人的花香，都隨著溫暖的晚風飄了進來，滿天星光也都照了進來，蘇櫻支起了最後一扇窗戶，那雙纖纖玉手，似已白得透明了。

沒有窗戶的地方，排滿了古松書架，松木也在晚風中散發出一陣陣清香，書架的間隔，有大有小，上面擺滿了各色各樣的書冊、大大小小的瓶子，有的是玉，有的是石，也有的是以各種不同的木頭雕成的。

這些東西擺滿四壁，驟看似乎有些零亂，再看來卻又非常典雅，又別緻，就算是個最俗的人，走進這間屋子來，俗氣都會被洗去幾分。

但這屋子裡卻有個很古怪的地方，那就是這麼大一間屋子裡，竟只有一張椅子，其餘就什麼都沒有了。

這張椅子也奇怪得很，它看來既不像普通的太師椅，也不像女子閨閣中常見的那一種。

這張椅子看來竟像是個很大很大的箱子，只不過中間凹進去一塊，人坐上去後，就好像被嵌在裡面了。

花無缺已走了進來。

他只覺得這少女的話說來雖平和，但卻令人無法爭辯，又覺得她的話說來雖冷漠，但卻令人無法拒絕。

蘇櫻已在那唯一的椅子上坐了下來。

花無缺只有站在那裡，心裡真覺得有些哭笑不得。

椅子的扶手很寬，竟也像個箱子，可以打開來的。

蘇櫻一面已將上面的蓋子掀起，伸手在裡面輕輕一撥，只聽「格」的一聲輕響。

花無缺面前的地板，竟忽然裂了開來，露出了個地洞。接著，竟有張床自地洞裡緩緩升起。

蘇櫻淡淡道：「現在已有床可以讓你躺下了，你還要什麼？」

花無缺道：「我……我想喝茶。」

這句話本非他真正想說的，但卻不知不覺地從他嘴裡說了出來，他實在也想試試這少女究竟有多大的本事。

蘇櫻道：「呀，我竟忘了，有客自遠方來，縱然無酒，但一杯茶的確是早該奉上的了。」

她說著話，手又在箱子裡一撥。

只聽壁上書架後忽然響起了一陣水聲。接著，木架竟自動移開，一個小小的木頭人，緩緩從書架後滑了出來。

這木僮手上，竟真的托著隻茶盤，盤上果然有兩隻玉杯，杯中水色如乳，蘇櫻微微一笑，道：「抱歉得很，此間無茶，但這百載空靈石乳，勉強也可待客了，請。」

花無缺忍不住道：「諸葛武侯的木牛流馬，其巧妙只怕也不過如此了。」

蘇櫻淡淡笑道：「孔明先生的木牛流馬，用於戰陣之上倒是好的，若用於奉茶待客，就未免顯得太霸氣了。」

言下之意，竟是連諸葛武侯也未放在她眼裡。

這時夜色已濃，星光已不足照人面目，書架裡雖有銅燈，但還未燃起，花無缺忍不住又道：「難道姑娘不用動手，也能將燈燃起麼？」

蘇櫻道：「我是個很懶的人，懶得常會想出很多懶法子……」

她的手又輕輕撥了撥，銅燈旁的書架間，立刻伸出了火刀火石，「嗆」的一聲，火星四濺。

那銅燈竟真的被燃起了。

蘇櫻微笑道：「你瞧，我就算坐在這裡不動，也可以做很多事的。」

花無缺大笑起來——真的大笑起來，笑道：「以我看來，縱然是自己燃燈倒茶，也要比造這些消息機關容易得多，你這懶人怎地卻想出這最麻煩的法子？」

也不知怎地，他竟一心想折折蘇櫻的驕氣，他本不是這樣的人，此刻也許是笑得心裡失去了常態。

蘇櫻卻冷冷道：「像我這樣的人，難道也會替你倒茶麼？」

花無缺道：「你爲何不用個丫鬟女僕，這法子豈非也容易得多？」

蘇櫻冷冷道：「我怕沾上那些人的俗氣。」

花無缺又沒有話說了。蘇櫻靜靜地凝注著他，緩緩接著道：「你說這些話，只因你覺得我太強了，所以想壓倒我，是麼？我不妨告訴你，世上沒有人能壓倒我的，我永遠都是高高在上，你不必白費心機。」

花無缺大笑道：「其實你只不過是個弱不禁風的女孩子，任何人一掌就可以推倒你。」

蘇櫻道：「你居然看出我不會武功，你的眼光倒不錯。」

花無缺道：「多謝。」

蘇櫻道：「你的武功很不錯，是麼？」

花無缺道：「還過得去。」

蘇櫻道：「但現在卻是你要求我救你，我並沒有求你救我。由此可見，世上有很多事，並不是武功可解決的，人所以為萬物之靈，只因為他的智慧，並不是因為他的力氣，若論力氣，連匹驢子都要比人強得多。」

花無缺只覺怒氣上湧，又要拂袖而去了，蘇櫻卻就在這個時候嫣然一笑，盈盈走過來，柔聲道：「現在，你老老實實地躺下去，我給你服下一瓶藥後，你這可惡的笑聲，立刻就可以停止了。」

面對著如此可愛的笑容，如此溫柔的聲音，世上還有哪個男人能發得出火來？何況她說的這句話，又正是花無缺最想聽的。

花無缺並不是怕死，但這笑……他現在真想不出世上還有什麼比「笑」更可怕的事。

笑聲終於停止了。花無缺服了藥後，已沉沉睡去。

突聽一人嬌笑道：「好妹子，真有你的，無論多麼兇的男人，到了你面前都會乖得像隻小狗……」隨著嬌笑聲走進的，正是白夫人。

蘇櫻瞧也沒有瞧她一眼，淡淡道：「你為何現在就來了，你不放心我？」

白夫人笑道：「只不過大家都知道妹妹你心高氣傲，所以要我來求妹妹，這次委屈些，只要這小子說出了『移花接玉』的秘密，咱們立刻就將這小子殺了給妹妹出氣。」

蘇櫻到這時才冷冷瞟了她一眼，道：「你覺得我對他這法子不好？」

白夫人又陪笑道：「不是不好，只不過……咱們現在是要騙他說出秘密，所以……」

蘇櫻冷冷道：「你覺得我應該對他溫柔些，應該拍拍他馬屁，灌灌他迷湯，必要時甚至不妨脫光衣服，倒入他懷裡，是麼？」

白夫人嬌笑道：「反正這小子已快死了，就讓他佔些便宜又有什麼關係？」

蘇櫻已冷冷接道：「老實告訴你，我對他若真用這樣的法子，他也是萬萬不肯說的，用這種法子來對付你的丈夫還差不多。」

白夫人道：「但……但是……」

蘇櫻道：「對付他這樣的人，就要用我這樣的法子，他才服貼。只因我這樣對付他，他就萬萬想不到我有事求他，也就萬萬不會提防我，否則我怎會故意讓他看出我不會武功？你總該知道我雖不屑去學這些笨玩意兒，但要我裝成一流高手的樣子，我還是照樣可以裝得出的。」

白夫人展顏笑道：「我現在才懂了，妹妹你的手段，果然非人能及。」

蘇櫻懶懶的一笑，道：「你懂了就好，現在你們快躲遠些吧，明天這時候，我負責令他老老實實的說出『移花接玉』的秘密。」

八三 自作自受

第二天花無缺醒來時，笑聲果然已停頓了，只覺得全身軟軟的沒有絲毫力氣，躺在床上竟連坐都坐不起來。

屋子裡一個人也沒有，四面花香鳥語，濃蔭滿窗。

突聽屋子後一人在怪叫道：「出去出去，我說過我不要吃這撈什子的草根樹皮，你為何總是要給我吃。」

又聽得蘇櫻柔聲道：「這不是草根樹皮，這是人參。」

那人又吼道：「管他是人參鬼參，我說不吃，就是不吃。」

蘇櫻竟笑道：「也沒見過你這樣的人，好好好，你不吃，我就拿出去。」

她這樣的人也會受人家的氣，花無缺聽得實在有些奇怪，忍不住暗暗猜測，不知道給她氣受的這位仁兄，究竟是怎麼樣一位人物。

過了半晌，只見蘇櫻垂著頭走了進來。

她一走進屋子，立刻又恢復了她那種清麗脫俗，高高在上的神情，只不過手裡還是捧著碗參湯。

花無缺暗道：「那人不吃，她難道就要拿來給我吃麼？」他現在雖的確很需要此物，但心裡卻暗暗決定，她若將這碗參湯拿來給他吃，他也是不吃的。

誰知蘇櫻卻走到窗口，將那碗參湯都潑出窗外，她為「那位仁兄」做的東西，竟寧可潑掉，也不給別人吃。

蘇櫻已走到床邊，淡淡道：「現在你是否覺得舒服多了？」

花無缺這才又想起大笑不止時那種難以忍受的痛苦，才覺得現在實無異登天一般，不由得嘆道：「多謝姑娘。」

蘇櫻道：「現在你還不必謝我。」

花無缺動容道：「為……為什麼？」

蘇櫻道：「你現在笑聲雖已停止，但那根針還是留在你氣穴裡，只不過被我用藥力逼得偏了些，沒有觸入你的笑穴，但你只要一用力，舊疾還是難免復發。」

花無缺吃驚道：「這……這又該如何是好？」他現在寧可犧牲一切，也不願再那麼樣笑了。

蘇櫻道：「這根針入穴已深，縱以將黑石一類寶物，也難將它吸出來了，只有你自己用內力或許還可將它逼出。」

花無缺道：「但……但我現在連一絲氣力都使不出來。」

蘇櫻冷冷道：「你現在自然使不出來的，你若能使得出來，也就不必來找我了。」

花無缺道：「姑娘難道有什麼法子，能令我真氣貫通無礙？」

蘇櫻淡淡道：「自然有的，此刻你只要將你所練內功的要訣告訴我，我便可在旁助你一臂之力，使你真氣貫通，逼出毒針。」

她說的是那麼輕鬆平淡，就好像這本是件最普通的事，好像只要她一吩咐，花無缺就會說出自己內功的秘密。

只因她知道自己只有這樣說法，花無缺才不會想到這一切都是他們費了無數心力所做成的圈套。花無缺果然沒有想到。

但「移花接玉」的行功秘訣，卻是天下武功中最大的秘密，要他驟然說出來，他還是不免猶疑。

蘇櫻靜靜瞧了他半晌，悠然道：「你難道是怕我偷學你的內功麼？」

花無缺道：「在下並無此意，只不過……」

蘇櫻淡淡一笑，道：「像我這樣的人，若是有一分愛武的心，此刻縱非天下第一高手，只怕也差不多了。」

她嘆了口氣，冷冷接道：「你們這些練武的人，總將自己的武功視若珍寶，又怎知這件事在我眼中看來，簡直不値一文。」話未說完，她竟已拂袖而去。

花無缺失聲道：「姑娘慢走。」

蘇櫻頭也不回，冷冷道：「說不說雖由得你，但我聽不聽，還不一定哩。」

花無缺嘆了口氣，道：「在下所練內功，名曰『移花接玉』，乃是……」

黃昏來臨時，白山君夫婦已帶著江玉郎和鐵萍姑，在谷外的小亭裡等了許久了，四個人面上已不禁都露出了焦急之色。

江玉郎忍不住笑道：「我實在想不出這位蘇姑娘究竟是位怎麼樣的人？兩位前輩竟對她如此傾倒。」

白夫人笑道：「小伙子，我告訴你，你見了她時，只怕連話都說不出來了。」

江玉郎笑道：「前輩未免也說得太玄了，難道在下竟如此……」

他突然頓住語聲，張大了嘴，說不出話來。

只見一個身披霓裳羽衣的仙子，在滿天夕陽中，飄飄而來，一隻紅頂雪雨的白鶴昂然走在她前面，一隻馴鹿，依依跟在她身後。溫柔的暮風，吹亂了她髮絲，她伸出手來輕輕一挽……

就是這麼樣輕輕一挽，已是令天下的男人都爲之窒息，只是這麼樣一幅圖畫，已非任何人描述得出。

她生得也許並不十分美，但那絕代的風華，卻無可比擬，江玉郎只覺神魂俱醉，哪裡還能說話？

白夫人含笑瞟了他一眼，迎了上去，笑道：「好妹子，你果然來了。」

白山君也迎了過來，笑著道：「『移花接玉』的秘密，妹子你想必也問出來了。」

蘇櫻道：「不錯，我問出來了。」

白山君夫婦大喜道：「多謝多謝……」

蘇櫻冷冷道：「你現在還不必急著來謝我。」

白夫人道：「那麼……那麼……妹子你難道已將『移花接玉』的竅訣寫下來了麼？」

白山君道：「是，是，妹子自然會寫下來給我們的，老太婆你急什麼？」

蘇櫻淡淡道：「我現在也不準備寫下來給你們。」

白山君怔了怔，道：「那麼……那麼妹子你的意思是……」

白夫人陪笑道：「妹子你要到什麼時候才肯告訴我們呢？」

蘇櫻道：「也許三天五天，也許一年半載，也許十年八年，等我玩夠了，我自然會告訴你們的。」

白山君夫婦面面相覷，怔了半晌，白夫人陪笑道：「好妹子，你別開玩笑，若是等十年八年，豈非急也把人急死了。」

蘇櫻道：「你們急不急死，是你們的事，與我又有何關係？」

白夫人著急道：「但……但妹子你不是已答應了我……」

蘇櫻冷冷截口道：「我只答應你，要叫花無缺說出『移花接玉』的秘密，並未答應將這秘密告訴你。」

白山君夫婦怔在那裡，再也說不出話來。

蘇櫻緩緩轉過身子道：「深山無以待客，我也不留你們了，你們還是回去吧。」

白夫人著急道：「妹子請留步。」

蘇櫻淡淡道：「你們總該知道，我說出的話永無更改，何苦再多事。」

白夫人嘆了口氣，道：「我只想問問那姓花的現在怎麼樣了？」

蘇櫻皺眉道：「你們只管放心，我也絕不會放了他。他這輩子只怕是再也休想見人了。」說完了這句話，她再也不回頭，揚長而去。

白山君夫婦竟只是眼睜睜瞧著，誰也不敢攔阻。

過了半晌，鐵萍姑嘆了口氣，道：「這位姑娘好大的架子。」

江玉郎卻道：「這丫頭既然手無縛雞之力，前輩爲何不拿下她來？」

白山君嘆了口氣道：「老頭子拿她當寶貝一樣，誰若碰著她一根手指，老頭子不拚命才怪，我夫婦現在還不想惹那老頭子，也只好放她一馬了。」

白夫人也嘆道：「何況，你莫看她手無縛雞之力，但鬼心眼卻還是真多，我們這幾個人，倒真還未必能制得住她。」

江玉郎微微一笑，卻不說話。

白山君瞧了他半晌，眼睛裡忽然發出了光，道：「你莫非不服氣？」

江玉郎瞟了鐵萍姑一眼，微笑不語。

白山君重重一拍他肩頭，大笑道：「好小子，我早就聽說你對女人另有一套，你去試試，那丫頭正在有些春心蕩漾，說不定真的會告訴你。」

江玉郎眼角瞟著鐵萍姑，笑道：「在下對女人有何本事？前輩說笑了。」

白夫人已摟住了鐵萍姑，嬌笑道：「好妹子，你就讓他去吧，嫂子我保證他不敢對你變心，他若敢變心，嫂子我就叫小白將他腦袋咬下來。」

江玉郎大搖大擺走進了山谷。晚風入懷，花香撲面，他身子只覺有些輕飄飄的，骨頭彷彿沒有四兩重。

對於女人，他自覺已是老手，尤其這種年紀輕輕的小姑娘，只要他一出馬，那還不是手到擒來？

更令他放心的是，這位姑娘連一點武功也不會，他就算不成功，至少也能全身而退，少不了半根汗毛。

何況，到了必要時，他還可以來個霸王硬上弓，那時生米煮成熟飯，還怕這姑娘不對他服服貼貼地俯首稱臣？

更何況，就算這位蘇姑娘脾氣拗些，死也不肯說，反正便宜已讓他佔過了，吃虧的永遠是別人，絕不會是他。他算來算去，愈想愈開心，簡直開心得要飛上天了。

突聽一人冷冷道：「你是誰？憑什麼冒冒失失地闖入這裡來？」

原來他開心得過了頭，竟未發覺蘇櫻早已在冷冷瞪著他。

一瞧見蘇櫻，江玉郎立刻做出一副可憐兮兮的模樣，垂下了頭，囁嚅著道：「在下冒昧闖入，實在無禮……」

蘇櫻道：「你既知無禮，此刻就該快些退出去。」

江玉郎本已準備好滿肚子花言巧語，本以爲足可打動任何一個少女的心，誰知在這人面前竟好像豎著道冰牆，令他根本無孔可入。

他滿肚子話竟連一句也沒有說出來，蘇櫻已冷冷轉身走了回去。江玉郎眼珠子打轉，突然大聲道：「姑娘慢走，姑娘你好歹要救在下一命。」

蘇櫻果然回過了頭，皺眉道：「你若有病，就該去看醫生，此間既未懸壺，也未開業，你來幹什麼？」

江玉郎黯然道：「別人若是救得了在下的病，在下又怎敢來麻煩姑娘？只嘆世間的名醫雖多，卻都是欺世盜名之輩，他們若有姑娘的一成本事，在下……唉，在下也不必千里迢迢地趕來打擾姑娘了。」

常言道「千穿萬穿，馬屁不穿」，這點江玉郎知道得比誰都清楚。蘇櫻面色果然大爲和緩，嘴裡卻還是冷冷道：「你又怎知道我能治得了你的病？是誰告訴你的？」

江玉郎道：「這……這是在下的一位父執前輩，不忍見在下無救而死，才指點在下一條明路，而且將在下帶來這裡。」

他頭垂得更低，苦笑接道：「這位前輩不許在下說出他的名諱，但在下在姑娘面前，又怎敢說謊，指點在下前來的，就是白山君白老前輩，和他的夫人。」

蘇櫻面色果然更是和緩，搖頭道：「這兩口子倒真是會替我找麻煩。」

江玉郎窺見她的詞色，已是事情大爲有望，於是打蛇隨棍上，竟「噗通」跪了下來，道：「在下這病，別人反正也救不了的，姑娘今日若不肯……不肯可憐可憐我，我就索性死在姑娘面前吧。」蘇櫻一雙明如秋水的眼睛，在他臉上凝注了半晌，輕輕嘆了口氣，道：「你倒真是會纏人……」她嘴裡說著話，竟又轉身走了。

江玉郎大聲道：「姑娘走不得，姑娘好歹也得救在下一命。」

蘇櫻回眸一笑，道：「呆子，我走了，你難道不會跟我來麼？」

這一笑，已笑得江玉郎骨頭都酥了，這一聲「呆子」，更叫得江玉郎心頭癢癢的，也不知該如何是好。

蘇櫻分手拂柳，又將他帶到那間明亮的敞軒中，燭火已燃，那張床也還在那裡，但床上的花無缺，卻已不知何處去了。

只聽蘇櫻道：「現在，你不妨先告訴我，你得的是什麼病？是哪裡覺得不舒服？」

江玉郎哪裡有什麼病？情急之下，脫口道：「在下……在下肚子疼得很厲害。」

蘇櫻忽然沉下了臉，冷冷道：「但我瞧你卻不像疼得很厲害的樣子。」

江玉郎怔了怔，若是換了別人，此刻只怕已要臉紅了，但江玉郎究竟不愧爲說謊的名家，眼珠子一轉，立刻陪笑道：「在下在姑娘面前，怎敢放肆？何況，無論是誰，見到姑娘這樣天仙般的人物，也會將疼痛渾然忘卻了的。」

這句馬屁看來又拍得恰到好處。

蘇櫻展顏一笑，道：「你看到我既然就能止疼，那還要醫什麼？」

江玉郎涎臉笑道：「在下若能常伴姑娘左右，疼死也無妨，只不過……只不過……」

他內功本已有很深的火候，此刻暗中運氣一逼，額角上立刻有一連串黃豆般大小的汗珠流了下來。

蘇櫻竟似也有些著急道：「你瞧你，疼成這樣子，還不快躺下來。」

她輕輕扶起江玉郎的手，江玉郎「裝羊吃老虎」，竟整個人都向她身上依偎了過去，在她耳朵邊吹著氣道：「多謝姑娘。」

蘇櫻居然也不生氣，江玉郎膽子更大，一雙手也按了上去，誰知蘇櫻卻一扭腰逃了，嘟著嘴道：「你若不乖乖的躺上床，我就不理你了。」

江玉郎趕緊道：「是是，我聽話就是。」

蘇櫻「噗哧」一笑，道：「聽話的才是乖孩子，姐姐買糖給你吃。」

她輕嗔薄怒，似嗔似喜，當真是風情萬種，令人其意也消。

江玉郎心裡更癢得也不知該如何去搔才好，卻捂著肚子道：「我疼……疼得更厲害了，你快來……快來瞧瞧。」

蘇櫻果然走過來道：「你哪裡疼？」

江玉郎拉起她的手來揉肚子，道：「這裡……就在這裡。」

蘇櫻一雙柔若無骨的纖手竟真的在他肚子上輕輕揉著，柔聲道：「你現在覺得好些了麼？」

江玉郎閉起眼睛，道：「好些了……但你不能停手，一停手我就疼。」

蘇櫻的手竟真的在不停地揉著，不敢停下。

江玉郎心裡又是得意，又是好笑，暗道：「別人都說這位蘇姑娘是如何如何的厲害，但在我看來，也不過只是個初解風情的黃毛丫頭而已，只要我略施妙計，還不是一樣立刻手到擒來。」

忽覺一陣如蘭如馨的香氣撲鼻而來，蘇櫻一隻纖纖玉手，已到了他嘴邊，手裡還拿著粒清香撲鼻的丸藥，柔聲道：「這是我精心配成的清靈鎮痛丸，不但可止疼，而且還大補，你現在吃下去，肚子立刻就不疼了。」

江玉郎搖頭道：「我不吃。」

蘇櫻皺眉道：「爲什麼不吃？」

江玉郎道：「我一吃，肚子就不疼了，我肚子若是不疼，姑娘豈非就不肯……不肯替我揉了。」

蘇櫻嫣然一笑，道：「小壞蛋……好，你吃下去，我還是替你揉的。」

這一聲「小壞蛋」更將江玉郎的魂都叫飛了，索性撒嬌道：「這藥苦不苦？」

蘇櫻抿嘴笑道：「這藥非但不苦，而且還甜得很，簡直就像糖一樣。來，乖乖的張開嘴，我餵你吃下去。」

江玉郎閉著眼張開嘴，心裡真的是舒服極了。

突聽一人在遠處大喊大叫，道：「酒呢？沒有酒了，蘇櫻小丫頭，快拿酒來。」

蘇櫻皺了皺眉頭，竟停下了手，道：「你乖乖的躺在這裡，我去去就來。」

她竟似有些著急，話未說完，就匆匆走了出去，又回頭道：「你若站起來亂跑，我可就不理你了。」

遠處那人又在大叫道：「姓蘇的丫頭，你耳朵聾了麼？怎地還不來！」

蘇櫻竟笑道：「來了來了，我這就替你拿酒去。」

江玉郎心裡暗暗奇怪：「這位蘇姑娘倒也有意思，別人都對她那麼樣恭敬，她卻冷冰冰的愛理不理，這人一口一聲丫頭，簡直沒拿她當人，她反而像是服氣得很，卻不知這位仁兄究竟有何本事，竟能令她如此聽話。」

他真想爬起來，偷偷去瞧瞧，但轉念一想，現在事情眼看已有望，莫要輕舉妄動壞了大事。

於是他索性又閉起眼睛，想到這如花似玉的美人，眼看已在抱，那天下武林中人人垂涎的秘密，眼看已快到手了。

他幾乎忍不住要笑了出來，喃喃道：「白山君呀白山君，你以爲我聽到這秘密後，會告訴你麼？你若真的以爲我會告訴你，你可就是天下第一個大笨蛋了。」

只聽一人笑道：「你說誰是天下第一個大笨蛋？」

江玉郎暗中一驚，但瞬即笑道：「誰若敢說姑娘是丫頭，誰就是天下第一個大笨蛋。」

蘇櫻笑道：「那不過是個老糊塗，老酒鬼，咱們犯不上理他。」

江玉郎聽得一個「老」字，已大是放心，聽得「咱們」兩個字，更開心得忍不住笑出來，大笑道：「是是是，咱們不理他。」

蘇櫻道：「你笑得這麼開心，肚子不疼了麼？」

江玉郎立刻皺起了眉頭，道：「疼……疼得更厲害了，求姑娘再替我揉揉。」

蘇櫻抿嘴一笑，又替他揉起肚子來。江玉郎只覺全身發軟，簡直是要登天。揉了半晌，蘇櫻緩緩又道：「其實，你心裡本認爲我才是天下第一個大傻蛋，是麼？」

江玉郎一怔，笑道：「我怎敢這麼想，我難道暈了頭了！」

蘇櫻緩緩道：「你認爲我很年輕，又沒見過什麼男人，一定很容易上男人的當，你覺得你對女人很有一手，略施妙計，就可以令我投懷送抱，而且將那『移花接玉』的秘密，老老實實的告訴你……是麼？」

江玉郎這才大吃一驚，強笑道：「哪……哪有這樣的事，姑娘你……你太……」

蘇櫻淡淡截口道：「何況，你知道我絲毫不會武功，就算看透了你的心意，也沒法子拿你怎樣，所以你的膽子就更大了，是麼？」

江玉郎大驚之下，想翻身躍起，但不知怎地，全身竟軟軟的連一絲力氣都沒有了，不禁大駭道：「姑娘千萬莫要錯怪了好人，在下絕無此意。」

蘇櫻道：「你不但有這意思，而且到了必要時，還想來個『霸王硬上弓』，反正我也無力抗拒，那時生米煮成熟飯，我還能不乖乖的聽話麼？」

江玉郎肚子裡有幾條蛔蟲，她竟都能數得清清楚楚，江玉郎一面聽，一面流汗，顫聲道：「姑娘不能冤枉我，我若有此意，就叫我不得好死。」

蘇櫻嫣然一笑，道：「到了這時，你還想你能好死麼？」

江玉郎大駭道：「我……我……姑娘……哎喲！」

蘇櫻的手還在替他揉著肚子，此刻突然用力一按，江玉郎大吼一聲，疼得全身都出了冷汗。

他竟也不知道自己怎會變得如此怕疼的。

蘇櫻笑道：「你要我替你揉肚子，我就替你揉肚子，你可知我為何如此聽話？」

江玉郎顫聲道：「在……在下不知道，求姑娘莫要揉了吧！」

蘇櫻笑道：「現在你覺得疼了，就要我莫要揉了麼？但我知道你的肚子很疼，病很重，怎能忍心不替你揉？」

江玉郎大叫道：「我……我沒有病……一點病也沒有。」

蘇櫻臉色一沉，道：「你沒有病？為何要騙我？」

她的手又一按，江玉郎大呼道：「我有病，有病……」

蘇櫻展顏笑道：「對了，你不但有病，而且病很重，而且愈來愈重，到後來，縱然是一片紙落在你手上，你也會覺得有如刀割。」

江玉郎大駭道：「求……求姑娘救救我，救救我……」

蘇櫻的手還是在輕輕地揉著，但江玉郎卻絲毫也不覺得舒服了，他只覺全身骨頭，都像是要被揉散。

只聽蘇櫻嘆道：「現在我也沒法子救你了，只因我方才拿錯了藥，拿給你吃的，不是清靈鎮痛丸，而是百病百疼催生丸。」

江玉郎大駭道：「百病百疼催生丸？這是什麼藥？」

他實在一輩子也沒聽過這樣的藥名。

八四 意外之變

蘇櫻笑道：「只因有病的吃了這藥，病勢立刻加重十倍，沒有病的吃了這藥，也立刻百病俱生，而且全身都疼得要命……」

江玉郎嘶聲道：「姑娘……在下與姑娘無冤無仇，姑娘爲何要如此害我？」

蘇櫻笑道：「你不是說已病入膏肓了麼？我不願將你當成個專門說謊的無恥之徒，所以好心給你吃下這藥，你真的生了病，就不算說謊了……而且，我還怕你病得太慢，所以又好心替你揉肚子，幫藥力發散。」

她嘆了口氣，悠然接道：「你看，我對你這麼好，你還不謝謝我。」

江玉郎又驚又怕又疼，頭上汗如雨落，顫聲道：「蘇姑娘……蘇前輩，我……小人現在才知道你的厲害了，求求你瞧在白山君夫妻的面上，饒饒我吧。」

蘇櫻道：「哎喲，我倒忘了你是白山君夫婦的朋友。」

江玉郎道：「姑……姑娘千萬忘不得的。」

蘇櫻嘆道：「不錯，你既是他們的朋友，我就不能眼見你病死在這裡了，我好歹也得救救你……只可惜這藥並非毒藥，所以也沒有解藥，你又吃了下去……這怎麼辦呢？」

江玉郎道：「求求姑娘，姑娘一定有法子的。」

蘇櫻拍掌道：「有了！我想起個法子來了。」

江玉郎大喜道：「什麼法子？」

蘇櫻道：「我只有剖開你肚子，將那藥丸拿出來。」

江玉郎大駭道：「剖開我肚子？」

蘇櫻柔聲道：「但你放心，我一定會輕輕的割，輕輕地將那藥丸拿出來，你一定連絲毫痛苦都沒有。」

江玉郎忍不住苦著臉道：「肚子剖開，人已死了，還會覺得疼麼？」

蘇櫻撫掌笑道：「你真是個聰明人。」

她咯咯笑道：「這就是我們家祖傳的止疼秘方，手疼割手，腳疼割腳，頭疼切腦袋，肚疼剖肚子，擔保你著手成春，藥到『命』除。」

她一面說，一面又走了開去，喃喃道：「刀呢……刀呢……」

江玉郎大駭喊道：「姑娘……姑娘千萬莫要……」

蘇櫻道：「你不要我替你治病了麼？」

江玉郎嗄聲道：「不要了，不要了。」

蘇櫻嘆了口氣，道：「你既不要，我也沒法子，但這可是你自己的主意，不能怪我不救你，對不對？」

江玉郎道：「對對對，對極了。」

蘇櫻道：「現在你可知道，誰是天下第一個大傻蛋麼？」

江玉郎苦著臉道：「是我，我就是天下第一個大傻蛋，大混帳，大……」

他竟忍不住放聲痛哭了起來。

蘇櫻笑道：「沒出息，這麼大個男人還哭，真教我見了難受……」

她的手又在那椅子的扶手裡輕輕一按。

那張床竟忽然彈了起來，將江玉郎整個人都彈起，床後卻露出個地洞，江玉郎驚呼一聲，人已落在洞裡，像坐滑梯般滑了下去。

蘇櫻微微笑道：「一個哭，一個笑，這兩人倒是天生一對，就讓你們去作作伴吧……」語聲中床又落下，地洞也合起。

只聽遠處那人又大叫道：「一個人喝酒沒意思，姓蘇的丫頭，你還不過來陪陪我。」

蘇櫻嘆了口氣，苦笑道：「他才真是我命中的魔星，我爲什麼看見他就沒了主意……」

這敞軒後繁花如錦，小山上佳木蔥蘢，山坡下有個山洞，裡面燈光亮如白晝，佈置得比大戶人家的少女閨房還要舒服。

但洞口卻有道鐵柵，鐵枝比小孩的手臂還粗。

此刻山洞裡正有個人坐在桌子旁，一杯杯地喝著酒，只見他蓬著頭，赤著腳，身上穿著件又寬又大的白袍子，看來滑稽得很。他臉衝著裡面，也瞧不清他的面目，只聽他不住大喊道：「姓蘇的丫頭，你還不來？我就……」

蘇櫻柔聲道：「我這不是來了麼？也沒見過你這麼性急的人。」

那人一拍桌子，大吼道：「你嫌我性子火急了麼？我天生就是這樣的脾氣，你看不慣最好就不要看！」

蘇櫻垂下了頭，眼淚都似要掉了下來。

那人卻忽又一笑，道：「但我若不想你，又怎會急著要你來？別人常說，一日不見，如隔三秋，但我簡直片刻也不能不見你。」

蘇櫻忍不住破涕爲笑，咬著嘴唇笑道：「我知道我這條命，遲早總是要被你氣死的。」

那人大笑道：「千萬死不得，你死了，還有誰來陪我喝酒？」

他大笑著回過頭來，燈光照上了他的臉。

只見他臉上斑斑駁駁，也不知有多少刀疤，驟看像是醜得很怕人，但仔細一看，他臉上卻像是連一條刀疤也沒有了，只覺他眼睛又大又亮，鼻子又直又挺，薄薄的嘴唇，懶洋洋的笑意……

這人不就是那令人割不斷，拋不下，朝思夜想，又愛又恨的小魚兒是誰？

蘇櫻瞧見小魚兒轉過身，她眼睛裡也發著光，柔聲笑道：「你既然要我來陪你喝酒，爲什麼不把酒杯拿來？」

小魚兒眨著眼睛，笑嘻嘻道：「你既然要來陪我喝酒，爲什麼不進來？」

蘇櫻卻搖了搖頭，笑道：「我在外面陪你喝，還不是一樣麼？」

小魚兒正色道：「那怎麼會一樣？你一定得坐在我旁邊，陪我說話，我的酒才喝得下去，我方才不是說過，我有多麼想你。」

蘇櫻眼波流動，面上微微現出一抹紅暈，垂頭笑道：「反正我在外面，你一樣還是能看得到我的。」

小魚兒忽然跳起來大罵道：「你這臭丫頭，死丫頭，誰要你來陪我喝酒，你快滾吧。」

蘇櫻居然絲毫也不生氣，卻笑道：「反正你拍我馬屁，我也不進去，你罵我，我還是不進去的。」

小魚兒吼道：「你爲何不進來？難道怕我吃了你？我又不是李大嘴。」

蘇櫻笑道：「我知道你不吃人的，但我一開門進去，你就要乘機衝出來了，是麼？」

小魚兒撇了撇嘴，冷笑道：「你又不是我肚子裡的蛔蟲，你怎知道我的心意？」

蘇櫻只是輕輕的笑，也不說話。

小魚兒在裡面繞了幾個圈子，忽又在她面前停了下來，笑道：「我知道你是個好人，而且對我很好，我罵你，你也不生氣，但你為什麼偏偏要將我關在這裡呢？」

蘇櫻幽幽道：「你是個愛動的人，性子又急，我若不將你關起來，你一定早就走了，但你的傷卻到現在還沒有好，若是一走動，就更糟了。」

小魚兒笑道：「原來你還是一番好意。」

蘇櫻嫣然一笑，誰知小魚兒又跳了起來，大吼道：「但你這番好意，我卻不領情。我是死是活，都不關你的事，你莫以為你救了我，我就該聽你的話，感激你……」

蘇櫻垂下了頭，道：「我……我並沒有要你感激我，是麼？」

小魚兒又在裡面兜了七、八個圈子，忽又一笑，道：「說老實話，你為什麼要救我，我可真有些弄不清。」

蘇櫻默然半晌，悠悠道：「那天，我恰巧到『天外天』去……」

她剛說了一句，小魚兒又跳起腳來，怒吼道：「什麼『天外天』！那裡只不過是個老鼠洞而已。」

蘇櫻噗哧一笑道：「好，就算是老鼠洞，你也不必生氣呀。」

小魚兒大聲道：「我爲何不生氣？現在我一聽『老鼠』兩個字就頭疼。」

蘇櫻道：「但這兩字是你自己說的，我並沒有說。」

小魚兒板著臉道：「我聽人說都頭疼，自己說自然頭更疼了。」

蘇櫻忍住笑道：「你不會不說麼，又沒有人強迫你說。」

小魚兒道：「我不說又嘴癢，我……」

說到這裡，他自己也忍不住要笑了起來，自己也覺得自己實在是蠻不講理，轉過頭，忍住笑道：「你爲何還不說下去。」

蘇櫻道：「那天我恰巧到天……到老……」

她忽然發覺自己既不能說「天外天」，也不能說「老鼠」兩個字，自己也不覺好笑起來，只有咬著嘴唇道：「那天我到那地方去，本是去拿要他們替我採的藥草，誰知卻見到了你，你恰巧也到了那裡。」

小魚兒道：「我會到那鬼地方去，算我倒楣，你遇見我，也算你倒楣。」

蘇櫻一笑，道：「但那天我看見你的時候，你卻連一點倒楣的樣子都沒有，你身上穿的衣服雖然破破爛爛，但那神氣卻像是穿著世上最華貴，最好看的衣服。」

小魚兒坐了下來，蹺起了腳，道：「還有呢？我不但很神氣，長得也不難看呀。」

蘇櫻抿嘴笑道：「不錯，你長得的確不難看，尤其是你的眼睛……」

小魚兒大聲道：「我的眉毛、我的鼻子、我的嘴難道就不好看麼？」

蘇櫻吃吃笑道：「你從頭到腳，沒有一個地方不好看……這夠了麼？」

小魚兒喝了口酒，笑道：「嗯……這還差不多……」

蘇櫻已笑得喘不過氣來：「我本不是個很容易吃驚的人，但我見到你時，我……」

小魚兒大笑道：「你見到我時，眼睛都直了，嘴也張大了，活像瞧見了大頭鬼似的，那時我真想在你嘴裡塞個大雞蛋。」

蘇櫻噗哧一笑，道：「那只因我心裡實在奇怪。你怎會找到……找到那地方的。」

小魚兒默然半晌，皺起了眉頭，道：「那其中自然有個緣故，但你……你卻不必知道，因為無論我是怎會找到那鬼地方的，都不關你的事。」

蘇櫻嘆了口氣，道：「還有令我奇怪的是，你到了那裡，竟一點也不害怕。」

小魚兒冷笑道：「那有什麼好害怕的？比那地方更恐怖，更駭人的地方，我都見得多了。」

蘇櫻道：「但你見過比……比魏無牙更可怕的人麼？」

小魚兒像是忽然說不出話了，那隻拿著酒杯的手，也像是有些發抖，連杯子裡的酒都快濺了出來。

蘇櫻又嘆了口氣，道：「我從七、八歲的時候開始，差不多每隔兩、三天就要見他一面，但直到現在為止，我一見他的面，還是好像要發抖。」

小魚兒將酒杯摔在桌子上，大聲道：「我不是怕他，我只是覺得噁心。他那張臉、那副模樣看來簡直不是人……他看來簡直就像是老天用一隻老鼠、一隻狐狸、一匹狼斬碎了，再用一瓶毒藥、一碗臭水揉在一起造成的活鬼。」

蘇櫻忍不住又笑了，道：「你這張嘴可真缺德，但你實在也將他形容得再妙也沒有了。」

小魚兒「哼」了一聲，忽也笑了，道：「老實說，我見到你們時，心裡真覺得有些好笑，你們兩人坐在一起，看來就像香酥鴿子旁擺著堆臭狗屎，世上再也找不出比這更不相配的事了。」

蘇櫻垂下了頭，默然半晌，幽幽道：「他雖然不是個好人，但對我……對我卻一直很好。這十年來，他簡直沒有拂過我的心意，我無論要做什麼，他全都答應。」

小魚兒道：「哼，醜八怪拍小美人的馬屁，那本就是天經地義的事。」

蘇櫻又默然半晌，展顏一笑，道：「他看見你忽然闖來，而且還有膽子瞪著眼睛向他窮吼，他實在也駭了一跳。這麼多年來，我還沒見過有人能令他臉上變了顏色的，但他瞧見你時，卻連眼睛都好像發綠了。」

小魚兒仰首狂笑道：「他只怕本以爲洞口的那些破銅爛鐵能夠攔得住我的，誰知那些東西在我眼裡，簡直就像是小孩子玩的把戲。」

蘇櫻道：「他就是因爲你能闖過他佈下的十八道機關消息，所以才對你有些顧忌，所以你雖然對他窮吼，他還是坐著不動……」

小魚兒截口道：「他既然已知道我的厲害，爲何還要令那些蠢才來送死？」

蘇櫻道：「他自己不動手，卻要他門下弟子去動手，爲的只是想先試出你的武功來，他也明知那些人不會是你對手的。」

小魚兒又大笑道：「你以爲我不知道他心意？所以我才偏偏不讓他瞧出我的武功路數來。」

蘇櫻一笑道：「魏無牙實也未想到連他都瞧不出你的武功家數來。」

小魚兒道：「所以他就一直坐著不出手，是麼？」

蘇櫻道：「嗯。」

小魚兒道：「他就能眼瞧著那些人被我活活打死？」

蘇櫻嘆道：「那些人雖也是他的門徒弟子，但卻都還未能登堂入室，並非他心愛的那幾個。何況，別人的死活，他根本就不放在心上，只要對他自己有利，就算要他將他兒子的腦袋切下來送人，他也不會皺一皺眉頭的。」

小魚兒怒道：「我早就知道這傢伙不是人！誰知他竟連畜牲都不如。」

蘇櫻嘆道：「誰知後來你還是上了他的當了。」

小魚兒瞪眼道：「你懂得什麼？若論鬥智，就憑他還差得遠哩。」

蘇櫻道：「但是你……你還是……」

小魚兒也嘆了口氣，道：「鬥智他雖鬥不過我，鬥力我可就鬥不過他了。不瞞你說，我實未想到這畜牲的武功，竟有那麼厲害。」

蘇櫻道：「據說在二十年前，他武功已可算是天下有數的幾個高手之一，『十二星相』能橫行江湖，可說全靠他一人之力。」

小魚兒道：「他這倒不是吹牛，『十二星相』中的人，我也見過兩個，武功比起他來，簡直連他一成都趕不上。」

蘇櫻道：「二十年前，他本以爲可以無敵於天下，後來遇著了『移花宮主』，大約吃了個大虧，所以才閉門洗手，躲到這裡來。這二十年他日日夜夜的苦練武功，據他說，現在就算移花宮主姐妹兩個一起來，他也未必怕她們了。」

小魚兒大笑道：「他這就是吹牛了，莫說移花宮主自己來，就算移花宮主的徒弟來了，也管叫他吃不了，兜著走。」

蘇櫻眼波流動，道：「移花宮主有幾個徒弟？」

小魚兒道：「女的我不知道，男的卻只有一個。」

蘇櫻目光凝注著他，道：「你……你和他是朋友？」

小魚兒長嘆道：「本來是可以和他交朋友的，但現在……現在卻好像非和他做仇人不可。」

蘇櫻嫣然一笑，道：「很好，好極了！」

小魚兒瞪眼道：「好什麼？」蘇櫻含笑垂下了頭，不再說話。

小魚兒自然不懂得她的心意，更不知道花無缺眼見就快死了，瞪著眼瞧了她半晌，才接著道：「我也知道他要我坐下，本來是想以詭計害我的，我只怕和他鬥力，不怕和他鬥智，所以也就立刻坐了下來。」

蘇櫻又笑了笑道：「他那張椅子上，本有機關，只要他的手一按，坐在椅子上的人就要掉下刀坑去，縱然武功再強，只怕也活不成了。」

小魚兒道：「真有這般厲害？」

蘇櫻道：「他不但武功頗高，旁門雜學更是樣樣精通，他以爲只要發動消息，你必死無疑，所以才不願費力和你動手。」

小魚兒道：「他自己只怕也想不到他發動機關之後，我還是好好的坐著未動。」

蘇櫻道：「那時不但他奇怪，我也奇怪極了。」

小魚兒大笑起來，道：「老實告訴你，我早已看出那張椅子有古怪了，所以我看來好像已坐下，其實我的屁股根本就沒挨著椅子。」

蘇櫻嫣然笑道：「你真是個鬼靈精。」

小魚兒道：「我藉此罵了他兩句，誰知道這老畜牲竟比我還沉不住氣，竟跳起來就和我動手，我一見他出手，就知道要糟了。」

蘇櫻道：「但你還是和他拚了好一陣，那一場大戰，我簡直從來也沒有見過。」

小魚兒嘆道：「這老畜牲倒的確有兩下子，不但武功高，招式狠，而且出手又賊又猾，我就算武功比他高，也佔不了他的便宜。」

蘇櫻道：「他自己也這麼樣說，就算武功比他高的人，也未必能勝得了他，只因他無論使出什麼招式，自己先立於不敗之地。」

小魚兒道：「就因爲他出力還是先留三分餘力，所以我才能和他支持那麼久，但我心裡也知道，只要我稍一不慎，就得死在他手裡。」

蘇櫻嘆道：「他手下的確從來沒有活口。」

小魚兒道：「我既然知道遲早總要遭他的毒手，連逃也逃不了，心裡就在打主意了，我就算要死，也不願死在這種人手裡。」

蘇櫻道：「所以你就……你……」

小魚兒道：「所以我就一步步向後退，退到牆角。」

蘇櫻道：「那牆角也有個機關，只要你踩到那裡，立刻有飛刀射出！」

小魚兒笑道：「你以爲我不知道麼？」

蘇櫻訝然道：「你知道？你知道爲何還要去？」

小魚兒大笑道：「我就因爲已瞧出牆角有機關，就因爲已瞧出他要將我誘到那裡去，所以才故意好像被他逼得無路可退，一腳踩上那機關，等飛刀射出來時，我也故意裝成無法閃避的模樣去挨那一刀。」

蘇櫻竟也愣住了，失聲道：「爲什麼？你爲什麼故意要上這個當？」

小魚兒笑道：「只因爲我不願死在他手上。」

蘇櫻道：「但你可知道，那飛刀上也有劇毒？」

小魚兒道：「飛刀上就算有毒，也比他那雙鬼爪子好多了，我若被他那鬼爪子抓中，必死無疑，所以我才寧可去挨一刀。」

他大笑接道：「我算準他見我挨了一刀後，就不會再動手了，否則我只有和他打到死爲止……現在你總該知道，我並不是真的上了他的當吧？」

蘇櫻瞧了他半晌，長長嘆了口氣道：「若論應變時智計之靈巧，手段之奇秘，心眼兒動得之快，世上只怕真沒有幾個人比得上你。」

小魚兒板起臉道：「你難道還不曉得我是天下第一個聰明人麼？」

八五 色膽包天

蘇櫻噗哧一笑，過了半晌，悠悠道：「但你若非遇見我，你這天下第一的聰明人，還是一樣活不了，你……你該怎麼樣感激我才是。」

誰知小魚兒卻冷笑道：「你縱然不救我，也還是會有人來救我的。」

蘇櫻又怔了怔，道：「誰？」

小魚兒道：「張三李四，王二麻子，我現在也不知道是誰，但到時候總會有人救我的就是，你看我像個短命的人麼？」

蘇櫻輕咬著嘴唇，道：「如此說來，我倒是不該救你的了。」

小魚兒道：「哼。」

蘇櫻道：「我本該等著瞧瞧，看有哪個笨蛋會來救你。」

小魚兒大笑道：「不錯，來救我的都是笨蛋，你說的簡直對極了。」

蘇櫻跺腳道：「你……你……」

小魚兒蹺起了腳，悠然笑道：「何況，就算沒有笨蛋來救我，我也照樣死不了的。

『好人不長命，壞蛋活千年』，這句話你難道沒有聽過？」

蘇櫻終於還是忍不住笑了，吃吃笑道：「你呀……你這小壞蛋，可真叫人見了沒法子。」

小魚兒笑嘻嘻道：「說來說去，你實在不該救我的，現在你自己只怕都有些後悔了。」

蘇櫻道：「後悔？……我無論做什麼事，從來都沒有後悔過。」

她緩緩接道：「那日你身中毒刀之後，沒多久就暈迷不醒，魏無牙算定你必死無疑，就要叫人將你抬出去餵老鼠。」

小魚兒吐了吐舌頭，失聲道：「餵老鼠？」

蘇櫻道：「嗯。」

小魚兒全身都癢了起來，卻還是笑道：「好運氣呀好運氣……」

蘇櫻嫣然道：「你如今也知道你自己運氣不錯了麼？」

小魚兒笑道：「不是我運氣不錯，而是那些老鼠運氣實在不錯。」

蘇櫻愕然道：「你說老鼠的運氣不錯？」

小魚兒正色道：「我全身上下，裡裡外外，連筋帶皮帶骨頭，早就已壞透了，老鼠若是真的吃了我，不上吐下瀉才怪。」

他話未說完，蘇櫻已笑得彎下了腰。

小魚兒道：「你覺得很開心麼？」

蘇櫻笑著笑著，忽然不笑了，癡癡地怔了半晌，竟然幽嘆道：「你可知道，我從生下來到現在，從沒有這麼樣開心的笑過。」

她眼圈忽然紅了，垂下頭，不再說話。

小魚兒瞧了她很久，聳了聳鼻子，笑道：「你莫難受，我嘴裡雖這麼樣說，心裡還是很感激你的。」

蘇櫻垂首道：「我知道你嘴裡雖說得壞，其實心裡……心裡卻是善良的，但有些人嘴裡雖說得漂亮，一顆心卻比什麼都醜惡。」

小魚兒仰首大笑道：「你以爲你很聰明？你以爲你能看透別人的心事？」

蘇櫻搖了搖頭，不說話了，過了半晌，才緩緩接道：「那日我本來也沒有機會救你，但魏無牙恰巧來了個很重要的客人，就將那人迎入裡面說話去了，因爲他一向不願意別人見著我。」

小魚兒笑道：「只因爲人人都比他生得漂亮，他當然怕別人將你搶走。」

這句話像又觸動了蘇櫻的心事，她又垂下頭，又過了半晌才接著道：「他離開之後，我才能叫他那兩個小徒弟將你抬到這裡來，我對他們說，有種花一定要用死人做肥料才會開得鮮艷。」

小魚兒笑道：「這種話那兩個笨徒弟雖相信，魏無牙難道也會相信麼？」

蘇櫻道：「他的徒弟都對他畏之如虎，見了他，簡直連一個字都不敢說。」

小魚兒伸了個懶腰，道：「你難道是覺得我這麼聰明的人死了實在可惜，所以才救我的？」

蘇櫻一笑，道：「我也不知道究竟是爲了什麼才會救你，也許……也許是因爲你見了魏無牙時那種神氣，也許是因爲你中了毒刀後，還瞧著我一笑……臨死前還要對我笑的人，我怎麼能眼看他真的去死？」

小魚兒撫掌大笑道：「我那一笑，笑得果然有用極了。」

蘇櫻道：「難道……難道你對我那一笑，就是爲了要我救你的？」

小魚兒竟嘻嘻笑道：「否則我人都快死了，還有什麼好笑的？」

蘇櫻咬著嘴唇道：「你……你爲什麼不騙騙我，就說是因爲見了我之後，神魂顛倒，所以才不覺笑了出來……」

小魚兒道：「現在你既已救了我，我爲什麼還要騙你？何況……你生氣時的模樣，比笑的時候還要好看得多。」

蘇櫻忍不住又噗哧一笑，道：「你究竟是爲了什麼去找魏無牙的？」

小魚兒道：「我那天不早就說過了麼？……我去找魏無牙，只因爲要去救我的朋友。」

蘇櫻道：「你怎知道你的朋友在那裡？」

小魚兒道：「我的朋友在一路上都留下了暗記，標誌說是到那……那見鬼的『天外天』去了。」

蘇櫻默然半晌，緩緩道：「但我卻可以告訴你，這三個月來，根本就沒有一個人到過那地方去，只有你……你是第一個闖進那地方去的人！」

小魚兒跳了起來，大聲道：「絕不會的！」

蘇櫻道：「你怎知那不是假的？」

小魚兒道：「那些標誌除了他們自己之外，絕沒有別人做得出來。」

蘇櫻嘆了口氣道：「他們也許是因為自己不敢闖入那地方去，所以叫你去為他們探路，為他打前鋒，他們也許是瞧著你不順眼，所以叫你去送死！」

小魚兒倒在椅子上，兩眼茫然瞪著前面，喃喃道：「絕不會的，絕不會的……他們從小將我養大，現在為什麼要等我……為什麼要害我？」

他突又跳起來，衝到鐵柵前，大聲道：「讓我出去，快讓我出去，我要去找他們問個明白。」

蘇櫻柔聲道：「你現在傷勢還沒有好，毒也還沒有完全去盡，怎麼能出去……你是天下第一個聰明人，怎麼如此沉不住氣？」

突聽一人陰惻惻笑道：「好溫柔呀！好體貼！」

小魚兒吃了一驚，嗄聲道：「什麼人？」

蘇櫻竟是絲毫不動聲色，甚至連嘴角的肌肉都沒有牽動一根，只是緩緩轉過身子，悠然道：「此間少有佳客，無論什麼人來了，我都是歡迎的。」

花叢中一人咯咯笑道：「只可惜在下來得很不是時候，是麼？」

蘇櫻微笑道：「閣下不想出來也無妨，只是好花多刺，刺上有毒，閣下若有什麼三長兩短，莫怪我不懂得待客之道。」

這次她話未說完，花叢中已有個人就好像屁股後被人踢了一腳似的，連蹦連跳的竄了出來。只見這人一張三角臉，鷹鼻鼠目，那模樣叫人一看就噁心，身子卻偏偏穿著一身亮閃閃錦繡衣衫，見了蘇櫻，竟當頭一揖，道：「在下小小的開了個玩笑，不想竟讓蘇姑娘小小的吃了一驚，恕罪恕罪。」

小魚兒見到這人原來是蘇櫻認得的，原來只不過是在找她開玩笑，心裡也就定了下來。

但這人樣子討厭，說話更討厭，小魚兒又恨不得「小小的」給他個耳刮子，再「小小的」加上一腳。

蘇櫻也沉下了臉，冷冷道：「你來幹什麼？你師父難道沒有告訴你，這地方不是你們隨便來得的！」

那人絲絲笑道：「在下小小的膽子，怎敢冒昧闖入蘇姑娘的洞府？但這次卻是師父他老人家自己叫我來的。」

蘇櫻眼波一轉，道：「他叫你來的？他叫你來幹什麼？」

那人眼睛瞇成了一線，笑道：「他老人家叫我來瞧瞧，那一定要用死人做肥料的花，究竟開得有多漂亮，只因他老人家有位客人，也想瞧瞧這種奇怪的花。」

這句話說出來，蘇櫻和小魚兒都不免吃了一驚。

蘇櫻冷冰冰的臉色，立刻和緩了，微笑道：「既是如此，我就帶你去瞧瞧那種花吧。」

那人道：「現在我卻不用去瞧了。肥料既然還在喝酒，那花自然還沒有開出來，是麼？」

蘇櫻眼波流動，媚然道：「那麼你……你想怎麼辦呢？」

「在下小小的膽子，怎敢對師父說謊？除非……」那人笑瞇瞇道：「除非姑娘能令我的膽子大起來。」

蘇櫻笑道：「你的膽子要怎麼樣才能變大呢？」

那人瞇著眼瞧著蘇櫻道：「常言道：色膽包天！這句話姑娘難道沒聽過？」

蘇櫻臉色微微一變，但還是笑著道：「你不怕你師父吃醋？」

那人咯咯笑道：「不錯，師父的確很會吃醋的，他老人家若是知道姑娘在和肥料喝酒……嘿嘿，那時他對姑娘你只怕就不會很客氣了。」

蘇櫻咬著嘴唇道：「其實你又何必要脅我，我本來就想和你……」

她嘴裡說著話，一隻手有意無意向鐵柵上扶了過去。

那人突然大笑道：「姑娘難道想將肥料放出來，殺了我滅口麼……嘿嘿，只要姑娘的手一碰上去，我立刻就走，不用片刻，師父就會來的！」

蘇櫻的手果然放了下來，笑道：「你這人倒真是多心。但這裡總不是……總不是說話的地方呀，我們到屋裡去吧！」

那人趕緊搖手道：「不用不用……在下早已聽說過，姑娘那屋子裡機關巧妙，若是隨姑娘進去了，在下這小小的性命只怕就保不住了！」

蘇櫻柔聲道：「那麼你……你難道想在這裡……」她媚笑著，一步步過去。

誰知那人卻突然倒退了幾尺，道：「莫要過來。」

蘇櫻吃吃笑道：「你既然要我……爲何又不讓我過去呢？」

那人詭笑道：「在下自然是要姑娘過來的，只不過卻要請姑娘先脫了衣服，而且要脫得乾乾淨淨，一件不剩。」

蘇櫻道：「我會不會武功，你難道還不知道？」

那人道：「姑娘雖不會武功，但那心眼兒之多，在下怎吃得消，只不過……」

他笑嘻嘻接道：「姑娘若是脫光衣服，在下就放心了。一個女人若是光赤赤的一絲不掛，她就玩不出什麼花樣來了。」

小魚兒在一旁瞧得幾乎已氣破肚子，這人簡直比狐狸還奸，比蛇還滑，無論誰遇著這樣的人那真是倒楣透頂。

只見蘇櫻嫣然一笑，一雙纖纖玉手，竟真的去解衣鈕。

小魚兒忍不住大聲道：「氣死我了。」

蘇櫻柔聲道：「你絕不會氣死的，我也絕不會……」

突聽「嗖」的一聲，一道尖銳之極、猛烈之極的風聲響過，那人吃了一驚，霍然轉身，後面卻什麼也沒有。

他愣了半晌，緩緩回過身來，喃喃道：「我難道遇見了鬼……」

接著，一根青竹「嗖」的飛來，竟活生生將他釘在地上，鮮血雨點般飛濺出來，這人在地上一陣抽搐，永遠也不能動了！

就連小魚兒這樣的眼光，竟都未瞧出這人是怎會倒下的，殺他的人出手之快，當真是駭人聽聞！

蘇櫻面色蒼白，道：「是……是哪位前輩出手相救，請出來容我當面拜謝。」

風吹木葉，颼颼作響，四下竟寂無回應。

小魚兒大聲道：「到了這時候，你還不放我出來，讓我出去瞧瞧！」

蘇櫻嘆了口氣，道：「我現在若是讓你出來，就等於在害你，我這一生中從來沒有關心過別人的死活，只有你……」

小魚兒怒道：「我偏要死，你又怎樣？」

蘇櫻嫣然一笑，道：「我這人下了決心，永遠再也不會更改……你現在就算真的自殺，我想盡法子，也要將你救活的。」

小魚兒道：「你……你簡直不是人，是個女妖精。」

蘇櫻抿嘴笑道：「女妖精配小壞蛋，豈非正是天生一對麼？」說著說著，她自己臉也紅了，紅著臉逃了開去。

小魚兒瞧著她，竟似變得癡了，喃喃苦笑道：「天下竟會有這樣的女人，倒也少見得很，看樣子她竟像是要跟定我了，這倒是件麻煩事。」

只聽蘇櫻遠遠道：「你在這裡等著，我去瞧瞧那位前輩究竟在哪裡，立刻就回來的。」

小魚兒忍不住道：「那人武功深不可測，你……你要小心了。」

蘇櫻笑道：「你放心，你還沒有死，我也捨不得死的。何況，這位前輩既然救了我，又怎麼會對我有惡意？」

語聲漸漸去遠，沒入樹影花叢中。

小魚兒搖頭嘆道：「這人看來比誰都柔弱，又有誰能想到她竟有這麼大的膽子，這麼硬的脾氣？」

蘇櫻分花拂柳，一面走，一面笑道：「這地方看來雖美，其實到處都有殺人的陷阱，前輩你救了我，萬一在這裡受了傷，卻叫我怎麼好意思？」

她面對著一個行蹤詭秘、武功深不可測的高手，竟還是一點也不顧及自身的安危，反而口口聲聲怕別人受了傷，只可惜那人就算聽見，也絲毫不領她的情，還是給她個不理不睬。

蘇櫻嘆了口氣，喃喃道：「這人倒真奇怪得很，既然救了我，卻又不敢見我，這是爲了什麼呢？」

那敞軒中燈火仍是亮著的，也瞧不見人影，那「椅子」也還好生生的在那裡，不像有人動過的樣子。

蘇櫻轉了一圈，又回到那山洞去——這一下她臉色終於大變，那山洞前的鐵柵竟已被人開啓，裡面的小魚兒竟已不見了！

他難道真的不顧一切，逃了出去？

不會的，他絕不會是自己逃走的，這鐵柵他絕對無法開啓，能開這鐵柵的，算來只有魏無牙和他的首徒魏麻衣。

難道他們也到了這裡，將小魚兒劫走了？

若是換了別人，想到此點，必已驚惶失措，不知該如何是好了，但蘇櫻反而鎮定了下來。

小魚兒若真是被魏無牙劫走，那麼方才救她的那武林高手又到哪裡去了？難道他救人後，立刻就走了不成？

何況，若真是魏無牙來了，小魚兒又怎會全未發出絲毫聲音，就老老實實的被他們劫走呢？

蘇櫻暗暗嘆了口氣，突聽遠處傳來了驚呼怒罵聲。這聲音竟正是小魚兒發出來的。

小魚兒目送蘇櫻遠去，剛端起酒杯，突聽「噹」的一聲，一粒石子擊在鐵柵上，火星四濺。

接著，鐵柵竟緩緩向上升了起來。

小魚兒又驚又喜，一時間竟怔住了，黑暗中卻已幽靈般出現了條人影，長袍高冠，目光森森冷冷瞧著小魚兒，卻不說話。

小魚兒長長吸了口氣，道：「你是來救我的？」

那人道：「嗯。」

小魚兒道：「殺了魏無牙的徒弟，也是你麼？」

那人道：「嗯。」

小魚兒道：「但你究竟是什麼人？爲什麼要來救我？」

那人冷笑道：「你若不願出來，我再將這鐵柵放下也無妨。」

小魚兒眼珠子一轉，笑道：「你可得知道，無論你是爲了什麼救我，我都不領情的，更不會感恩圖報。」

那人道：「你若會感恩圖報，我就不會來救你了！」

小魚兒笑道：「話既然說清楚了，我好歹就讓你救我一次吧。」

別人救了他，他非但不領情，反而像是要別人感激他似的，那人竟也絲毫不以爲忤。

小魚兒一躍而出，喃喃笑道：「蘇櫻姑娘，抱歉了，以後有空，我說不定也會來看看你的，你對我的一番好意，我也心領了。」

只見那人身形飄飄蕩蕩，宛如御風而行。

小魚兒跟在後面，笑道：「閣下的輕功很不錯嘛。但你究竟要將我帶到哪裡去？」

八六 利令智昏

那人道：「到了你自然就知道的。」

小魚兒忽然停下腳步，道：「你莫以爲你救了我，我就會跟你走，你此刻若不說明白，那麼抱歉得很，你走你的路，我就要走我的路了。」

那人回頭一笑，道：「難怪別人說你難纏難惹，如今看來，倒真的……」

他話聲忽然停頓，壓低聲音道：「小心，有人來了，說不定就是魏無牙。」

小魚兒真吃了一驚，道：「人在哪裡？」

那人拉住他的手，忽又冷冷一笑，道：「就在這裡！」

小魚兒又一驚，已覺得半身發麻，原來那人已扣住了他的脈門，五指如鐵，小魚兒哪裡還能掙得脫？失聲道：「你……你這是幹什麼？」

那人也不說話，左手又閃電般點了他好幾處穴道。

小魚兒怒道：「你瘋了麼，既然救了我，爲何又來暗算於我？」

那人冷笑道：「就因爲你想不到，否則我又怎能得手？」

他嘴裡說著話，竟用條帶子將小魚兒吊在樹上。

小魚兒又驚又怒，怒罵道：「你這瘋子，畜牲，你究竟想怎樣？」

那人卻再也不瞧他一眼，拍了拍手，揚長去了。

小魚兒忍不住怒罵道：「瘋子，瘋子……我怎地總是撞見些瘋子。」

蘇櫻聽見小魚兒的怒罵聲，亦是又驚又喜，無論如何，小魚兒總算還在這山谷裡，她正想追過去。

突聽黑暗中一人冷冷道：「你不必找了，我就在這裡！」

一人隨著語聲緩緩走出來，瘦骨嶙峋，麻衣高冠，雙顴高聳，鼻如兀鷹，目光睥睨之間，充滿冷漠倨傲之意。

蘇櫻竟不覺怔了怔，才長長吐出口氣，道：「原來是你！」

麻衣人道：「哼！」

蘇櫻嫣然一笑，道：「方才我就覺得殺人的手法很像你，但我卻想不到……」

麻衣人冷冷道：「你想不到我會來，是麼？」

蘇櫻嘆了口氣道：「我的確沒有想到，自從你和老頭子鬥翻之後，已經有四年……四年三個月沒聽過你的消息了。」

麻衣人仰面望天，道：「你倒還記得我。」

蘇櫻垂下了頭，道：「我怎麼會忘記你？你一向對我那麼好。」

麻衣人忽然怒道：「誰說我對你好，普天之下，我從來也沒有對誰好過。」

蘇櫻道：「你難道沒有？」

麻衣人長長吸了口氣，大聲道：「不錯，我也爲了你，我瞧不慣他已半截入了土的人，還要……還要把你當做他的禁臠，別人只要瞧你一眼，他就要發瘋。」

蘇櫻默然半晌，道：「但你現在還是回來了。」

麻衣人冷笑道：「我要來就來，要去就去，誰管得了我？」

蘇櫻道：「不錯，連老頭子都有些含糊你，你走了之後，他常說這一生收的弟子雖多，但得到他真傳的，卻只有你一個。」

麻衣人冷笑道：「你以爲我的功夫是他教給我的麼！哼……魏無牙自私自利，苛刻成性，還有誰不知道？他收那麼多徒弟，只不過是想用些不要錢的傭人而已，幾曾將真功夫教給別人……他只不過傳授了我幾手皮毛功夫，就要人家去爲他拚命，爲他死！」

蘇櫻道：「那麼你的功夫……」

麻衣人冷冷道：「我的功夫只不過是一點一滴偷來的……在他練功的時候，我在暗中偷偷的瞧，偷偷的學來的。」

蘇櫻嘆道：「他對徒弟的確不好，但爲何你……你現在爲什麼又要回來呢？」

麻衣人道：「我……我只不過是想回來瞧瞧。」

蘇櫻眼波流動，微笑道：「你回來還是爲了想看看我，是麼？」

麻衣人大聲道：「現在我已知道，你這人根本無情無義，無論別人對你多麼好，你既也不會放在心上，也不會感激。」

蘇櫻似是十分委屈，垂頭道：「我……我真是這樣的人麼？」

麻衣人道：「哼。」

蘇櫻道：「但你殺了魏十八，還是爲了我，你看不慣他那麼樣欺負我，由此可見，你還是對我很好的，是麼？」

麻衣人突然大笑起來。

蘇櫻眨了眨眼睛，道：「你笑什麼？」

麻衣人戛然頓住笑聲，一字字道：「老實告訴你，我早已對你死了心了！我雖不屑去做那些揭人隱私，無恥密告的事，但無論你喜歡誰，我都再也不會放在心上！」

蘇櫻靜靜地瞧了他半晌，也緩緩道：「那麼，你爲什麼要將我喜歡的人劫走呢？」

麻衣人冷冷一笑，道：「這原因你不久就會知道，現在你想不想先去瞧瞧他？」

蘇櫻道：「你說我想不想？」

麻衣人道：「好，你跟我來吧！」

小魚兒瞧見蘇櫻竟和這麻衣人一起來了，而且兩個人看來還好像很熟，他又是驚訝，又是詫異，忍不住怒喝道：「這瘋子究竟是什麼人？你認得他？」

蘇櫻瞧見小魚兒竟已被人吊在樹上，不覺嘆了口氣，苦笑道：「天下第一個聰明人，怎會變成這樣子的？」

小魚兒怒道：「只因爲我沒想到這人竟是個瘋子，做的事實在令人莫名其妙。」

蘇櫻道：「他就是魏無牙門下，武功最高的弟子，江湖中人提起『無常索命』魏麻衣來，誰不心驚膽戰，否則怎會連你都上他的當。」

小魚兒怔了半晌，長長嘆了口氣，道：「這人竟會是魏無牙的徒弟，看來我真的遇見鬼了。」

魏麻衣冷冷道：「既然遇見了，你還有什麼話說？」

小魚兒向他扮了個鬼臉道：「話是沒有了，屁倒還有一個，你想不想聞聞！」他頭下腳上，高高吊起，人的臉若是反過來看，本已十分滑稽，此刻他又做了個鬼臉，那樣子可實在令人不敢恭維。

蘇櫻忍不住「噗哧」笑出聲來。

魏麻衣縱是滿心氣惱，但瞧見他這副樣子，竟也忍不住要笑，當下扭轉了頭，瞪著蘇櫻道：「你喜歡的就是這人麼？」

若是換了別的女人，縱然滿心喜歡，也萬萬不好意思當面說出來，但蘇櫻卻連頭都未垂下，道：「不錯。」

魏麻衣冷笑道：「我本當你眼界很高，誰知你喜歡的卻是這種瘋瘋癲癲的笨蛋。」

蘇櫻笑道：「他本來就不錯，否則我……我又怎會被他迷上呢！」

魏麻衣怔了怔，道：「連這樣的話，你也說得出口？」

蘇櫻道：「我爲何不敢說出心裡的話？這又不是什麼丟人的事，若是鬼鬼祟祟，偷偷摸摸，心裡喜歡了別人，嘴裡卻不敢說，那才叫丟人哩……你說是麼？」

魏麻衣蠟黃的一張臉，竟也像是紅了紅，冷笑道：「你雖喜歡他，怎奈他卻未必喜歡你。」

蘇櫻道：「只要我喜歡他，無論他喜不喜歡我都沒關係，更用不著你來費心。」

魏麻衣道：「哼，你……」他也想反唇相譏，怎奈「哼」了一聲，就說不出話來。

蘇櫻一笑又道：「何況，就算他現在不喜歡我，我也有法子叫他喜歡我的。」

聽到這裡，小魚兒已忍不住大笑道：「好，說得好，我簡直現在就有些喜歡你了。」

魏麻衣面上陣青陣白，大聲道：「既是如此，他若死了，你必定十分傷心，是麼？」

蘇櫻微微一笑，道：「我早就知道你要以他來要脅我的，你究竟想要什麼？難道還不好意思說？」

魏麻衣瞧著她那如春水般的眼波，瞧著她那在輕衣下微微起伏的胸膛，只覺心跳加速，嘴唇發乾，道：「……我要你……」

突然大喝一聲，身形急轉，在自己胸膛上打了七、八拳，眼睛再也不敢去瞧她，大聲道：「我只要你說出你昨日聽到的秘密！」

蘇櫻忽然笑道：「其實你就算要的是我，我也會將自己給你的，只恨你竟沒有這個膽子，將大好機會平白錯過。」

魏麻衣怒吼一聲，轉身抓住她的肩頭，嘶聲道：「你……你這臭丫頭，小賤人，你……你……你……」

他說了一句，又說不出來，忽然反手一掌，向蘇櫻臉上摑了過去，誰知蘇櫻竟不閃避，反而轉臉迎了上去，道：「你要打，就打吧，但你忍心打得下手麼？」

只見淡淡的星光，自樹梢漏下，照射在她臉上，她星眸如絲，鮮花般的面頰更似吹彈得破。

魏麻衣這一掌竟硬生生地在半空中頓住，再也打不下去。

蘇櫻卻將整個身子都偎了過去，閉著眼道：「你打呀，你怎麼不打了？」

魏麻衣身子似乎發起抖來，心裡恨不得立刻就將這軟玉溫香，抱個滿懷，偏偏又沒臉真的伸出手去。

小魚兒瞧得又好氣，又好笑，突見蘇櫻一隻春蔥般的纖纖玉手上，不知何時已戴起了個發亮的戒指。

針。

他頭下腳上，眼睛正對著這戒指，星光下瞧得清楚，這戒指上竟有根又尖又細的銀針。

蘇櫻扭動著腰肢，嘴裡含含糊糊的，也不知說些什麼，這隻戴著戒指的手，卻向魏麻衣脖子上摟了過去。

魏麻衣脖子上的細皮，只要被這根銀針劃破一絲，他就再也休想活了；而他此刻心跳氣喘，眼睛發紅，一顆心已飄飄盪盪地不知飛到哪裡去了，怎麼想得到這要命的無常已離他不到半寸。

誰知小魚兒竟然大喝道：「小心她的手！她手上有毒針！」

魏麻衣狂吼一聲，舉手一掌，將蘇櫻推出數尺。

蘇櫻身子撞到樹上，瞪眼瞧著小魚兒，失聲道：「你……你瘋了麼？」

蘇櫻咬著嘴唇，不說話，魏麻衣又驚又怒，但實也不懂小魚兒為何反來救他，是以瞪著眼站在那裡，也沒有說話。

只聽小魚兒笑道：「我救他，只因我也想聽聽你那秘密。」

蘇櫻道：「……你說什麼？」

小魚兒接道：「你寧可將自己肉身布施，也不肯說出這秘密，可見連你自己都將這秘密瞧得比自己身子還要緊得多。」

蘇櫻道：「他不敢殺我的，只因他殺了我後，就再也休想知道那秘密了。」

小魚兒截口笑道：「我倒想聽這秘密，只有讓他要脅你，你才不得不說出來，他若被你殺了，這秘密只怕你再也不會說出來，我豈非也聽不到了。」

蘇櫻跺腳道：「但我既然救了你，這秘密，難道以後不肯告訴你麼？」

小魚兒笑道：「那是兩回事。你見我要死，心裡著急，才會將這秘密說出來，等我被救下來後，你卻又怕我走了，那時你就會用這秘密來釣住我，說不定要等到什麼時候才肯說出來，我怎麼能等得及？」

他大笑接道：「老實告訴你，你救了我後，我說不定立刻就要走的，那時我豈非永遠也聽不到這秘密了，我心裡豈非要難受一輩子？」

這番話說出來，就連魏麻衣聽了，都有些哭笑不得，蘇櫻更聽得幾乎氣破肚子，大聲道：「這秘密既如此重要，你若也要一旁聽見了，他怎會放過你？你……你自命天下第一個聰明人，怎地連這點都未想到？」

小魚兒大笑道：「朝聞道，夕死可矣，我只要能聽到如此精采的秘密，死了也沒什麼關係。」

蘇櫻瞧了瞧小魚兒，又瞧了瞧魏麻衣，忽然嬌笑著道：「有趣呀有趣，天下竟有這樣的人，這樣的事，我本來絕不會為了任何人說出這秘密，但為了你……」

小魚兒道：「為了我，你願說麼？」

蘇櫻轉向魏麻衣，臉立刻沉了下來，緩緩道：「其實我就算將移花接玉的秘密告訴你，也沒有用的，你反正學也學不會，破也破不了……」

魏麻衣還未說話，小魚兒已變了顏色，失聲道：「你說什麼？移花接玉的秘密？」

蘇櫻道：「不錯，移花接玉的秘密，也就是武學中最大的秘密，他們師徒就爲了這秘密，二十年來食不知味，睡不安枕。」

小魚兒瞪大了眼睛，道：「你……你知道移花接玉的秘密？」

魏麻衣早已沉不住氣了，嗄聲道：「只要你說出來，學不學得會就是我的事了。」

蘇櫻道：「好，你聽著……」

一句話還未說完，突聽小魚兒放聲大喊道：「天靈靈，地靈靈，玉皇大帝聖旨令，觀音菩薩柳枝瓶，外加閻王老子，牛頭馬面，你們快來救我呀。」

他窮吼鬼叫，又叫又嚷，蘇櫻說些什麼，魏麻衣一個字也聽不見了，一步竄過去，大怒吼道：「你小子瘋了麼？」

小魚兒朝他扮了個鬼臉，笑嘻嘻道：「我沒有瘋，只是這秘密我已不想聽了。」這句話說出來，蘇櫻又怔住了。

魏麻衣更是暴跳如雷，吼道：「你本來拚命想聽這秘密，如能聽到移花接玉的秘密，正是死了也不冤，如今爲何反而不想聽了？」

小魚兒笑道：「別的秘密我倒也想聽聽，但這移花接玉的秘密麼……嘿嘿，我三歲時就知道了，再聽豈非無趣？」

魏麻衣怔了怔，道：「你……你也知道？」

小魚兒道：「這秘密若是由蘇櫻說出來，你練到一百歲也休想練得成，何況你連五十歲都未必活得到。」

蘇櫻吃吃笑道：「這話倒也不錯。」

小魚兒道：「但這秘密若由我說出來，不出三天，你就可練成，只因我所知道的，乃是移花接玉功的速成捷徑。」

魏麻衣聽得臉都熱了起來，忍不住動容道：「只要你真能說出來，我……」

小魚兒正色道：「我也不要你感激我，只要你放了我就是。」

魏麻衣道：「是是是，在下一定……」

小魚兒截口道：「好，你聽著，我一面說，你一邊練。」

小魚兒道：「移花接玉的行功要訣，第一步就是要你手爲腳，倒立而起，昂起頭，分開雙足屏息靜氣。」

魏麻衣皺眉道：「這算什麼功夫？」

小魚兒正色道：「你要知道，移花接玉的最大奧妙，便是一切都反其道而行，練功的姿勢，自然也得要如此。」

魏麻衣雖然有些懷疑，但只要能學到移花接玉，他委實不惜犧牲一切，只要有一點機會，他也不肯錯過。蘇櫻抿嘴在一旁瞧著，也不說話。

只見魏麻衣身子一挺，已倒立而起，雙足微分，頭抬得高高的，那模樣活脫脫像是一隻蛤蟆。

小魚兒板著臉瞧著，臉上連一絲笑容也沒有，道：「膝蓋再彎些，頭再抬得高些。」

魏麻衣倒真聽話得很，立刻照話做了道：「這樣行了麼？」

小魚兒道：「馬馬虎虎，將就使得了。」

說完了這句話，就再也沒有下文。

要知魏麻衣縱然內力深湛，但這姿勢實在要命，武功再高的人擺出這種姿勢，也不免吃力得很。

盞茶功夫過後，魏麻衣頭上已快流汗，忍不住道：「還要等多久？」

小魚兒道：「好，現在你真氣已沉至胸膛，第一步已可算準備好了，第二步的功夫未做前，先得放個屁。」

魏麻衣怒道：「我看你簡直在放屁。」

他雖然又驚又怒，但生怕前功盡棄，還是不敢站起。

小魚兒道：「你要知道，屁乃人身內之濁氣，我要你放屁，正是要你先將體內濁氣驅出，然後才能開始練功夫。」

八七 汝奸我詐

魏麻衣聽小魚兒要他放屁，心中一想，這倒也有理，只好放了個屁，要知內功高明的人，本可隨意控制自己身體裡的氣脈，放個屁並非難事。蘇櫻早已掩住鼻子，轉過身去，肩頭不停的在動，像是忍不住要笑，小魚兒卻仍是一本正經，道：「這個屁要脫下褲子來放才算的。」

魏麻衣道：「脫……脫……」

他臉已脹得通紅，連話都說不出了。

小魚兒道：「這一步就叫做脫了褲子放屁，放個痛快。」

要知他非但不是呆子，而且陰沉狡猾，只不過想學「移花接玉」的心太熱了一些，頭未免有些暈了，正是所謂「利令智昏」，小魚兒才會有機可乘，此刻魏麻衣愈聽愈不對，翻身躍起，怒道：「這……這究竟算什麼功夫？」

小魚兒還是板住臉，道：「這就叫呆子放屁功，那比移花接玉可要厲害多了。」

魏麻衣雙拳緊握，全身發抖，簡直活活要被氣死。蘇櫻也忍不住笑得花枝亂顫。

小魚兒這才放聲大笑道：「呆子，你想我真會『移花接玉』，還會被你吊在樹上麼？你讓我上了個當，我若不也讓你也上個當，怎麼對得起你。」

蘇櫻嬌笑道：「但你……你這樣做得也未免太缺德了。」

小魚兒大笑道：「要想佔我便宜的人，總得吃些虧的。」

魏麻衣怒吼道：「你要我上當，我就要你的命！」怒吼聲中，撲了過去。

小魚兒卻大呼道：「天靈靈，地靈靈，天兵神將，大鬼小鬼，再不出來救駕，我就要罵了。」

「像你這樣的人，鬼也不會來救你的。」魏麻衣手指已向小魚兒啞穴點了過去。

就在這時，突聽黑暗中一人陰惻惻道：「你又不是鬼，怎知鬼不會來救他？」

這語聲飄飄渺渺，若斷若續，連一點生氣都沒有，哪裡像是活人發出來的聲音？而且語聲發出時，本在西面，一句話說完，已到了東面。

深夜荒林，驟然聽見這樣的聲音，真教人不寒而慄。

只見黑暗的蒼穹下，樹梢頭，果然有條灰白色的影子，一身麻衣在風中獵獵飛舞，看來當真是鬼氣森森，不像活人。

魏麻衣究竟不是等閒人物，瞧見對方的影子後，反而沉住了氣，一步步走過去，冷冷道：「閣下既然想做鬼，我就成全了你吧！」

語聲中，已有一蓬銀雨，向樹梢暴射而出。

由下往上，本難使力，但魏麻衣的腕力當真不同凡響，這一蓬銀雨去勢之急，竟比強弩硬箭還急幾分。

樹梢上的影子驚呼一聲，落葉般飄了下來。

魏麻衣冷笑道：「看你還裝神弄鬼……」

話猶未了，只聽一人哈哈笑道：「死一次是鬼，死兩次還是鬼，你再往這裡瞧瞧。」

魏麻衣大驚回首，那灰白色的影子赫然竟已到了左面十丈外的樹梢上，一雙灰白色的眼睛，正俯首瞪著魏麻衣冷笑。

魏麻衣縱是藝高人膽大，此刻手腳也不禁有些發冷。就在這時，突聽身後一人哈哈大笑道：「這麼大一個人，難道也會被鬼嚇著麼？」

魏麻衣霍然翻身，只見一個滿臉笑容的圓臉和尙，搖搖擺擺走了過來，魏麻衣蓄氣作勢，厲聲道：「你難道也是鬼麼？」

那和尙哈哈笑道：「和尙不是鬼，和尙是捉鬼的和尙。」

魏麻衣冷笑道：「既然如此，和尙你就將那鬼捉來吧。」

那和尙道：「那不是鬼……哈哈，鬼不在那裡。」那和尙的手突然往旁邊黑暗的林中一指！

魏麻衣情不自禁，隨著他手指之處瞧了過去。只見黑暗中不知何時，已坐著條人影，手裡拿著白生生一件東西，正吃得津津有味。

魏麻衣眼觀四面，心裡在籌思著對敵之策，要如何才能將對方幾人一連擊倒，嘴裡卻笑道：「但鬼哪有如此好吃的？」

那和尚道：「哈哈，他不信……你爲何不讓他瞧瞧。」

樹林裡那人嘻嘻一笑，將手裡的東西向魏麻衣拋了過來，魏麻衣不由自主的伸手一抄。

他只覺這東西軟軟的，嫩嫩的，仔細一瞧，竟是半截手臂，上面牙印宛然，而且是已煮熟了的。

這下子魏麻衣真的吃了一驚，只覺半邊身子都麻了，趕緊將這半條人臂遠遠拋了出去。

樹林裡那人又伸手接住，嘻嘻笑道：「這地方人都有老鼠臭，不能吃的，我好容易才找到一個能吃的人，節省著吃了三天，只剩下這半截手了，你若拋了豈非可惜？」一面說著，一面又放懷大嚼起來，嚼得吱吱喳喳的響。

魏麻衣幾乎忍不住吐了出來，情不自禁地往後退，嗄聲道：「各……各位究竟是什麼人？究竟要想怎樣？」

突聽又是一人冷冷道：「這裡只有我一個人，你有什麼話，找我來說吧！」

語聲中一人大步走了過來，身子又高又瘦，白衣如雪，袖長及地，一張慘白的臉冷得像冰，簡直比鬼難看得多。

魏麻衣厲聲道：「好，你既是人，我也要讓你變鬼！」

他出手當真是快如閃電，話聲中招已遞出。

這一抓他五指已貫滿真氣，若是被他抓著，鐵石也將洞穿，那白衣人竟似變招不及，閃避無力。

魏麻衣一抓就抓住了他的手，突然手裡冷冷冰冰，抓住的哪裡是隻人手？大驚之下，白衣人已獰笑道：「撒手！」

只聽「嘶」的一聲，他長袖一分爲二，魏麻衣但見對方的「手」已自他掌心劃過，鮮血立湧而出。這白衣人的手，竟是隻鋼鈎！

魏麻衣手掌雖不重，但生怕對方鈎上有毒，更是不敢戀戰，身形倒縱，便待衝出。

忽然間，又聽得一人怒喝道：「無牙門下，豈是臨陣脫逃的人，不管他們是人是鬼，你怕什麼？」

只見這人身形瘦小如童子，一張也說不出有多難看的臉上，卻生著一部很好看的鬍子，長鬚飄飄，幾乎已飄在地上。

他頭戴金冠，長袍上碧光閃閃，看來又是可笑又是可怕，樹林裡那吃人的鬼驚呼一聲，道：「魏無牙來了！鬼也害怕，還是溜吧。」

這時樹林裡連人帶鬼都逃了個乾淨，只有小魚兒吊在樹上，蘇櫻也早已不知走到哪裡去了。

魏麻衣嘆了口氣，苦笑道：「弟子如今才知道，無論如何，還是比不上師父的。」

魏無牙冷笑道：「你知道就好。」

他袍袖一揮，又道：「那人傷了你哪裡？可有毒麼？伸出手來讓我瞧瞧。」

魏麻衣緩緩伸出手，突然一掌向魏無牙擊出。

這一掌出手很急，魏無牙卻似早已算準他有這一著，身子一閃，後退一丈開外，怒叱道：「好個孽徒，敢對師父如此無禮。」

魏麻衣狂笑道：「你易容的本事雖不錯，但想扮魏無牙，還差得遠哩！」

那魏無牙也哈哈笑了起來，道：「好，居然被你瞧破了，但我且問你，我學得哪點不像？」

魏麻衣大笑道：「你難道不知道他天生殘廢，兩條腿有如嬰兒，走起路來就像爬一樣，他生怕別人瞧見，是以從不自己走路……」

只聽哈哈一笑，那和尚又從黑暗中跳了出來，拍手笑道：「小嬌兒這次可栽了跟頭了。」

那吃人的鬼也忽然出現，大笑道：「像魏無牙那麼醜怪的人，天下也找不出第二個，的確是誰也扮不像的，我早就知道你下的苦功都白費了。」

那人身子一長，忽然長高了兩尺，道：「現在我只想該用個什麼法子，讓魏無牙走兩步瞧瞧。」

魏麻衣忽然翻身，箭一般掠回小魚兒身旁，抽出一柄碧綠的匕首，指著小魚兒的咽喉，喝道：「你們可是來救他的麼？」

那吃人的鬼大笑道：「你要殺他，你殺得了他麼？」笑聲中，倒吊在樹上動也不能動的小魚兒，突然能動了！非但能動，而且動作簡直比閃電還快。他兩隻手一動，就點了魏麻衣的幾處穴道。

魏麻衣大駭之下，連還手都來不及，全身已被制住，小魚兒順手奪過他的匕首，指著他的咽喉，哈哈笑道：「你又上了我的當了。」

魏麻衣只有瞪著眼，咬著牙，到了這地步，他還有什麼話好說？小魚兒笑嘻嘻瞧著他，道：「你現在總該知道，我的便宜是不好佔的了吧！你若佔了我的便宜，我遲早連本帶利都要收回來的。」

那吃人的鬼搖搖擺擺走了過來，在魏麻衣脖子上嗅了嗅，面上忽然露出大喜之色，撫掌笑道：「妙極妙極，這人身上已沒有什麼老鼠臭了，若多加些蔥薑佐料，用上好的醬油來紅燒，已勉強可以吃得。」

魏麻衣目中滿是驚懼之色，瞪著他嗄聲道：「你……你莫非是『不吃人頭』李大嘴！」

那吃人鬼仰天笑道：「我已有二十年未在江湖走動，不想還有人記得我的名字。」

魏麻衣全身都軟了，別人若要吃他，他還未必相信，但李大嘴若說要吃他，那可就不是說笑的了。

小魚兒笑嘻嘻道：「你何苦再駭他，若是駭破了苦膽，肉豈非吃不得了？」

突見一個人自樹梢凌空翻下來，一身白麻衣衫飄飄飛舞，落到魏麻衣面前，瞧著他咧嘴一笑道：「你只認得『不吃人頭』李大嘴？可認得我麼？」

這人就是方才被魏麻衣用暗器從樹梢打下去的，一頂白麻冠上，還留著根銀針，顯見方才雖未真的被打中，少不得也要駭一大跳。

魏麻衣瞧了他一眼，閉上眼睛，嘆道：「裝神弄鬼的人，我早該想到你是『半人半鬼』陰九幽的。」

那人卻折了段樹枝，撥開他的眼皮，道：「你再睜大眼睛瞧瞧，陰九幽是在哪裡？」

魏麻衣只有張開眼睛，望了過去，只見樹梢上還飄飄盪盪地站著條麻衣人影，打扮得和面前這一個人一模一樣。

方才裝鬼的，原來是兩個人，難怪「瞻之在前，忽焉在後，瞻之在左，忽焉在右」，說穿了竟是一文不值。

魏麻衣長嘆了一聲，苦笑道：「十大惡人，今日究竟來了幾個？」

那人道：「也不太多，只不過六個，老子就是『損人不利己』白開心，你小子可曾聽過老子的大名？」

魏麻衣冷冷道：「我早已聽說，白開心在十大惡人中，可算是最沒用的一個，只不過是江湖中人勉強拿來湊數的。」

白開心臉色變了變，但瞬即大笑道：「你莫要挑撥離間，老子今年已四十八，再也不會上這種當了。」

那和尚拍手道：「白開心果然長成大人了，只不過你明明已五十一，爲何說四十八，你又不是女人，何必瞞歲哩。」

白開心瞪眼道：「我老婆還未娶著，若不瞞幾歲，還有誰嫁給我？」

他又拍了拍魏麻衣肩頭，又道：「你可得記著，這和尚笑裡藏刀，最不是東西。」

魏麻衣嘆道：「好一個『笑裡藏刀』哈哈兒！」

他眼睛向那面色慘白的白衣人瞧了過去，道：「你是……你是……」

白衣人長袖一翻，露出了雙手——右手竟是一隻雪亮的鋼鈎，左手上光芒閃閃，其紅如血！

魏麻衣失聲道：「血……血手杜殺！」

杜殺道：「哼！」

魏麻衣慘笑道：「好，好，好，原來『十大惡人』真的到了六個，我魏麻衣落在你們手裡，還有什麼話說？」

杜殺冷冷道：「不錯，你只有死！」

他一步步走過來，光芒閃動處，鋼鈎向魏麻衣咽喉劃了過去。

李大嘴趕緊拉著他的手，道：「這使不得。」

杜殺厲聲道：「你想怎樣？」

李大嘴笑道：「杜老大的事，小弟怎敢攔阻？只不過，他身上的肉本已不多，若先殺了他再煮，失血過多，肉更沒有滋味了。」

杜殺道：「哼。」

他緩緩放下了手，魏麻衣卻已顫聲呼道：「李大嘴，你我究竟同是武林一脈，你殺了我，我死而無怨，但你又怎能……怎能……」他只覺一陣噁心，胃裡的東西都吐了出來。

李大嘴捏著魏麻衣身上的肉，喃喃道：「像這麼大一個人，用兩斤醬油，一斤料酒，十文錢的蔥薑只怕就夠了，自然還要加五文錢的五香八角。」

魏麻衣全身都麻了，終於顫聲道：「求求你，我……我……求求你好麼……」

李大嘴兩隻手一提，將魏麻衣整個人都提了起來，笑道：「各位，小弟肚子餓了，要先走一步……」他話未說完，魏麻衣已狂吼一聲，暈了過去。

哈哈兒拍手笑道：「嚇昏了，嚇昏了，李大嘴果然有兩下子。」

白開心摸著魏麻衣的頭，道：「這小子醒了後，想必會乖乖的聽話了，咱們要挑魏無牙的老鼠洞，也就全要靠這小子幫忙。」

哈哈兒道：「正是如此，否則咱們何必花這麼多功夫來嚇他。」

小魚兒伸了個懶腰，笑道：「只苦了我，害得我在樹上多吊了半個時辰。」

屠嬌嬌瞧了他半晌，忽然道：「那姓蘇的丫頭明明已要說出『移花接玉』的秘密了，你為何反而要攔住她？」

白開心道：「是呀，你為何要攔住她，你不是要和花無缺拚命了麼？若能知道『移花接玉』的秘密，豈非就能穩操勝算？」

小魚兒懶洋洋一笑，道：「我知道他武功的秘密後，再和他打架還有什麼意思？」

白開心瞪了他半晌，長長嘆了口氣，道：「你原來是個好人。」

他忽又大笑起來，拍手笑道：「由哈哈兒、李大嘴、杜老大、屠嬌嬌、陰九幽，這五個人養大的孩子，居然會是個好人……狐狸窩裡出了條牧羊狗，你們五個不覺得丟人麼？」

陰九幽、杜殺面色都微微變了。

八八　飄忽無蹤

李大嘴卻立刻大笑道：「你也學會了屠嬌嬌的一手？也來挑撥離間了？」

屠嬌嬌嘻嘻笑道：「他挨了小魚兒一頓，他心裡一直不服氣哩。」

哈哈兒道：「不服氣又有什麼用？哈哈，十個白開心也鬥不過一個小魚兒的，你若是想出氣，還是死了這條心吧。」

白開心也不生氣，笑嘻嘻道：「我又有什麼不服氣的？有一天狐狸若是被狗吃了，那我才是服氣哩。」

這句話說出來，連李大嘴臉色都變得有些難看了。

小魚兒卻似沒有瞧見，拍手大笑道：「損人不利己，果然是損人不利己。」

話猶未了，只聽一人銀鈴般笑道：「十大惡人，也果然名不虛傳，我真佩服極了。」

一株四人合抱的大樹幹上，忽然開了個門，原來這株樹竟是空心的，裡面正好藏人，誰也休想找得著。

蘇櫻從樹裡面盈盈走出來，盈盈一禮，笑道：「名震天下的十大惡人來了，賤妾竟有失遠迎，恕罪恕罪。」

哈哈兒大笑道：「姑娘千萬別客氣，咱們這些人是天生的賤骨頭，有人對咱們一客氣，咱們就以爲他要來動壞主意了。」

李大嘴忽然跳了起來，大嚷道：「走吧，走吧，快走吧。再不走我就受不了啦！」

屠嬌嬌道：「你受不了什麼？」

李大嘴道：「瞧見這丫頭的一身細皮白肉，我簡直連口水都快流了出來，但又明知道小魚兒絕不肯讓我吃了她的，再不走我豈非要發瘋。」

嘴裡說著話，已揹著魏麻衣，如飛似的走了出去。

白開心也跳了起來，道：「我也要走，瞧著這嬌滴滴的美人兒，我這光棍也實在有些心動，不如還是快走了，眼不見爲淨，也免得和小魚兒爭風吃醋。」

話聲中，凌空一個翻身掠出三丈外，霎眼就不見了。

哈哈兒也隨了出去，一面笑道：「不錯，再不走連和尙都要動凡心了。」

屠嬌嬌咯咯笑道：「幸好我還有一半是女人，否則……」瞟了小魚兒一眼，嬌笑著掠上樹梢一閃不見。

陰九幽陰惻惻笑道：「姑娘若做人做膩了，不妨來找我。做鬼有些時比做人有趣得多，這年頭漂亮的女鬼，更吃香得很。」

蘇櫻抿嘴笑道：「多謝指教，但我現在卻活得還滿有趣哩。」

陰九幽指著小魚兒，大笑道：「你若是愛上了這個人，用不著多久，就曾覺得活著無趣的……」等這句話說完了，笑聲已遠在十餘丈外。

杜殺瞪著小魚兒，笑道：「你還要在這裡耽多久？」

小魚兒笑道：「只怕用不著多久的。」

杜殺道：「你知道在哪裡可找得著我們？」

小魚兒道：「知道。」

杜殺道：「好！」

他人已掠出林外，突又回首道：「小心些，漂亮的女子若要吃人時，連人頭都要吃下去。」

蘇櫻嬌笑道：「前輩只管放心，我的胃口一向不好，一向是吃素的。」

樹林裡忽然靜了下來，蘇櫻含笑瞧著小魚兒，道：「魏麻衣將你吊在樹上後，這些人已來了？」

小魚兒笑道：「他們來得正巧。」

蘇櫻道：「但你還是裝成不能動的樣子來騙我。」

小魚兒笑道：「我本來可不是要騙你的，魏麻衣讓我上了一次當，我怎麼能就那樣放過他？我好歹也得要他知道厲害。」

蘇櫻道：「你本來雖不是爲了騙我，但後來還是騙了我。」

小魚兒聳了聳肩，道：「你若要這麼想，我也沒法子。」

蘇櫻道：「你知道我對你很好，所以就利用這點來騙我，讓我爲你擔心，爲你著急，我不顧一切來救你，你反而以此來要脅我說出心裡的秘密。」

她瞬也不瞬地凝注著小魚兒，眼波沉得像黑夜中的海水。小魚兒扭轉頭，忽又回頭一笑道：「我早就說過，我並不是好人，誰若對我好，誰就要倒楣了。」

蘇櫻嘆了口氣，緩緩道：「世上大多數人，都生怕自己變得太壞，但你卻偏偏相反，你竟好像生怕自己變得太好了，總要做些事來證明你自己不是好東西……這究竟是爲了什麼呢？這只怕連你自己也想不到的，是麼？」

小魚兒笑道：「這只怕是因爲我天生是個壞胚子。」

蘇櫻瞧了他半晌，忽也一笑，道：「但你可知道，你並沒有自己想像中那麼壞麼？」

小魚兒笑道：「你且說來聽聽吧。」

蘇櫻緩緩道：「這只因你從小是跟著那些壞人長大的，所以在你心裡面，總覺得自己絕不可能變得太好。」

蘇櫻頓了頓，又接著說：「而且，你還認爲自己若是變得太好，就有些對不起那些將你養大的人，所以有時你不得不做些壞事來證明自己……」

小魚兒突然大笑起來，打斷了她的話，截口道：「你和我見面還沒有幾天，就以為很瞭解我了？」

蘇櫻道：「我本來也並不太瞭解，但見了那些人後，就明白了。」

小魚兒道：「哦？」

蘇櫻微笑道：「那些人真可算是壞人中的天才，已壞得爐火純青了，他們竟能將一件很卑劣低下，或是很惡毒殘酷的事，做得令人反而覺得很有趣。」

小魚兒道：「你用不著這樣罵他們，他們可沒有得罪你。」

蘇櫻一字字道：「你難道現在還未發覺，是他們將你誘入那……那老鼠洞去的。」

小魚兒又大笑起來，道：「笑話，這才是笑話，他們為何要騙我？」

蘇櫻道：「這也許是因為他們已發覺，你並不是和他們一樣的壞，他們認為你說不定會反叛他們，所以就故意做下那些標誌暗號，將你誘入那老鼠洞，要想借魏無牙之手，將你除去……」

小魚兒頓住笑聲，大聲道：「那麼我問你，他們既要害死我，方才為何又來救我？」

蘇櫻眼波流動，道：「這也許是因為他們忽然又覺得你有用了，殺了可惜，也許是因為他們並不想親手殺死你……」

小魚兒忽然跳了起來，大聲道：「放屁放屁，你說的話，我一個字也不相信。」

蘇櫻嘆了口氣，道：「我也不一定要你相信，只要你多加提防，也就是了。」

小魚兒哈哈一笑，道：「你叫我多加提防？我看你倒真該多加提防才是。」

蘇櫻嘆了口氣，道：「你說的不錯，這地方以後只怕真要變成是非之地了，看來我只怕也沒法子再在這裡待下去，但是你……你難道發現了什麼？」

小魚兒悠然道：「一個被吊在樹上的人，瞧見的總要比別人多些的。」

蘇櫻道：「你究竟瞧見了什麼？」

小魚兒道：「我瞧見兩個人。」

蘇櫻噗哧一笑，道：「就算瞧見二十個人，也並不是一件什麼稀奇的事。」

小魚兒道：「但這兩個人卻稀奇得很。」

蘇櫻道：「哦？」

小魚兒道：「這兩個人早已藏在那邊的小山石後面了，我的朋友來救我時，他們已經在那裡，但他們卻好像根本不願管這邊的閒事，等到你和魏痲衣一走進這樹林子，他們就立刻飛也似的溜到那邊的屋子裡去，輕功居然是一等一的高手……」

蘇櫻非但沒有吃驚，卻反而笑了，柔聲道：「原來你還是關心我的。」

小魚兒冷笑道：「你若喜歡自我陶醉，我也沒法子，但現在可不是你自我陶醉的時候，那兩個人……」

蘇櫻又打斷了他的話，嫣然道：「你不必爲我擔心，那是一對很有趣的夫婦，常常喜歡做一些自作聰明的事，男的一個還好些，女的一個總認爲自己比別人都聰明得多，其實卻是個神經病。」

小魚兒板著臉道：「自以爲比別人聰明的人，大多是有些毛病的，但我卻是例外，只因爲我的確比別人聰明得多。」

蘇櫻道：「他們已走了麼？」

小魚兒道：「不但走了，而且還帶走了兩大包東西。」

蘇櫻怔了怔，道：「什麼時候走的？」

小魚兒道：「就在剛剛你笑得最開心的時候。」

他故意嘆了口氣，接著道：「現在，只怕你也笑不出了吧！」

誰知蘇櫻眼珠子一轉卻又笑了。

她笑著道：「他們偷走的不是兩包東西，是兩個人。」

這下子小魚兒倒真的怔住了，失聲道：「偷走了兩個人？是活人？」

蘇櫻道：「不能算活人，但也不能算死人，只能算是兩個半死不活的人。」

小魚兒長長吐出口氣，道：「看來這夫妻兩人的確是有點毛病……」

蘇櫻忽又笑道：「但他們卻等於幫了你一個忙。」小魚兒又怔住了。

蘇櫻接著道：「他們偷去的兩個人中，有一個就是要和你拚命的仇人。」

小魚兒的一顆心開始往下沉，嗄聲道：「你……你……你是說……花無缺？」

蘇櫻笑道：「不錯。」

小魚兒就像是一隻被人踩著了尾巴的貓，跳起來大叫道：「你說花無缺被人偷走了？你爲什麼不早說？」

蘇櫻苦笑道：「我怎知他被人偷走？你爲何不早些告訴我？」

小魚兒突然左右開弓，打了自己兩個耳光道：「不錯，我爲何不早些告訴你！我爲何不攔住他們……」他一面叫著，一面就像瘋了似的竄出樹林去。

蘇櫻想攔住他時，他早已走得連影子都瞧不見了。樹林裡就只剩下蘇櫻一個人，癡癡的怔了許久，喃喃道：「蘇櫻……蘇櫻……你難道就這樣讓他走了麼？」

她忽然像是下了很大的決心，匆匆轉身奔回屋去，嘴裡還在不住的喃喃自語，道：「小魚兒……小魚兒……我不會讓你就這樣走了的，只因我知道再也找不到你這樣的人了，所以無論你走到哪裡，我都要找到你。」

她身形剛消失在迷濛的小屋中，樹林邊的一棵大樹下，突然有一塊石頭向旁邊移動了起來。

石頭下面竟露出了個地洞！洞裡裡邊竟鑽出個人來！

他目送著蘇櫻身形消失，嘴角泛起一絲惡毒的微笑，喃喃道：「你用不著擔心，無論那小子走到哪裡，我都會幫你找著他的！」

山坳處後的隱蔽處，忽然傳出一聲長嘶，原來竟有輛馬車藏在那裡，趕車的竟是鐵萍姑。

她雙眉深深地皺著，看樣子倒並非完全因爲等著心焦，而是因爲心裡實在有著太多、太複雜的心事。

突聽「嗖，嗖」兩聲，馬車上的木葉，也微微搖了搖。

鐵萍姑沉聲道：「是前輩們回來了麼？」

只聽白山君的聲音道：「是我們。」

白夫人的聲音笑道：「你放心，你的玉郎現在正好好躺在這裡哩。」

鐵萍姑驟然一帶韁繩，馬車便直衝了出去。

又轉過幾處山坳後，入山反而愈來愈深了，原來馬車並非向山外走，反而是向山深處行。

這時馬車裡卻傳出了江玉郎的呻吟聲。

他身子已縮成一團，忽而顫聲道：「冷……冷、冷死我了。」

但還未過多久，他卻又是滿頭大汗，不住嘶聲呼道：「熱，簡直熱得要命。」

這段路上，他竟是忽而冷得要死，忽而熱得要命，也不知折騰了多少次，白夫人不禁搖頭嘆息，道：「那丫頭也不知下了什麼毒，竟將這孩子折磨成如此模樣。」

白山君忽然冷笑道：「這小子和咱們既非親，又非故，只不過是慕名投奔而來的，你又何苦爲他如此難受？」

白夫人摸了摸他的臉，嫣然道：「傻老頭子，你以爲我真是爲了他難受麼？我只不過是覺得那丫頭的手段太厲害了而已，你瞧咱們這位花公子……」

白山君竟也嘆了口氣，道：「這姓花的如此模樣，才實在是令人擔心。」

花無缺竟似已變得癡了。

他癡癡地坐在那裡，不言不動，目光中也是一片茫然之色，就像是全身都已麻木，什麼知覺都沒有。

此刻花無缺簡直和死人一般無二，只不過比死人多了口氣而已，別人無論問他什麼，他似乎完全沒有聽見。

森森林木中，竟有間小小的石屋，像是昔日苦行僧人面壁修行之地，卻被白山君尋來作藏匿之處。

花無缺竟是被人抱進來的。他非但聽不見別人的話，竟連路都不會走了。

白夫人瞧著他，皺眉道：「你看他是真的已變得如此模樣，還是裝出來的？」

白山君道：「這倒難說得很！」

鐵萍姑一直抱著江玉郎，坐在石屋外的樹下，她竟還是不敢面對花無缺，竟不敢進來。

此刻白山君目光閃動，忽然衝出去，道：「他現在是發冷還是發熱？」

鐵萍姑嘆了口氣，道：「他現在只覺全身都在疼，也不知是……」

話未說完，突覺雙肩一麻，左右肩頭上的「肩井」大穴，竟已被白山君閃電般出手點住。

白山君道：「聽說你是從移花宮中逃出來的，是麼？」

鐵萍姑咬了咬牙，道：「你……你既已知道，爲何還要來問我？」

白山君獰笑道：「既是如此，我就要借你的身子一用。」

他竟抓起鐵萍姑的頭髮，一把提了起來。

鐵萍姑懷裡的江玉郎，立刻呻吟著跌在地上，卻顫聲笑道：「無……無妨，前……前輩只管借去吧！」

這人果然是又狠又毒，到了什麼樣的時候，就說什麼樣的話，知道呼痛也沒有人理他時，他也就不喊疼了。

白山君拉著鐵萍姑衝進石屋，衝到花無缺面前，厲聲道：「你認得這女子是誰麼？」

花無缺眼睛直直地瞧著鐵萍姑，既不搖頭，也不點頭。

白山君獰笑著，他的手突然一撕，將鐵萍姑前胸的一片衣襟撕下，露出了那初爲婦人後，豐滿而柔軟的胸膛。

鐵萍姑緊緊咬著牙，既未哀求，也未驚呼，只因她早已學會逆來順受，知道呼救哀求都沒有用的。

花無缺坐在那裡，面上也是全無表情，一雙眼睛也還是瞪得大大的，茫然瞧著鐵萍姑。

白山君厲聲道：「你還不認得她？好，我再叫你瞧清楚些！」

只聽「嘶，嘶」幾聲，鐵萍姑處子般苗條堅挺，卻又有婦人般成熟誘人的胴體，已赤裸裸站在花無缺的面前。

她兩條修長而緊挾在一起的腳，已和胸膛同樣在深山空林的寒風中，微微顫抖了起來。

她目中雖已流出了羞侮委屈的眼淚，卻又流露出火一般的悲憤和怨毒，恨恨地瞪著白山君。

白山君卻只是瞪著花無缺的眼睛。

但花無缺的目光卻絲毫沒有迴避，還是茫然瞪著鐵萍姑，那誘人的胸膛，那光滑的小腹，那修長的腿……

在花無缺眼裡，竟好像完全是木頭似的。

白山君怒道：「你眼見你的同門這般模樣，還是不聞不問，也不怕將你們『移花宮』上上下下的人全都丟光了臉麼？」

他吼聲雖大，花無缺卻似連一個字都未聽見。

白山君獰笑道：「好，你既不怕丟人，我索性讓你人再丟大些。」

他抱起鐵萍姑赤裸的身子，竟要……

八九 守株待兔

白夫人一直在含笑旁觀，這時才走過來，拍拍白山君的肩頭，笑道：「夠了夠了，你難道真想假戲真做，來個假公濟私，混水摸魚不成？這齣戲再唱下去，我可要吃醋了。」

她又拍了拍鐵萍姑的身子，笑道：「這只是在唱戲，你莫生氣。」

鐵萍姑閉上眼睛，眼淚終於一連串流了出來。

白夫人皺眉道：「你看你這死老頭子，把人家小姑娘氣成如此模樣。」

白山君哈哈笑道：「她若生氣，不妨把我的衣服也脫光就是。」

白夫人解下外面長衫，將鐵萍姑包了起來，柔聲道：「男人看見漂亮女人，總不免想佔佔便宜的，你也用不著難受……」

她將鐵萍姑抱出去，輕輕放到江玉郎身旁，笑道：「還是你們小兩口子親親熱熱吧。」

她也不知是有意，還是無意，竟未解開鐵萍姑的穴道，像是知道鐵萍姑經過這番事後，就會偷偷逃走似的。

江玉郎雖已疼得面無人色，卻還是佯笑道：「到底是小孩子，人家開開玩笑，就要哭了。」

鐵萍姑忍不住痛罵道：「你……你……你究竟是不是人？」

江玉郎目光轉處，見到白山君夫妻都在屋子裡沒有出來，他這才長長嘆了口氣，壓低聲音道：「人在矮簷下，不得不低頭，我們現在落到如此地步，若是還要逞強，還想活得下去麼？」

鐵萍姑咬牙道：「我不怕死，我寧可死也不願被人像狗一樣的欺負。」

江玉郎道：「不怕死的，都是呆子。但你可想報仇出氣麼？」

鐵萍姑道：「當然。」

江玉郎微笑道：「那麼你就該知道，死人是沒法子報仇出氣的！」

白山君夫婦坐在屋子裡，你看著我，我看著你，神情都不免有些沮喪。他們辛辛苦苦，絞盡了腦汁，才將花無缺從蘇櫻那裡又偷了回來，爲的自然只是想再設法從花無缺口中探出那秘密。

而此刻他們的苦心竟全都白費了。

白夫人長長嘆了口氣，站起來走出了屋子，白山君也沒有心情來問她要到什麼地方去了，只是瞪著花無缺苦笑。

過了半晌，突聽白夫人在外面驚呼道：「你快出來瞧瞧，這是什麼？」

白山君箭一般衝出屋子，只見江玉郎和鐵萍姑並頭躺在那裡，像是已睡著了，白夫人卻站在樹下發呆。

樹下面什麼都沒有，只有一堆落葉而已。

白夫人面上卻顯得又是驚奇，又是興奮，道：「你瞧這是什麼？」

只見落葉堆裡，有個小小的洞窟，像是兔窟，又像是狐穴。

白山君道：「但這只不過是個洞而已，你難道從來沒有瞧見過一個洞麼？」

白夫人忽然扭過頭，瞪大了眼睛瞧著他，就好像白山君臉上忽然生出了一棵銀杏樹來似的。

白山君笑道：「你難道連我都從來沒有瞧見過？」

她竟彎下腰，將洞旁的落葉都掃了開去，只見這地洞四面，都十分光滑平整，而且下面沒有別的出路。

白夫人道：「你再仔細瞧瞧這個洞。」

白山君動容道：「我懂了！這個洞是人挖出來的！」

白夫人拍手道：「這就是了，但這麼小的洞，又有誰能藏在裡面？」

白山君皺眉道：「但他已有二十年沒露過面，聽人說早已死了。」

白夫人淡淡道：「你想，像他這種人會死得了麼？誰能殺得了他？」

白山君嘆了口氣，道：「不錯，好人不長命，禍害活千年。」

白夫人吃吃笑道：「你還在吃他的醋？」

白山君板著臉道：「就算你的老情人快來了，你也用不著在我面前笑得如此開心。」

白夫人勾住了他的脖子，悄笑道：「老糊塗，我若是喜歡他，又怎麼會嫁給你？……來……」

白山君卻一把推開了她，大聲道：「不來。」

白山君狠狠在那堆落葉上踢了一腳，又道：「想起這小子說不定就在左右，我什麼興趣也沒有了。我要留在這裡。」

白夫人道：「爲什麼？」

白山君一字字道：「守株待兔！」

江玉郎簡直難受得快死了，哪裡能真的睡著——他只不過是閉起了眼睛，在裝睡而已。

他聽到這夫妻兩人竟爲了地上有個洞而大驚小怪，心裡也不免很覺驚奇，聽到這夫妻兩人在打情罵俏，又覺得好笑，再聽到他們說這小洞裡竟能藏人，他幾乎忍不住要失聲笑了出來：「這麼小的洞，連五歲小孩子都難以在裡面藏身，一個大人又怎麼能藏得進去呢？難道這人是侏儒不成？」

最後他又聽到白山君說：「守株待兔！」

江玉郎心念一閃，暗道：「他們等的這人，莫非就是『十二星相』中的『兔子』不成？」

要知這「十二星相」雖是江湖鉅盜，武林殺星，但偏偏又覺得做牛做馬，大是不雅，所以又引經據典，爲自己找了個風雅的名字。

鼠號「無牙」、牛號「運糧」，虎乃「山君」，兔號「搗藥」，龍爲「四靈之首」，蛇乃「食鹿之君」，豬爲「黑面」，馬雖名「踏雪」，又號「虎妻」，羊號「叱石」，雞乃「司晨」，猴名「獻果」，狗號「迎客」，這十二個風雅的名字，正是出自詩韻。

十二星相中的「兔子」姓胡，自號「蟾宮落藥」，取的自然就是「月中搗藥」，卻始終不知道這人是男是女。

只因江湖中簡直就沒有幾個人能瞧見過這胡藥師真面目的，所以根本沒有人知道他長得是何模樣！

白山君果然坐在樹下，「守株待兔」起來。

白夫人靜靜地瞧了他半晌，忽然一笑，道：「你在這裡苦苦等著，兔子若是不來呢？」

白山君道：「他既已來過，必然知道你會回到這裡，有你在這裡，他還會不來麼？……嘿嘿，說不定他早已在暗中偷偷跟著咱們，想等機會見你一面。」

白夫人吃吃笑道：「我已經是老太婆了，還有什麼好看的？」

白山君冷笑道：「情人眼裡出西施，別人看來，你雖或已是老太婆，但在他眼裡，你說不定還是個小美人哩。」

聽到這裡，江玉郎實在覺得好笑，他想不到這一對老夫老妻，居然還在這裡拿肉麻當有趣。

突聽白山君一聲輕呼，道：「來了！」

江玉郎再也忍不住張開眼，偷偷一望，只見一段比人頭略爲粗些，三尺多長的枯木，遠遠滾了過來。

這段木頭不但能自己在地上滾，而且還像長著眼睛似的，遇到前面有木頭阻路，它居然自己就會轉彎。

深山荒林之中，驟然見到這種怪事，若是換了平時，江玉郎就算膽子不小，也一定要被嚇出冷汗來的。

但現在他已知道這段枯木必定與那胡藥師有關，已猜出胡藥師說不定就藏在這段枯木裡，所以也不覺得有什麼可怕了，只不過有些奇怪而已：「這段木頭比枕頭也大不了多少，人怎能藏在裡面？」

白山君卻瞬也不瞬地瞪著這段枯木，眼睛似乎要冒出火來，兩隻手也緊緊捏成了拳頭。

白夫人輕輕按住了他的手，嬌笑道：「老朋友許久不見，可不能像以前一樣，見面就要打架。」

那段枯木竟哈哈一笑，道：「多年不見，想不到賢伉儷居然還恩愛如昔，當真可喜可賀。」

白山君大聲道：「你怎知道咱們還恩愛如昔，你莫非一直在暗中偷看？」

那枯木笑道：「若非恩愛如昔，怎會有這麼大的醋勁，這道理自是顯而易見，根本用不著看的，是麼！」

笑聲中，這段枯木已滾到樹下。

枯木中竟忽然伸出個頭來。

江玉郎雖然明知木頭裡有人，但猝然間還是不免嚇了一跳——枯木上忽然生出個人的頭來，這無論如何，都是件非常駭人的事。

只見這顆頭已是白髮蒼蒼，但頷下鬍子卻沒有幾根，一雙眼睛又圓又亮，就像是兩粒巨大的珍珠。

最奇怪的是，這顆頭非但不小，而且遠比普通人大些，枯木雖然中空，但這人頭塞進去，還是緊得很。

不但頭大，耳朵更大，而且又大又尖，和兔子的耳朵更幾乎完全一模一樣，只不過大了兩倍。

一個侏儒，又怎會有這麼大的頭，這麼大的耳朵？

江玉郎不由得更吃驚了，雖然還想裝睡，卻再也捨不得閉起眼睛，再看鐵萍姑，眼睛又何嘗不是瞪得大大的？

白夫人吃吃笑道：「十多年不見，想不到你還是如此頑皮。」

這人哈哈一笑，道：「這就叫江山易改，本性難移。」

白山君冷笑道：「你若以爲女人還喜歡頑皮的男人，你就錯了。」

這人笑嘻嘻道：「哦，現在的風氣難道改了麼？我記得頑皮的男人一向是很吃香的。」

白山君道：「頑皮的男人，自然還是吃香的，但頑皮的老頭子……嘿嘿，讓人見了只有覺得肉麻，覺得噁心。」

白夫人見到現在還有男人爲她爭風吃醋，心裡實在說不出的開心：「看來我還沒有老哩。」

但面上卻故意做出生氣的模樣，板著臉道：「你們兩人誰若再鬥嘴，我就不理誰了。」

白山君大吼道：「你莫忘了，我是你的老公，你想不理我也不行。」

白夫人嬌笑道：「你瞧你，我又沒有真的不理你，你何必緊張成這樣子？」只見她眼睛發亮，臉也紅潤起來，像是忽然年輕了十幾歲。

那人嘆了口氣，笑道：「白老哥，看來你真是老福氣，看來只怕等你進了棺材，我這小嫂子還是年輕得跟個大姑娘似的。」

白山君怒吼道：「你想咒我死麼？就算我死了，也輪不到你。」吼聲中，一拳擊了出去。

只聽「蓬」的一聲，那段枯木竟被他拳風震得粉碎，一個人自枯木中彈了出來，「嗖」的竄上樹梢。

江玉郎竟連這人的身形都沒有瞧清楚。

只見這人一顆大腦袋從樹葉裡探了出來，笑嘻嘻道：「人無害虎心，虎有傷人意……但白老哥，我這次來，可不是爲了來和你打架的。」

白山君吼道：「你是幹什麼來的？我這老虎雖不吃人，吃個把兔子卻沒關係。」

那人悠然笑道：「你若傷了我，只怕這輩子再也沒耳福聽到『移花接玉』的秘密了。」

白山君怔了怔，臉上立刻堆滿了笑容，大笑道：「胡老弟，你和我老婆是老朋友了，難道忘了她的脾氣？」

那人道：「她的脾氣怎樣？」

白山君道：「她最喜歡別人爲她吃醋，我既然是她的老公，自然時常都要想法子讓她開心，其實……」

話未說完，「吧」的，臉上已挨了個摑子。

白夫人瞪著眼道：「其實怎樣？」

白山君也不生氣，笑嘻嘻道：「其實我也是真喜歡你的，只不過也很喜歡那移花接玉。」

白夫人眼珠一轉，也笑了。她又向樹上一瞪眼睛，笑罵道：「死兔子，你還不跟老娘下來麼？」

那人大笑道：「是，老娘，我這就下來了。」

他隨著笑聲一躍而下，哪裡是侏儒？竟是個昂藏七尺的偉丈夫，看來比白山君還高一個頭。

江玉郎瞧得眼珠子都快掉出來了，他實在想不出這麼大一個人，怎能藏入那麼一小段枯木中去。

突見白山君走過來，望著他笑道：「原來你早已醒了。」

江玉郎連臉都沒有紅，笑道：「弟子迷迷糊糊的，並沒有睡得很沉。」

白山君道：「告訴你，這位就是名滿天下的胡藥師，江湖中人，誰不知道胡藥師的『鎖子縮骨功』，乃是武功絕傳，天下無雙。」

江玉郎失聲道：「鎖子縮骨功？難道就是昔年無骨道人的不傳之秘麼？」

白山君笑道：「算你小子還有些見識，現在你總該明白了吧！」

江玉郎道：「弟子明白了。」

白山君忽然一瞪眼睛，道：「即然明白了，還不快走遠些，難道也想聽聽那秘密？」

他心裡雖一萬個捨不得走，但又非走不可。鐵萍姑也咬著牙站起來，扶著他走入那石屋裡。

有風吹過，吹起鐵萍姑身上的袍子，露出了一雙修長筆直堅挺，白得令人眼花的玉腿。

胡藥師眼睛似乎發直了，笑道：「這小妞兒的腿可真不錯。」

白山君走過去，悄聲笑道：「她不但腿長得好，別的地方……嘿嘿。」話未說完，耳朵忽然被人擰住。

白夫人咬著牙笑罵道：「老色鬼，看你如此不正經，在外面一定瞞著我也不知搞了多少女人了，是不是？快說！」

胡藥師笑道：「據我所知，白老哥對你倒一向是忠心耿耿的。」

白夫人瞪了他一眼，道：「你用不著爲他求情，你也不是好東西。」

胡藥師道：「哎喲，那你可真是冤枉好人了。」

白夫人噗哧一笑，放了手，笑道：「男人呀……十個男人，倒有九個是色鬼。」

白山君撫著耳朵，笑道：「閒話少說，言歸正傳。胡老弟，你可真的知道那秘密麼？」

胡藥師大笑了幾聲，才接著道：「我瞧見你們將魏老大的大徒弟魏麻衣拉到這裡來，嘀咕了半天，又叫他去找一個姓蘇的女子。」

白夫人道：「蘇櫻，就是魏老頭的命根子，你不知道麼？」

胡藥師笑道：「現在我自然知道了，當時我卻很奇怪，你們自己有路，爲何叫別人去走，後來我又瞧見你們也在暗中悄悄跟了去。」

白夫人道：「那丫頭不願學武，但魏老頭的消息機關之學，卻全都傳給了她，而且據說青出於藍，比魏老頭還要高明得多！」

九十 巧計安排

胡藥師接著道：「我對消息機關之學總是學不會，所以也不敢胡亂走動，就找了地方躲起來，過了半晌，就瞧見魏麻衣將一個小伙子騙到我躲著的樹林裡去，而且還將那小伙子點了穴道，吊了起來。」

白山君笑道：「那時我們遠遠聽得有人在罵街，想必就是那小伙子在罵魏麻衣了。」

白夫人皺眉道：「這小伙子長得是何模樣？」

胡藥師道：「年紀大約二十不到，身材和我差不多，滿臉都是傷疤，應該說其醜不堪，但也不知怎地，卻看來一點也不討厭，反而很討人喜歡。」

白夫人道：「據說近年來江湖中出了個小魔星，叫什麼魚的，好像是小魚……此人武功雖不十分高，但卻精靈鬼怪，又奸又猾，只見惹著他的人，沒有不上他的當的，連江別鶴那樣的人，見了他都頭疼。」

胡藥師默然半晌，微笑道：「不錯，那小伙子就是此人，他實在是個鬼精靈，魏麻衣也算是個厲害角色了，但後來卻被他捉弄得團團亂轉……」

白山君忍不住插口道：「但這人又和『移花接玉』的秘密有何關係？」

胡藥師道：「我問你，現在天下有幾個人知道『移花接玉』武功的秘密？」

白夫人道：「知道的人雖也有幾個，但會說出來的人卻一個也沒有。」

胡藥師笑道：「這就對了，不過，現在我卻有個法子能令其中一人說出來。」

白夫人道：「你能讓誰說出來？」

胡藥師道：「蘇櫻！」

白夫人嘆了口氣道：「你若能令那丫頭說出來，我就能令瓶子也開口了。」

胡藥師微笑道：「你不相信？」

白夫人又嘆了口氣，道：「好吧，你有什麼法子，且說來聽聽。」

胡藥師沉聲道：「我這法子，就著落在那條小魚的身上。」

白夫人皺眉道：「這是什麼法子？我不懂。」

胡藥師道：「那姓蘇的丫頭，已對小魚著了迷，只要我們能抓著那條小魚，無論要蘇櫻說什麼，她都不敢不說的。」

白夫人道：「這法子只怕靠不住吧！據我們所知，那丫頭的心比石頭還硬，天下簡直沒有一個男人能讓她瞧在眼睛裡。」

白山君道：「無論這法子行不行得通，咱們好歹都得試一試。」

胡藥師道：「一定行得通的，我親眼瞧見過它行通了。」

白夫人悠悠道：「只不過，咱們若想讓那條小魚入網，只怕還不容易。」

胡藥師哈哈笑道：「這張網可就要嫂子你來做了。」

白夫人嫣然一笑，向他送了個眼波，道：「你放心，愈是調皮的男人，我愈有法子對付的。」

花無缺還是癡癡地坐在石屋裡，就像是個木頭人。

江玉郎和鐵萍姑走進來時，外面正在討論她那一雙玉腿，聽得這猥褻的笑聲，鐵萍姑眼淚不禁又快落了下來。

鐵萍姑忽然緊緊抓住江玉郎的手，嗄聲道：「我們為何不乘這時候逃走？」

江玉郎道：「你若一個人逃走，也許還可以逃出兩、三里去，但還是要被抓住，你若揹著我，只怕連半里路都逃不出。」

鐵萍姑道：「那麼你……你想怎樣？」

江玉郎道：「等著，等機會，忍耐，拚命忍耐……」

他忽然一笑，接道：「你可知道，若論這忍耐的功夫，普天下只怕沒有一個人能比得上我。」

這話倒當真不假，此人當真是又能狠，又能忍，否則多年前他只怕已死在「迷死人不賠命」蕭咪咪的地府中了。

鐵萍姑垂下頭不再說話。這時白山君夫婦和胡藥師已大步走入。

白夫人一直走到江玉郎面前，輕輕去揉他的雙肩，柔聲道：「這樣還疼不疼？」

江玉郎道：「疼……疼還是疼的，只不過已……已像是好些……」

話未說完，忽然殺豬般的慘叫起來，白夫人揉著他肩頭的一雙手，竟忽然貫注真力。

江玉郎的疼雖有一半是在裝假，也有一半是真的，此刻白夫人掌上真力，由他左右雙肩的穴道裡逼了進去，他全身立刻宛如被無數根尖針所刺，上上下下，所有骨節像是都散了。

白夫人還是滿面笑容，柔聲道：「你是不是覺得舒服了些？」

江玉郎慘呼道：「求求你……放……放手……」

鐵萍姑也衝了過來，向白夫人撲了上去。但白山君出手如電，已把她手臂拗了過來。

白夫人笑道：「我只不過揉了揉他骨頭，你已如此心疼，我若殺了他，你豈非要發瘋？」

其實鐵萍姑現在已要發瘋了，瘋狂般大呼道：「你們不能這樣……你們不能……」

白夫人悠悠道：「只要你答應幫我們做一件事，我就立刻放了他。」

鐵萍姑想也不想，立刻道：「我答應，我答應……」

白夫人嘆了口氣，喃喃道：「想不到男女之間，愛的力量竟有這麼大。」

她終於放了手，輕輕拍了拍江玉郎的臉，又笑道：「小伙子，看來你只怕真有兩手，能令一個女人如此死心蹋地的跟著你，這本事可真不小。」

胡藥師忽然笑道：「蘇櫻對那條小魚著迷的程度，比她還厲害得多。」

白山君大笑道：「如此說來，咱們這件事是必然行得通了。」

白夫人道：「現在你留在這裡，這兩人都交給你了。」

白山君道：「你只管放心就是。」

鐵萍姑還伏在江玉郎身上，輕輕啜泣著。

白夫人拉起了她，道：「你跟我走吧……但你千萬要記住，你若是不聽話，壞了我們的大事，你這情郎就要死在你手上了！」

小魚兒心裡雖然急得像火燒，但走得並不快。

他知道走快也沒有用的，走快了反而會錯過一些應該留意的事，但他現在卻連絲毫線索也不能錯過。

夜晚雖已過去，但半山雲霧淒迷，目力仍是難以及遠，遠處的木葉都似飄浮在雲霧裡，瞧不見枝幹。

連哈哈兒、李大嘴等人留下的暗號，現在都很難找得到，要想追查武林高手留下的足跡，自然更是難如登天了！

但遇著愈是困難的事，小魚兒反而愈是沉得住氣，他先找了個小溪，在溪水裡洗了洗臉，又定下心來，運氣調息了片刻，看看自己的傷勢是否已痊癒。

他真氣活動了一遍，覺得自己已和未受傷前沒有什麼兩樣，只不過躺在床上太久，腳下有些輕飄飄的。

他不禁微笑起來，喃喃道：「那丫頭將我受的傷說得那般嚴重，我就知道她是在嚇我，不讓我走……唉，女人，誰若相信女人的話，誰就要一輩子做女人的奴隸。」

但想到蘇櫻的溫柔與情意，他心裡還是不免覺得甜甜的。無論如何，一個人若被別人愛上，總是件十分愉快的事。

魏無牙的洞府在西面一個隱密的山洞裡。

小魚兒雖然天不怕，地不怕，但剛吃了魏無牙一個大虧，餘悸猶在，還是不敢往西面去。

他坐在溪旁的石頭上，出了半晌神，正不知自己該往哪裡去找花無缺，突見溪水上游，有樣紅紅的東西隨波流了下來。

小魚兒既然不肯放過任何線索，此刻自然也不肯錯過這樣東西。他立刻折了段樹枝，躍到前面一塊石頭上，將這件東西挑起來。

原來這竟是條女人的裙子，上面還繡著花，做工甚是精緻，看來像是大家婦女所穿著的。

但裙腰處卻已被撕裂了，竟似被人以暴力脫下來的。

小魚兒皺眉道：「如此深山中，怎麼有穿這種裙子的女人？這女人難道遇上了個急色鬼？」

他本來以爲這又是魏無牙門下的傑作，但魏無牙的洞府在西面，溪水的上游卻在東南方。

就在這時，溪水中又有樣東西漂了過來，也是紅的。這卻是一隻女人的繡花鞋。

但現在小魚兒不但已動了好奇心，而且也動了義憤之心，只覺這急色鬼未免太不像話了，好歹也得給他個教訓才是。

溪水旁有一塊塊石頭，上面長滿了青苔，滑得很，但以小魚兒的輕功，自然不怕滑倒。

他從這些石頭上跳過去，走出三、五丈後，又從水裡挑起個鮮紅的繡花肚兜，更是已被扯得稀爛。

小魚兒皺眉道：「好小子，你不覺這樣做得太過分了麼？要知女人雖然大多不是好東西，但欺負女人的男人，卻更不是好東西。」

又往前走了一段，水裡竟又漂來一隻肚兜，這隻肚兜是天青色的，也已被撕裂。

小魚兒失聲道：「原來還不止一個女人，竟有兩個！」

他腳步反而停了下來，他忽然覺得，深山之中，絕不會跑出這麼樣兩個女人的，穿著這種裙子的女人，在大街上都很難遇得到。

就在這時，上游處傳來了一聲驚呼！呼聲尖銳，果然是女人的聲音。

小魚兒站在石頭上，又出了半晌神，嘴角竟露出一絲神秘的笑容，喃喃道：「女人，女人……爲什麼我無論走到哪裡，都會遇見些奇怪的女人呢？」

溪水盡頭，有峰翼然，一條瀑布，自上面倒掛而下，下面卻又有一塊巨石，承受了水源。

瀑布灌在巨石上，方自四面濺開，落入溪流中。那巨石上卻有兩個女人。

她們的身子竟已幾乎是全裸著的，飛瀑自峰巔直灌而下，全都沖激在她們身上，這股水力，顯然是十分強大。

她們修長而結實的玉腿，已被流水沖激得不住伸縮痙攣，滿頭秀髮，烏雲般散佈在青灰色的石頭上。

小魚兒到了這裡，也不禁瞧得呆住了。

這景象雖然慘不忍睹，卻又充滿了一種罪惡的誘惑力，足以使全世上任何一個男人面紅心跳，不能自已。

水霧、流雲、清泉、飛瀑、赤裸的美女，慘無人道的酷刑……這簡直荒唐離奇得不可思議。

小魚兒喃喃道：「這是誰幹的事？這人簡直是個天才的瘋子！」

只聽那兩個女子不住地呻吟著，似已覺出有人來了，顫聲呼道：「救命……救命……」

小魚兒大聲道：「你們自己不能動了麼？」

那女子只是不住哀呼道：「求求你……救救我們！」

小魚兒道：「是誰把你們弄成這樣子的？他的人呢？」

那女子呼聲漸漸微弱，嘴裡像是在說話，但小魚兒連一個字也聽不清，他現在站的一塊石頭距離她們還有兩丈遠近。

兩丈多距離，以小魚兒的輕功，自然一掠而過，天下所有的男人，若有他這樣的功夫，若瞧見這樣的情況，都一定會掠過去的。

誰知小魚兒既不救人，也不走。

他竟在石頭上坐了下來，瞪著眼睛瞧著——這做法實在大出常情常理，除了他之外，世上再也沒有第二個人會做得出來。

石頭上的女人，自然就是白夫人和鐵萍姑。現在，白夫人也怔住了。她所安排的每一個計謀、每一個陷阱，本都是奇詭、突出、周密，有時幾乎是令人難以相信的。

她所佈置的每一個計畫中，都帶著種殘酷的、罪惡的誘惑力，簡直令人無法抗拒，不得不上當。

這一次，她知道對方也是個聰明人，自然更加倍用了心機，她算準無論是誰，被人在樹上吊了許久，一定要喝些水——尤其是聰明人，更會先找個地方喝水的，因爲聰明人在辦事之前，總會令自己心神冷靜下來。

只要是男人，瞧見溪水中有女人被強暴的證物流過來，都會忍不住要溯流而上，瞧個究竟。

於是她就在這裡等著，展露著她依然美麗誘人的胴體，她認爲天下絕沒有一個男人，會瞧見這情況而不過來的。

但她還是不能完全放心，還是怕歲月已削弱了她胴體的誘惑力，所以她又將鐵萍姑也拉了下來。

她知道「小魚兒」這名字，就是從江玉郎嘴裡聽來的，自然也知道鐵萍姑曾經救過小魚兒一次。

因爲江玉郎去投靠他夫妻時，她不但仔細盤究過江玉郎的來歷，對江玉郎帶來的這女孩子更沒有放鬆。

江玉郎爲了取信於她，只有將有關鐵萍姑的每一件事都說了出來——江玉郎自然絕不會爲別人保守秘密。

所以她更認爲小魚兒絕沒有不過來的道理。滴水尚且能穿階，何況奔泉之力？這塊石頭自然已被飛瀑沖得又圓又滑，只有在石頭的中央，有一塊凹進去的地方，其餘四邊滑不留足。

任何人也沒法子在這上面站得住腳。

白夫人就躺在這塊凹進去的地方，只要小魚兒到這塊石頭上來救她，她只要輕輕一推，小魚兒就要落入水裡去。

而胡藥師此刻就潛伏在水下，將一枝蘆葦插在嘴裡，另一端露出水面，以通呼吸，小魚兒一掉下水，就等於魚入了網了——一個人落水時，自然免不了手腳舞動，空門大開，胡藥師卻是全神貫注，自然是手到擒來。

奔泉之下，滑石之上，這地勢又是何等兇險，小魚兒就算有天大的本事，只要一過來，也沒有法子不掉下去。

白夫人先將自己安排在這種險惡之地，正是置之死地而後生的絕計，但她簡直連做夢也未想到，小魚兒竟既不過來也不走，竟只是遠遠坐在那裡瞧著，簡直就好像在看戲似的。

再看小魚兒悠悠閒閒地坐在那裡，竟脫下鞋子，在溪水中洗起腳來，面上神情，更是說不出的開心得意。

又過了半晌，他居然拍手高歌起來！

「有清泉兮濯足。
不亦樂乎？
有美人兮娛目。
不亦樂乎！
人生至此，夫復何求？」

白夫人聽得簡直氣破了肚子，忍不住切齒罵道：「這小子簡直不是人……他難道已瞧破了我的計劃嗎？」

後面一句話，自然是在問鐵萍姑，只因此間水聲隆隆如萬蹄奔動，她的聲音就算再響些，也只有鐵萍姑能聽得到。

鐵萍姑本是滿心羞怒，這時卻不禁暗暗好笑，故意道：「他一定已看破了。」

白夫人恨聲道：「這計劃可說是天衣無縫，他怎會瞧破的呢？」

鐵萍姑道：「有許多人都說他是天下第一個聰明人，這話看來竟沒有說錯。」

她功力本不如白夫人，本已被奔泉沖壓得無法喘息，但此刻心情愉快，不但能將話一口氣說了出來，而且說得聲音還不小。

白夫人冷冷道：「你可是想向他報訊麼，但你最好還是莫要忘記，你的情郎是在我手裡，這件事不成，你就要做未過門的寡婦了。」

九一　將計就計

一提起江玉郎，鐵萍姑的心立刻就沉了下去，她雖不願小魚兒上當，但卻更不忍讓江玉郎死，鐵萍姑再也不敢開口。

過了半晌，白夫人卻又問道：「我知道你救過他一次，是嗎？」

鐵萍姑道：「嗯。」

白夫人道：「現在他爲何不來救你？」

鐵萍姑道：「也許……也許他沒有認出我。」

白夫人沉吟著道：「不錯……男人瞧見一個赤裸的美女時，眼睛就只會瞪著她的身子，往往就不會去瞧她的臉了。」

鐵萍姑的臉火燒般飛紅了起來，她忽然感覺到小魚兒的眼睛像是一直瞪著她，她恨不得立刻掩起自己的胸膛、自己的腿……但爲了江玉郎，她卻連動也不敢動。

白夫人冷冷道：「現在，你趕緊將頭偏過去一些，叫兩聲救命……叫的聲音不能太響，但也不能太小，要做出聲嘶力竭的模樣，知道嗎？」

鐵萍姑立刻嘶聲呼道：「救命……救命……」

她斜頭偏過去一半，竟發現小魚兒已洗完了腳，手支著頭，半躺在那塊石頭上，竟像是已睡著了。

白夫人自也瞧見了，切齒道：「好個小賊，他心裡究竟在打什麼主意？」

只聽石頭下一個人道：「我說的不錯吧，這條魚是很難入網的。」

原來胡藥師也忍不住了，自水中露出大半個頭來。

白夫人趕緊道：「快下去，莫被他瞧見。」

胡藥師笑道：「他就算有天大的本事，難道目光還能拐彎麼？怎能瞧到石頭後面來？」

白夫人嘆了口氣，道：「依你看，他是不是已瞧破這計劃了呢？」

胡藥師道：「那麼他爲何不過來？」

白夫人道：「這小子也許是天生的多心病，對任何事都有些疑心，所以先不過來，在那邊耗著，看咱們是什麼反應？」

胡藥師苦笑道：「但咱們在這裡受罪，他卻在那邊享福，這樣耗下去，咱們怎麼能耗得過他？」

白夫人道：「不耗下去又能怎樣？這小子簡直比魚還滑溜，這次咱們若被他瞧破，下次再想要他入網更是難如登天了。」

胡藥師長長嘆了口氣，道：「既是如此，看來咱們只好和他耗下去了。但你又還能耗多久呢？」

白夫人默然半晌，苦笑道：「事到如今，只有耗一刻是一刻了。」

誰知就在這時，小魚兒突然站了起來。

白夫人又驚又喜，嗄聲道：「快下去，魚只怕已快上鈎了。」

胡藥師不等她說，已早就又潛入水中，將那蘆葦又探出水面。

只聽小魚兒喃喃道：「這只怕不是做假的，否則她們一定忍不了這麼久。」

一面說著話，一面已套上鞋子，又將腳伸入水裡泡了泡，顯然也是怕那邊石頭上太滑，所以先將鞋底弄濕。

白夫人知道他立刻就要來了，心裡的歡喜真是沒法子形容，鐵萍姑卻幾乎忍不住要哭出來。

這時她幾乎已忘了江玉郎，幾乎忍不住立刻就要放聲大呼，叫小魚兒莫要過來上當，這並不是說她寧可讓江玉郎死，只不過是在這種生死存亡的一剎那間，潛伏在人們心底深處的道德心，往往會忽然戰勝私心利慾。

只可惜白夫人也深深瞭解這一點，竟一字字沉聲道：「記住，莫忘了你的情郎。」

鐵萍姑心裡一寒，猛然咬住了自己的舌頭，只覺一陣痛徹心腑，呼聲雖未喚出，眼淚卻流了出來。

突聽小魚兒大呼道：「姑娘們莫要害怕，我來救你們了！」呼聲中，他身形已躍起，向這邊石頭上竄了過來。

小魚兒蓄氣作勢，準備了許久，白夫人只道他這一躍必定是身法輕靈，姿態美妙，誰知他身法既不輕靈，姿態也難看得很。

一個人費了許多苦心氣力張網，總希望能捕著條大魚，這條「魚」看來竟真的小得很。

白夫人暗中嘆了口氣：「聰明人果然大多是不會用苦功的，早知他功夫這麼糟，我又何苦白費這麼多力氣？」

心念閃動間，忽聽「噗通」一聲，水花四濺——小魚兒這一躍竟沒有躍上石頭，竟跌在水裡去了。

又聽得「咕嘟咕嘟」幾聲，他竟像是被灌了幾口水下去，從鼻子向外面直冒水泡，到後來竟放聲大呼起來。

「救命……救命……淹死我了……」

來救人的人，此刻反而喊起救命來。

白夫人真是又好氣，又好笑，她實在想不到這小子非但武功糟透，而且水性比武功更糟。

這時小魚兒連呼救聲都已發不出，卻有一連串氣泡從水裡冒出來，眼看這條小魚兒竟要被淹死。

白夫人暗罵道：「若不是我還用得著你，今天不讓你活活淹死才怪。」

她這時已不再顧忌，正想坐起來，但上面的水力實在太大，她力氣卻已快被耗盡了，剛坐起半個身子，又被水力沖倒。

那根蘆葦卻已從石頭後頭轉了過來，白夫人瞧見胡藥師既然已來捉魚了，她就索性省些力氣。

水很清，胡藥師在水裡張開眼睛，只見這條小魚兒此刻竟像是已變成了條落水小狗，眼見他一伸手就能捉住。

誰知小魚兒也不知怎地一使勁，竟從水裡冒了上去。

他手指像是輕輕一彈，彈出了一粒黑黑的小彈丸，竟不偏不倚，恰巧落在那根空心蘆葦中；胡藥師正在吸氣，突覺一粒東西從蘆葦中落了下來，在水裡悶了這麼久，他吸氣的時候自然很用力，等到他再想往外面吐氣時，已來不及了。

小魚兒竟已飛快的伸出手，將這根蘆葦從他嘴裡拔了出去。「咕嘟」一聲，這粒東西已被他吞了下肚。

只覺這東西又鹹又濕又臭，還帶著臭鹹魚味。剛張開嘴想吐，水已灌了進來，被灌了兩口水下去後，就算吞下團狗屎，也休想吐得出了。

白夫人只聽得水聲「嘩啦嘩啦」的響，正不知是怎麼回事，小魚兒已拔出了那根蘆葦，順手就點了她足底的「湧泉」穴。

等到胡藥師像是隻中了箭的癩蛤蟆，從水裡跳出來時，白夫人卻已變成匹死馬，躺在石頭上不能動了。

只見胡藥師掠到石頭上，立刻張開了嘴，不停的乾嘔，連眼淚鼻涕都一起被嘔了出來。

再瞧小魚兒，不知何時已回到那邊的那塊石上，笑嘻嘻地瞧著他們，就像什麼事全都沒有發生過似的。

白夫人這才知道釣魚的人反而被魚釣去了。

她又驚又怒，嗄聲道：「快……快解開我的穴道！」

胡藥師一面揉眼睛，一面喘著氣道：「什……什麼穴道？」

白夫人道：「湧泉穴。」

胡藥師剛想出手，小魚兒已在那邊悠然笑道：「我若是你，我是萬萬不會救她的。」

胡藥師一隻手果然在半空中停頓，嗄聲問道：「爲什麼？」

小魚兒笑道：「你現在還有救人的功夫麼？不如還是先想法子救救自己吧！」

胡藥師面色慘變，道：「方才那……究竟是什麼東西？」

小魚兒笑嘻嘻道：「不是毒藥，難道還是大補丸麼？」胡藥師整個人都軟了。

小魚兒又道：「你若想我救你，最好先乖乖的坐在那裡不要動……」

白夫人道：「無論如何，你先解我的穴道再說，我們再一起逼他拿出解藥來。」

小魚兒道：「就憑你們兩人，連我的屁都逼不出來的。」

兩人你一句，我一句，胡藥師已被說得怔在中間，也不知究竟該聽白夫人的，還是該聽小魚兒的。

鐵萍姑卻瞧得又是驚奇，又是歡喜，也怔了半晌，才忽然想起：「此時不逃，更待何時？」當下一個翻身，向石頭上滾了下去，落在水裡。

那邊白夫人已經快急瘋了，道：「你……你為什麼還不動手？」

胡藥師嘆了口氣，苦笑道：「我雖想救你，但究竟還是自己性命要緊。」

白夫人瞪著眼睛，氣得再也說不出話來。

這時鐵萍姑已掙扎著游了過來，剛想跳到石頭上，忽又想起自己身上簡直是一絲不掛，怎麼見得了人？

小魚兒的眼睛卻偏偏向她瞟了過來，還笑了笑。鐵萍姑恨不得將頭都藏在水裡。

小魚兒道：「你想叫我轉過頭去，是麼？」鐵萍姑趕緊點了點頭。

小魚兒道：「好，我就轉過頭去，但我卻要先問你一句，你方才躺在那裡也不害羞，此刻爲什麼忽然害羞了？」

鐵萍姑吃吃道：「我……我只是……」

小魚兒悠悠道：「你方才只是想我上當，是麼？只可惜上當的不是我，而是別人。」

這句話就像是條鞭子，抽得鐵萍姑臉又發了白，顫聲道：「你……你怎麼這樣冤枉我？」

小魚兒冷笑道：「我冤枉你……哈哈，我倒要請教你，你方才身子既然能動，嘴既然能說話，爲什麼不警告我一聲，叫我莫要上當？」

鐵萍姑道：「這只因我……我……」她終於發現自己實在無話可說，眼淚不覺流了下來。

小魚兒道：「你用不著哭，我可不是花無缺，從來沒有他那樣憐香惜玉的心腸，你眼淚就算哭成河，我也不會同情你的。」

鐵萍姑全身都發起抖來，嘶聲道：「我並沒有要你原諒，我……我也絕不會求你……」

小魚兒忽然瞪起眼睛，大聲道：「但我還是要問你，你爲什麼出賣我？爲什麼？爲什麼？……」

鐵萍姑忽也放聲大吼起來，嘶聲道：「只因爲我覺得你是個自高自傲，自私自利，自命不凡的大混蛋，你自以爲比誰都強，我就希望能眼見你死在別人手上！」

小魚兒呆了半晌，竟又笑了，笑嘻嘻道：「女人聲音喊得愈大，說的往往愈不是真話。你這樣說，我反而認爲你不是故意害我了，你一定另有苦衷，也許我真該原諒你才是。」

鐵萍姑張口結舌，倒反而怔住了，只覺這個人所做所爲，所說的話，簡直沒有一件不是要大出人意外的。

小魚兒緩緩接道：「這也許是因爲你有什麼親近的人，落在他們手上，你爲了要救那個人的命，只好出賣我了。」

他嘆了一口氣，接著道：「若真是如此，我倒不能怪你，因爲我知道女人爲了她的心上人，往往會連她自己也不惜出賣的。」

這句話實已說入鐵萍姑心裡，鐵萍姑眼淚忍不住又奪眶而出，她再也想不到這可惡的小魚兒竟如此能體諒別人的苦衷，瞭解別人的心意。

小魚兒柔聲道：「但這人是誰呢？他值得你爲他如此犧牲麼？」

鐵萍姑流淚道：「你……你是認得他的，我不能說出他的名字。」

小魚兒面色已變了，卻還是柔聲道：「你說的可是江玉郎？」

這次鐵萍姑真的閉住嘴了。但現在閉住嘴，豈非已等於默認？

小魚兒忽然跳了起來，大吼道：「好，好，好，你竟爲了江玉郎那小雜種而出賣我，你可知道這小子有多混帳，他就算被人砍頭一百次，也絕不嫌多的。」

鐵萍姑又駭呆了。

小魚兒瞪眼瞧著她，過了半晌，忽又嘆道：「其實我還是不該怪你的，那小子滿嘴甜言蜜語，莫說是你，就算比你更聰明十倍的女人，也會上他當的。」

鐵萍姑茫然站在水裡，簡直有些哭笑不得了。

只見小魚兒已變得神平氣和，笑嘻嘻站了起來，向胡藥師道：「很好，你很聰明，一直沒有亂動手，只是像你這般聰明的男人，卻娶了一個老是愛脫衣服的老婆，實在未免有些洩氣！」

胡藥師嘆了口氣，道：「我沒有老婆。」

小魚兒怔了怔，大笑道：「妙極妙極，如此說來，你簡直比我想像中還要聰明了……但她這種女人若沒有老公，卻一定會發瘋的，她的老公呢？」

他眼珠子一轉，立刻又笑道：「他的老公自然在看著江玉郎了，是麼？」

胡藥師只有嘆道：「正是如此。」

小魚兒身形忽然躍起，又向那塊大石頭上竄了過去。這次他輕輕一掠，就輕飄飄站在石頭上絕不會再掉下水了。

白夫人咬著嘴唇，嘴唇都咬出血來。

小魚兒笑嘻嘻瞧著她，道：「像你這樣的老太婆，身上的肥肉還不算太多，這倒不容易，但你既有了老公，又有情人，為什麼還要找上我呢？」

白夫人咬牙道：「你既如此聰明，為何猜不出？」

小魚兒想也不想，立刻道：「因為你們三個人中，必定有一個偷偷瞧見了蘇櫻為我著急的模樣，你們就想用我來要脅蘇櫻，叫她說出花無缺不肯說出的事。」

他話未說完，白夫人已怔住了。她雖然叫他猜，卻再也未想到這該死的小魚兒竟真的一猜就猜中，就好像在旁邊瞧見了似的，白夫人滿嘴都是苦水，卻吐不出來。

小魚兒道：「但你就算要讓我上當，本來也不必自己脫光衣服，如此折磨自己的，這只怕是因為你本來就有這毛病，喜歡讓別人瞧你脫得赤條條的模樣——有些瘋子喜歡對著女人小便，他們的毛病只怕就和你一樣。」

白夫人氣得嘴唇發抖，忍不住破口大罵起來。

她簡直已將世上惡毒的話都罵出了口，小魚兒卻像是連一句都沒有聽見，再也不瞧她一眼。

那邊鐵萍姑泡在水裡，既不敢鑽出來，也不知該如何是好，溪水冷冽，她凍得嘴唇都發了白，心裡又是悲哀，又是氣苦，又是羞慚，只覺活下去再也沒什麼意思，正想一頭撞死算了。

小魚兒忽然大聲道：「你知道鐵姑娘是我的救命恩人，也是我的好朋友，但她現在卻在水裡泡著，不敢出頭，你說我心裡難受不難受？」

他忽又說出這種話來，鐵萍姑也不知是驚是喜。

胡藥師道：「閣下想必是……是有些難受的。」

小魚兒怒道：「你既知我心裡難受，爲何還不脫下你的衣服，爲她送過去？」

胡藥師再也不敢多話，只好脫下外衣，遠遠拋給鐵萍姑。鐵萍姑接在手裡，也不知是穿上的好，還是不穿的好。

只聽小魚兒道：「鐵萍姑在穿衣服時，你若敢偷看一眼，我就挖出你的眼珠子來，知道麼？」

胡藥師又是好氣，又是好笑，暗道：「我方才難道還沒有看夠，現在你就算要我看，我又怎會有這麼好的心情，這麼好的胃口？」

鐵萍姑終於還是將衣服穿了起來。

小魚兒忍著笑，喃喃道：「不知她衣服穿好了沒有？」

胡藥師忍不住道：「穿好了。」

小魚兒忽然大怒道：「想不到你還是偷看了！」

胡藥師道：「沒……沒有。」

小魚兒哈哈一笑道：「其實你既早已什麼都瞧見了，現在就是又偷瞧了一眼，也沒有什麼關係，你用不著害怕的。」

胡藥師眼睜睜瞧著小魚兒，也是滿肚子苦水吐不出來。

他武功不弱，頭腦也不壞，本來也很是自命不凡，誰知此刻竟被個還未成年的半大孩子耍得團團亂轉，他簡直恨不得不顧一切，先和這可惡的小鬼拚個死活再說。

小魚兒目光閃動，忽然拍了拍他肩頭，笑道：「你用不著難受，只有呆子才會不愛惜自己性命的，你爲了要我救你而委曲求全，正是你的聰明處。」

胡藥師嘆了口氣，漸漸又覺得自己偉大起來：「我能如此委曲求全，豈非正是人所難及之處，這又有什麼丟人呢？」一念至此，方才那要和小魚兒拚命的心，早已不知飛到哪裡去了。

小魚兒笑得更開心，道：「現在，你只要再爲我做一件事，我就將解藥給你。」

胡藥師嘆道：「既是如此，願聞所命。」

小魚兒道：「帶我去找她的老公。」

胡藥師想到花無缺還在白山君掌握之中，以花無缺相脅，也不怕小魚兒不拿出解藥來。

一念至此，他眼睛又亮了，立刻躬身道：「遵命！」

胡藥師瞧了白夫人一眼，忍不住又道：「但她呢？」

小魚兒笑道：「她既然喜歡脫光了洗澡，就索性讓她在這裡洗乾淨吧。」

不到頓飯功夫，那石屋已然在望，風吹林木，沙沙作響，屋子裡卻是靜悄悄的，聽不到絲毫聲音。

小魚兒忽然出手，擰轉了胡藥師的手腕，沉聲道：「他們就在那屋子裡？」

胡藥師道：「不錯。」

小魚兒皺眉道：「三個大活人在屋子裡，怎地一點聲音也沒有？」

鐵萍姑忍不住道：「我……我先去瞧瞧。」

小魚兒另一隻手卻飛快地拉住了她，沉著臉道：「既已到了這裡，你還急什麼？」

鐵萍姑囁嚅著道：「你若念我也……也對你有些好處，只求你莫要殺了他。」

小魚兒瞪眼道：「不殺他！還留著他害人麼？」鐵萍姑頭垂得更低，目中卻流下淚來。

小魚兒默然半晌，恨恨道：「看來這小畜牲將你騙得真不淺，但我早已跟你說過，我不是君子，你若指望我有恩必報，你就打錯算盤了。」

鐵萍姑幽幽道：「你嘴裡說得雖兇惡，但我卻知道你的心並非如此，你……你……你不會殺他的，是麼？」

小魚兒跺了跺腳，忽然重重甩開胡藥師的手，厲聲道：「叫他們出來，聽見了麼？」

胡藥師咳一聲，高聲喚道：「白大哥，出來吧，小弟回來了。」

空山傳聲，迴音不絕。但石屋裡仍是靜悄悄的，沒有回應。

小魚兒皺眉道：「這姓白的難道是聾子？」

胡藥師目光閃動，道：「不如讓在下進去瞧瞧吧。」

小魚兒想了想，沉聲道：「好，你先走，莫要走得太快，只要你稍有妄動，我就先扭斷你的手！」

胡藥師嘆了口氣，一步步走過去，走到門口，就瞧見江玉郎一個人蜷曲在角落裡，全身直發抖。

白山君和花無缺竟已不見了！

九二 各逞機鋒

胡藥師和鐵萍姑俱是又驚又奇，但小魚兒見了江玉郎，卻只覺氣往上衝，別的什麼都不再顧及。

江玉郎也瞧見了他，乾笑道：「原來是魚兄駕到，當真久違了……」

小魚兒破口大罵道：「誰跟你這小畜牲稱兄道弟！只可惜那次大便沒有淹死你，否則燕大俠又怎會死在你這小畜牲手上！」

他愈說愈怒，忽然撲過去，拳頭雨點般落下。

江玉郎竟是全無還手之力，痛極大呼道：「魚兄千萬手下留情，小弟已病入膏肓，經不得打的。」

小魚兒怒喝道：「你若怕挨揍，爲何不少做些傷天害理的事？」鐵萍姑在一旁流著淚瞧著，也不敢勸阻。

他拳上雖未出真力，但江玉郎已被打得鼻青臉腫，鐵萍姑雖扭轉頭去，不忍再看，但也已知道小魚兒並沒有殺他之意了，否則用不著兩拳就可將他活活打死，又何必多花這許多力氣？

江玉郎大聲呼道：「萍兒，你爲什麼不拉著他，你對他有救命之恩，他不會不聽你話的，你……你難道真忍心瞧我活活被打死麼？」

鐵萍姑嘆道：「不是我不去救你，只望你經過這次教訓後，能稍微改過才好，只要你有稍微改過之心，就算要我爲你而死，也是心甘情願的。」

卻聽江玉郎忽然狂笑起來，大聲道：「好，你有種就打死我吧，這輩子就休想再見著花無缺了！」

小魚兒的拳頭立刻在半空中硬生生頓住，他這才想起白山君和花無缺本該也在這屋子裡的。

小魚兒一把將他從地上拎了起來，厲聲道：「花無缺在哪裡？你說不說？」

江玉郎悠然道：「你若想見他，就該恭恭敬敬，好生求教於我……」

小魚兒拳頭又搗了出去，大喝道：「小雜種，我求你個屁！」

江玉郎冷笑道：「好，你打吧，但拳頭卻是問不出話來的，你若是我，難道挨了兩拳就會說麼？我說出後你難道不打得更兇？」

「我打你？……我幾時打過你了？」他竟拍了拍江玉郎身上塵土，扶他坐了起來，笑道：「江兄久違了，近來身子還好麼？」

江玉郎哈哈笑道：「還好還好，只不過方才被條瘋狗咬了幾口。」

小魚兒大笑道：「瘋狗素來只咬瘋狗的，江兄既沒有瘋，也未必是狗，怎會有瘋狗咬你？」

江玉郎也大笑道：「如此說來，倒是小弟看錯了。」

小魚兒哈哈笑道：「江兄想必是思念小弟，連眼睛都哭紅了，所以目力有些不清。」

江玉郎道：「不錯，小弟時時在想，魚兒近來怎樣了呀，會不會忽得了羊癲瘋，坐板瘡？……一念至此，小弟當真是憂心如焚……哈哈，憂心如焚。」

小魚兒笑道：「小弟本當江兄這樣的人，必定無病無痛，誰知今日一見，江兄卻好像得了羊癲瘋了，否則爲何坐在地上發抖？」

兩人針鋒相對，一吹一唱，竟好像在唱起戲來。

胡藥師在一旁瞧著，又是好笑，又不禁嘆息：「看來長江後浪推前浪，這句話倒當真一點也不錯，昔日江湖中，雖也有幾個隨機善變，心計深沉的厲害角色，但和這兩個少年一比，實在差得多了。」

他更想不出白山君和花無缺會到哪裡去？白山君若將花無缺帶走，爲何又將江玉郎留在這裡？

只聽小魚兒又道：「荒山寂寂，江兄一個人坐在這裡，難道不怕有什麼不開眼的惡鬼找上門來，向江兄索命麼？」

的。」

「這倒不勞魚兄費心，小弟近日正是手頭有些拮据，若有什麼冤魂惡鬼真的敢來，小弟正好將他賣了，換幾兩銀子打酒喝……何況，小弟方才本也不是一個人坐在這裡的。」

他這最後一句話，才總算轉入正題。

小魚兒卻故作不解，道：「哦？卻不知方才還有誰在這裡？」

江玉郎笑嘻嘻道：「其中有個姓花的，魚兄好像認得。」

小魚兒道：「是花無缺麼？小弟正好想找他有些事，卻不知他此刻到哪裡去了？」

江玉郎正色道：「小弟知道他和魚兄你有些不對，生怕他再來找魚兄你的麻煩，本想為魚兒略效微勞，一刀將他宰了。」

小魚兒哈哈笑道：「江兄若真的宰了他，小弟也省事多了……殺人總比問話容易得多，是麼？」

江玉郎也笑道：「小弟後來一想，魚兄若要親手殺他，小弟這馬屁豈非就拍在馬腿上了麼？是以小弟只不過餵他吃了些迷藥。」

胡藥師忍不住道：「白……白山君也中了你的迷藥麼？」

江玉郎笑嘻嘻道：「中得也不太多，大約再過三、五天就會醒來的。一個人若被迷倒三、五日之久，縱然醒來，只怕也要變成癡呆廢人。」

小魚兒眼珠子一轉，忽然大笑起來，江玉郎立刻也陪著他大笑，兩個人笑得幾乎連眼淚都流了出來。

鐵萍姑和胡藥師瞧得發呆，也不知他兩人笑的什麼。

只見小魚兒捧腹大笑道：「有趣有趣，我簡直要笑破肚子了。」

江玉郎道：「魚兄笑的是什麼？」

小魚兒忽然不笑了，眼睛瞪著江玉郎，道：「江兄看來縱非大病將死，也差不多了，卻能將兩個七、八十斤的大男人揹出去藏起來，這豈非簡直是世上最荒唐的笑話麼！」

江玉郎大笑起來，道：「魚兄的幻想力當真豐富得很，只可惜那位花公子……」

小魚兒終於還是有點著了急，忍不住道：「花公子怎樣了？」

胡藥師嘆了口氣，道：「花公子不但被點了穴道，而且還像是受了很大的刺激，神智已有些癡迷，只怕……只怕是無法自己走動了。」

小魚兒歪著頭，用手敲著自己的額角，一連敲了十七、八下，嘴角又露出了一絲微笑，喃喃道：「他們倒下後，你就將他們揹了出去？」

江玉郎道：「小弟這病，時發時癒，發作時固然痛苦不堪，莫說揹人，簡直連讓人揹都受不了。但沒有發作時，揹個把人還是沒有問題的。」

小魚兒眼睛向胡藥師瞟了過去，胡藥師點了點頭。

江玉郎笑道：「小弟說的不假吧？」

小魚兒笑嘻嘻道：「不假不假……但你將人揹出去後，爲什麼又回來呢？難道你身上有些發癢，等著要在這裡挨揍麼？」

江玉郎神色不動，也不生氣，卻笑道：「萍兒還在他們手裡，小弟怎麼能走？小弟就算知道魚兄要來，要將小弟碎屍萬段，也還是要在這兒等著見萍兒一面。」

小魚兒撇了撇嘴，笑道：「江玉郎幾時變成如此多情的人了，有趣有趣，實在有趣……」

鐵萍姑已再也忍不住，撲倒在江玉郎腳下，放聲痛哭起來。

小魚兒嘆了口氣，喃喃道：「傻丫頭，這小子若說他放的屁是香的，你難道也相信他麼？」

只聽鐵萍姑流著淚道：「你傷得重嗎？痛不痛？」

江玉郎輕輕撫摸著她的頭髮，柔聲道：「我就算痛，只要瞧見你也就不覺得痛了。」

小魚兒忽然大叫起來，道：「好了好了，我全身的肉都麻了，你這大情人的戲還沒有演完麼？」

江玉郎道：「魚兄有何吩咐？」

小魚兒嘆了口氣，苦笑道：「現在貨在你手裡，你就是老闆，要什麼價錢，就開出來吧！」

江玉郎慢吞吞笑道：「小弟這病，多蒙蘇姑娘之賜……魚兄和這位蘇姑娘的交情卻不錯，是麼？」

小魚兒嘆道：「我若不認得她，怎會有這許多麻煩？」

江玉郎笑道：「這也算不了什麼麻煩，只要魚兄將蘇姑娘接來，爲小弟治好這病，小弟也立刻會將花公子請出來，治好他的病。」

小魚兒嘆道：「好，走吧！」

江玉郎道：「小弟也要陪著去。」

小魚兒嘻嘻一笑，道：「我也捨不得將你一個人孤伶伶拋在這裡的。」

胡藥師忽然道：「這一趟不去也罷。只因那位蘇姑娘馬上就要到這裡來了。」

江玉郎怔了怔，皺眉道：「你怎麼知道她就會到這裡來？」

胡藥師笑了笑，道：「正如這位鐵萍姑跟閣下一樣，蘇姑娘對小魚……公子亦是一往情深，小魚公子一走，她也就跟著出來了。」

江玉郎撫掌大笑道：「但蘇姑娘就算已出來尋找魚兄，卻也未必能找到這裡。」

胡藥師微笑道：「這倒不勞閣下擔心，她一定能找得到的。」

江玉郎想了想，笑道：「不錯，你們本要以魚兄來要脅於她，自然已故意在一路上都留下線索，叫她找到這裡。」

小魚兒嘆了口氣，道：「既是如此，咱們就在這裡等著她吧！」

白夫人在石頭上一分一寸地移動著，終於按準了地方，藉著飛泉的沖激之力，解開足底的穴道。

她勉強支起半個身子，正不知該如何是好，忽然發現岸上的雜草中，竟有雙眼睛在瞬也不瞬地瞪著她。

這人臉上滿是泥垢，看來已不知有多久沒洗過臉了，但一雙眼睛卻仍是又大又亮，像是正瞧得有趣得很。

白夫人眼波一轉，反而將胸膛挺得更高了些，嬌笑道：「小伙子，你難道從未看過女人洗澡麼？」

那人像是已瞧得癡了，茫然搖了搖頭。那人忽然一笑，道：「你用不著怕我，我……我也是女的。」

她嘴裡說著話，人已自草叢中站了起來，只見她衣服雖也又髒又破，但卻更襯出了她身上曲線之誘人。

白夫人怔住了，而且神情間竟似有些失望。這少女非但不醜，而且還彷彿是人間絕色。

白夫人一直瞪著她，嫣然一笑，試探著問道：「瞧姑娘的模樣，莫非趕了很遠的路麼？」

少女垂首道：「嗯。」

白夫人道：「這裡山既不青，水也不秀，姑娘巴巴的趕到這裡來，是爲了什麼呢？」

少女眉宇間忽然泛起一股幽怨之色，癡癡的呆了許久，黯然道：「我……我是來找人的。」

白夫人心裡一動，道：「這山裡住的人，我倒差不多全認得，卻不知姑娘找的是誰？」

少女垂首嘆道：「你一定不會認得他，他也不一定在這裡。」

無論如何，一個孤伶伶的少女，竟敢深入荒山來找人，總是件不尋常的事，這其中難免有些蹊蹺。那少女卻似已要走了。

白夫人趕緊又笑道：「姑娘你叫什麼名字？可不可以告訴我？」

少女紅著臉一笑，道：「我叫鐵心蘭。」

鐵心蘭終於在溪水旁坐了下來。

她覺得這婦人竟敢在清溪中裸浴，雖然未免太大膽了些，但卻是如此美麗，如此親切。

這許多天以來，她一直在傷心、矛盾、痛苦中，她到這裡來，自然是爲了找小魚兒，找花無缺。

但真的找到了他們又怎樣？她自己實在也不知道。

鐵心蘭第一次覺得心情輕鬆了些，情不自禁脫了她那雙鞋底早已磨穿了的鞋子，將一雙纖美的腳伸入溪水。

已走得發疼、發脹的腳，驟然泡入清涼的水裡，那種美妙的滋味，使得她整個人都像是飄入雲端。她忍不住輕輕呻吟一聲，闔起了眼簾。

白夫人一直在留意著她的神情，柔聲笑道：「你為什麼不也學我一樣來痛痛快快洗個澡？」

鐵心蘭臉又紅了，道：「在這裡洗澡？」

白夫人道：「我每天都要在這裡洗一次澡的，除了你之外，卻從來也沒有碰見過什麼人。」

鐵心蘭咬著嘴唇，道：「這裡真的……真的很少有人來？」她顯然也有些心動。

白夫人笑道：「若常有人來，我怎麼敢在這裡洗澡？」

鐵心蘭的心更動了，瞟了白夫人一眼，又紅著臉垂下頭道：「我……我還是洗洗腳算了。」鐵心蘭還在猶疑著。

白夫人已閉起眼睛，笑道：「快呀，還怕什麼……你洗過之後，就知道這有多麼舒服了。」

鐵心蘭瞧了瞧她，又瞧了瞧這碧綠的水……她實在已髒得全身發癢了，這實在是任何人都抵抗不了的誘惑。

她躲在草叢中，飛快的脫下衣服，雖然沒有人偷看，但陽光卻已偷偷爬上了她豐滿的胸膛。

她全身都羞紅了，一顆心也幾乎跳了出來，飛快地躍下小溪，鑽入水裡，那清涼，而又微帶溫暖的水，立刻將她全身都包圍了起來。

她這才鬆了口氣，笑道：「好了。」

白夫人張開眼瞧著她，笑道：「舒服麼？」

鐵心蘭點著頭道：「嗯。」

白夫人道：「好，現在我要下來了，你扶著我。」她也直到此刻才真的鬆了口氣，輕輕滑入了水中。

水勢果然很急，她雙腿發軟，若沒有人扶著她，她實在無力游上岸，縱然不被淹死，也難免要被水沖走。

鐵心蘭趕緊扶著她，著急道：「你……你難道要走了？」

白夫人笑道：「我只是到岸上去替你望風，你放心地洗吧。」

鐵心蘭這才放了心，笑道：「可是你千萬不能走遠呀！」

白夫人吃吃笑道：「有你這樣的小美人兒在洗澡，我捨得走遠麼？」

鐵心蘭連耳根子都紅了，簡直連手都不敢伸出水來，她發現女人的眼睛，有時竟也和男人差不多可怕。

白夫人卻已藉著她的扶攜之力，終於上了岸，笑道：「好，我要穿衣服你也不准偷看。」

其實鐵心蘭早已閉起了眼睛，根本就不敢看，一看到她那白得誘人的胴體，鐵心蘭的心就好像跳得再也無法停止——她又發現女人的裸體不但對男人是種誘惑，有時對女人也一樣。

這時白夫人卻已將髒的衣服穿了起來。

衣服雖然又髒又破，也總比不穿得好。白夫人的臉皮就算比城牆還厚，也不敢光著身子到處亂跑的。

鐵心蘭閉著眼等了半晌，只聽白夫人道：「這件衣服料子倒不錯，只可惜實在太髒了些。」

鐵心蘭忍不住張開眼一瞧，嚇得臉都白了，失聲驚呼道：「你怎麼能穿我的衣服？」

白夫人笑嘻嘻道：「我不穿你的衣服，穿誰的衣服？」

鐵心蘭顫聲道：「你穿走了我的衣服，我怎麼辦呢？」

白夫人笑道：「你就在這多洗一會吧，這來來往往的人，反正不少，雖然都是男人，但男人也不見得全是色鬼，說不定也會有個把好心的，會將褲子脫下來借給你穿……」

她不說還好，這麼樣一說，鐵心蘭簡直急得要哭了出來。白夫人卻笑得彎下了腰，嬌笑著又道：「你穿過男人的褲子麼？雖然大些，卻很寬敞，又通風，比你小時候穿的開襠褲還要舒服得多。」

鐵心蘭飛紅了臉，嘶聲喝道：「你這女瘋子，惡婆娘，把衣服還給我！」她像是忍不住要從水裡衝出來。白夫人卻已再也不理她，笑嘻嘻揚長而去了。

鐵心蘭怒極大罵道：「你簡直不是人，是畜牲，是母狗……」

白夫人頭也不回，笑嘻嘻道：「你罵吧！用不著再罵幾聲，附近的男人就會全被你引來。」

鐵心蘭果然嚇得連一個字都不敢罵出口。

她身子蜷曲在水裡，眼淚已流了下來，她本不相信一個大人也會像孩子似的被急哭，現在才知道這世上原是什麼事都可能發生的。想到這裡，她簡直恨不得立刻死了算了。

九三　奸狡無匹

溪水左邊，有片樹林，白夫人穿過樹林，匆匆而行。

忽然間，她發現竟有件衣服，在前面樹枝上飄蕩，水紅色的底，繡著經霜愈艷的秋海棠，在陽光下看來就像是真的。

一整套漂亮的、考究的女人衣服，這誘惑對白夫人未免太大了，她實在不願穿著身上這套破衣服，去見她的丈夫。白夫人的心動了。

她眼睛盯著那衣服，腳步已漸漸慢了下來，只不過心裡還是有些猶疑，不敢伸手去拿衣服。

白夫人告訴自己：「這其中說不定有詐，我麻煩已夠多了，何必再惹這些麻煩。」一念至此就簡直看都不願再看一眼。

但那海棠繡得實在太好，衣服的縫工又是那麼精緻，那料子、那水色，更是說不出的令人中意。

白夫人終於還是下了決心，暗道：「這大不了也只是件衣服而已，難道還會長出牙齒來，咬我一口不成？」

這果然只不過是件衣服，既沒有毛病，也沒有古怪，任何人將它從樹上拿下來，都不會有麻煩。

白夫人再也不客氣了，立刻脫下破衣服，穿上新的、柔軟的綢緞，摩擦著剛洗乾淨的身子，就好像情人的手一樣。

但這雙手卻太不老實了，白夫人忽然覺得身上發起癢來，開始時，就好像有隻小蟲從領子裡爬進來，沿著她背脊往下爬。

到後來，這小蟲就像是變成了十隻、百隻、千隻……在她身上每一個角落爬來爬去。

癢得要發瘋，連路都走不動了，兩隻手拚命的去抓，但愈抓愈癢，不但身上癢，連心裡也癢了起來。

她又像舒服，又像難受，又想哭，又想笑……到後來，竟真的整個人都倒在地上，吃吃地笑了起來。

突聽一人銀鈴般笑道：「這件衣服，你穿著還舒服麼？」原來毛病還是在這件衣服上。

只見一個人從遠處盈盈走過來，身上只穿著件月白中衣，在淡淡的陽光下看來，無論誰的魂魄都要被勾去。她竟是蘇櫻。

白夫人眼珠子都快掉了出來，失聲道：「是你？這衣服是你的？」

蘇櫻微笑道：「我做好了剛預備第一次穿，你說好看麼？」

白夫人卻已癢得說不出話來，只是拚命靠著樹幹摩擦著身子，顫聲道：「衣服上有什麼？」

蘇櫻悠悠笑道：「也沒有什麼，只不過是一點兒癢藥而已，過幾天就會慢慢褪了的。」

白夫人就好像被人踩著脖子，嘶聲慘呼起來。

現在她已癢得發狂，直恨不得找人用鞭子狠狠的抽她一頓，連一時半刻都等不了，若是再過幾天，她真情願一頭撞死算了。

白夫人瘋狂般把衣服都扯了下來，嘶聲道：「我和你無冤無仇，你爲什麼要如此害我？」

蘇櫻冷冷道：「你再仔細想想，有沒有得罪過我？」

白夫人雖然已又脫光了衣服，但還是癢得要命，趴在地上，扭動著身子，流著淚哀求道：「好姑娘，好妹子，我知道錯了，求求你饒了我吧！」

蘇櫻笑道：「那麼我問你，花無缺是不是被你偷去了？」

此時此刻，白夫人哪裡還敢不承認？立刻點頭道：「是我，我該死。」

蘇櫻沉下了臉，道：「你將他藏到什麼地方去了？」

白夫人道：「就在後山，那小山谷裡，有間小屋子……」

蘇櫻默然半晌，一字字問道：「你可是真的將他藏在那地方了？」

白夫人苦笑道：「在姑娘你的面前，我幾時敢說過假話？」

蘇櫻面色竟彷彿微微變了變，搖頭嘆道：「荒山之中，竟會有間蓋得那般堅固的石屋，你們難道不覺得奇怪麼？」

白夫人也沒有心情再追究這件事情，只是苦苦哀求道：「我現在什麼都說了，你總該饒了我吧！」

蘇櫻淡淡一笑，道：「你方才是從哪裡來的？」

白夫人怔了怔，道：「那邊的小溪。」

蘇櫻道：「那麼你就再回去吧！」

鐵心蘭手腳都快凍僵了，一雙眼睛卻不停的四下亂轉，只怕有什麼野男人忽然間闖了過來。幸好四下靜悄悄的，瞧不見人影。

鐵心蘭也想偷偷爬起來溜走，但一個赤條條的大姑娘，又能到哪裡去呢？萬一迎面來了個男人……她簡直想也不敢再想下去。

忽然間，前面竟又有一個赤條條的女人，狂奔過來，「噗通」一聲，跳入溪水裡不住喘息。

鐵心蘭又驚又喜，本還不好意思去瞧，但眼角瞟去，卻發現這女人竟然就是方才將自己衣服騙走的那個。鐵心蘭吃驚得瞪大眼睛，說不出話。

鐵心蘭忽然撲過去抓住她的頭髮，大喝道：「我的衣服呢？還給我。」

只聽一人微笑道：「這就是你的衣服麼？」鐵心蘭扭轉頭瞧見了蘇櫻。

蘇櫻站在溪水旁，就像是一朵初開放的蓮花似的。

鐵心蘭只覺得自己這一生中，從來沒有見過如此美麗的女人，她雖也是女人，竟也瞧癡了。

蘇櫻笑道：「你若不想再洗了，就起來穿上它吧！」

鐵心蘭雖然還是害羞，但也不能不起來了，飛快的接過衣服，一溜煙似的躲入雜草叢去。

白夫人陪著笑道：「我也想起來了。」

蘇櫻淡淡道：「你想起來就起來吧！也沒有人攔著你。」

白夫人爬到石頭上，誰知她的上半身剛一離開水，被風一吹，就又癢了起來，癢得簡直要她的命。

蘇櫻笑道：「只要你覺得不癢的時候，隨時都可以起來的。」

白夫人道：「那……那要等到什麼時候？」

蘇櫻微笑道：「也許一半天，也許三兩天……反正你喜歡洗澡，就索性洗個痛快些吧！」

白夫人怔在水裡，幾乎暈了過去。

這時鐵心蘭已穿好衣服走出來，盈盈一禮，道：「多謝姑娘。」

她身上穿的衣服雖然又破又爛，佳人出浴，白足如霜，皓腕勝雪，嫣紅的面靨，可愛得如同蘋果。

蘇櫻情不自禁拉起了她的手，嬌笑道：「這樣美的女孩子，真是我見猶憐，男人本該一排排跪在你面前求你才是，你何苦反而來找他們。」

鐵心蘭臉又紅了，囁嚅著道：「我……我……」

蘇櫻笑道：「是什麼人有如此好的福氣？」

鐵心蘭道：「他……他……」

蘇櫻笑道：「你用不著對我說出來，反正我也不會認得他的。」

鐵心蘭隨著她走了半晌，輕輕嘆息道：「你也最好還是莫要認得他的好。」

蘇櫻失笑道：「爲什麼？難道認得他的人，都要倒楣麼？」

鐵心蘭竟點了點頭，道：「嗯！」

蘇櫻驟然回過頭，張大了眼睛看她道：「他叫什麼名字？」

鐵心蘭也沒有留意她神情的變化，輕嘆道：「他姓江，別人都叫他小魚兒。」

「小魚兒」三個字，使得蘇櫻的心立刻像打鼓般跳了起來。她發現走在她旁邊這少女，竟然就是她的情敵。

望著鐵心蘭花一般的面靨，她心裡只覺酸酸的：「小魚兒呀，小魚兒，你的眼光倒真不錯。」

只見鐵心蘭忽然笑了笑，道：「他這人有時可以把你氣死。」

蘇櫻眨了眨眼睛，笑道：「你很恨他？」

鐵心蘭垂首道：「我有時的確很恨他，但有時……」

蘇櫻一笑，接著道；「但有時卻又喜歡他，喜歡得要命是麼？」

鐵心蘭咬著嘴唇，只是吃吃的笑。

蘇櫻瞪著眼出了一會兒神，忽然大聲道：「但他卻未必喜歡你，是麼？」

鐵心蘭呆呆的出了會兒神，眼波漸漸變得更溫柔了，嘴角也露出一絲甜蜜的微笑，垂下頭輕輕道：「他有時對我雖然不好，但有時……有時對我也不錯的。」

蘇櫻的心就像是被針在刺著，恨不得把鐵心蘭的心挖出來，在上面也刺十七、八個洞，叫她以後永遠再也不敢想小魚兒。

鐵心蘭全未瞧見她的表情，目光癡癡的瞧著天邊的一朵雲，這朵雲像是已變成了小魚兒笑嘻嘻的臉。

蘇櫻扭轉頭不去看她，故意大聲道：「他就算有時對你很好，但也並不一定就能證明他喜歡你。也許，他對每個女孩子都一樣，也許，他對別人比對你更好。」

鐵心蘭輕輕道：「只要他對我好，他對別人怎樣，我都不會在意。」

蘇櫻道：「你不吃醋麼？」

鐵心蘭笑了笑，道：「有許多男人，天生就不是一個女人所能獨佔的，小魚兒就是這樣的人，我既然很瞭解他，就不該吃醋。」

蘇櫻一心想刺傷鐵心蘭，誰知鐵心蘭竟一點兒也不生氣，她自己倒反而快被氣死了，過了半晌，忍不住又道：「這也許是因爲你認得的男人只有他一個，所以才會對他如此死心塌地。你若多認識幾個男人，就會發現比他更好的，還多得是。」

鐵心蘭神色忽然變了，頭垂得更低。

蘇櫻這才發現她神情的變化，眼睛一亮，又道：「除他之外，你心裡難道還有一個人麼？」

鐵心蘭紅著臉不說話。

蘇櫻笑了，道：「我猜的一定不錯，這就怪不得你不吃他的醋。」鐵心蘭的臉更紅了。

蘇櫻銀鈴般笑著，卻道：「一個女人，心上若有了兩個男人，雖然很傷腦筋，倒也有趣得很……」

鐵心蘭垂首弄著衣袂，過了半晌，忽然道：「我這一生，本來已決定交給小魚兒了，無論他對我是好是壞，我都絕不會有所改變，誰知道……」

蘇櫻眼珠子一轉，笑道：「另外一個男人卻實在對你太好，讓你沒法子抗拒是麼？」

鐵心蘭目中流下淚來，顫聲道：「但他對我好，並不是爲了佔有……」

蘇櫻道：「他愈是這樣做，你反而愈是覺得對他歉疚，是麼？」

鐵心蘭道：「嗯！」

蘇櫻道：「我知道，他也一定和小魚兒一樣，又聰明，又風趣，又可愛，有時卻又有點兒討厭……只有一點點討厭。」

鐵心蘭道：「你錯了。」

蘇櫻道：「哦？」

鐵心蘭道：「他和小魚兒是極端相反的男人，簡直連一點相同的地方都沒有。他對女孩子，永遠都是彬彬有禮，連一句玩笑都不會開。」

蘇櫻道：「這種看家狗似的男人，我就一點兒也不喜歡。」

鐵心蘭道：「但……但……」蘇櫻笑道：「但有人卻很喜歡的，是麼？」

鐵心蘭的臉又紅了，道：「我……我並不是喜……喜歡他，只不過他非但救過我的命，而且對我更是……更是……」

她說話的聲音簡直比蚊子叫還輕，而且吞吞吐吐，斷斷續續，就像是嘴裡含著個雞蛋似的。蘇櫻嬌笑著替她接了下去，道：「他不但救了你的命，而且對你更是照顧得無微不至，你就算不喜歡他，也不能不感激他，是麼？」

鐵心蘭咬著嘴唇，呆了半晌，忽然道：「就算我喜歡他，他也不會喜歡我。」

蘇櫻笑道：「他若不喜歡你，爲什麼要對你這麼好？難道他腦袋有毛病麼？」

鐵心蘭垂頭道：「他照顧我，也許只是爲了小魚兒。」

蘇櫻這次才真的像是吃了一驚，失聲道：「他爲了小魚兒才對你好，這我倒不懂了。」

鐵心蘭幽幽道：「他說希望我和小魚兒能……能在一起。」

蘇櫻道：「他難道是小魚兒的朋友？」

鐵心蘭想了想，道：「有時，他們的確可以算是很好的朋友，若知道對方有了危險，會連自己性命也不要，趕去相救，但有時他們卻又要拚得你死我活。」

蘇櫻忽然明白她說的這人是誰了，怔了半晌，喃喃道：「這件事的確妙得很，簡直妙極了。」

蘇櫻眼波流動，忽又拉起她的手，柔聲道：「我一瞧見你，就覺得很投緣，你若也不討厭我，不知你肯收我這個妹妹麼？」

如此溫柔的請求，自如此美麗的女孩子嘴裡說出來，又有誰能拒絕？

鐵心蘭就這樣做了蘇櫻的姊姊。

陽光嬌艷，山木碧蔭濃得化不開，啁啾的鳥語伴著流水，微風中隱約有醉人的花香襲來。

鐵心蘭從來也想不到自己也會這麼開心的，這些日子來，她幾乎已認爲自己冉也不會有開心的時候。

蘇櫻拉著她的手，笑道：「現在你既然是我的姊姊，就再也不能讓你這樣去找小魚兒了。」

鐵心蘭道：「爲什麼？」

蘇櫻道：「男人都是賤骨頭，你愈是急著去找他，他就愈得意，你若不睬他，他反而也許會爬著來找你。」

鐵心蘭嫣然一笑，道：「那麼……你想要我怎樣做呢？」

蘇櫻道：「你什麼都不必做，只要靜靜的等著就好，我自然有法子讓他來找你。」

鐵心蘭垂首道：「但你連認識都不認得他……」

蘇櫻道：「現在被你一說，我已經想起來了，他是不是一個眼睛很大的小伙子，臉上雖然有很多疤，但看起來卻不討厭，整天嘻皮笑臉的，走起路來，洋洋得意，好像總覺得自己很神氣，很了不起？」

鐵心蘭嫣然道：「你哪裡知道，他還說自己是天下第一聰明人哩！」

想起小魚兒，蘇櫻的心裡也覺得甜甜的，嬌笑道：「他若說自己是天下第一厚臉皮，那倒是一點也不假。」

鐵心蘭道：「你什麼時候看到他的？」

蘇櫻道：「沒多久，才不過一、兩天。」

鐵心蘭嘆了口氣，道：「但這人連一時半刻也靜不下來，你一、兩天以前看見他，現在他早已不知到哪裡去了。」

蘇櫻笑道：「你放心，只要他在這山裡，我就有法子找得到他。」

她不等鐵心蘭說話，又接著道：「爲了安全起見，我現在就要帶你去個地方。那裡的主人可算是我的義父，他的人長得雖然兇惡，但心卻是很好的，尤其是對我，更好得不得了。」

鐵心蘭笑道：「連我這做乾姊姊的，都恨不得把心掏出來給你才好，何況他做乾爹的呢！」

蘇櫻撇了撇嘴，道：「你要把心給我，你的心不是給了小魚兒麼？」

她看見鐵心蘭紅了臉，就又笑了，道：「我那乾爹姓魏，他若知道你是我的姊姊，一定會好好照顧你，只不過你莫忘記，他模樣看來是很怕人的。」

鐵心蘭道：「我若覺得他可怕，少看他兩眼也就是了。」

蘇櫻拍手笑道：「不錯，這法子的確再好也沒有了。」

她拉著鐵心蘭走出樹林，空山寂寂，天地間彷彿充滿了一種安寧祥和之意，令人覺得只要能活著，就是件幸福的事。

走了半晌，蘇櫻忽然停下腳，道：「哎呀！我差點兒忘了，我還有個約會哩。」

蘇櫻眼珠子一轉，又道：「從這裡一直往山上走，用不了多久，你就會瞧見一片槐樹林，那裡面就是我乾爹住的地方了。」

鐵心蘭道：「你……你難道叫我一個人去麼？」

蘇櫻道：「一個人去也沒關係，你只要走進槐樹林，自然就有人出來接待你。」

鐵心蘭道：「但他們又不認識我。」

蘇櫻想了想，自頭上拔下了根珠釵，道：「你只要將這珠釵給他們看，說是我叫你去的，他們就一定會對你恭恭敬敬，爲你安排好一切。」

鐵心蘭雖然不願意，但還是去了。

她現在就像是一片沒有根的浮萍，飄到哪裡算哪裡，她自己也不知道自己該怎麼做，自己也拿不定主意。

蘇櫻瞧著她走遠了，剛輕輕吐出口氣，突聽一人嘆道：「可憐的傻丫頭，自己被人賣了都不知道。」

另一人道：「哈哈，這位蘇姑娘沒有將她賣給你，所以你就來假慈悲了麼？」

第三人咯咯笑道：「我本來還覺得那姓鐵的丫頭滿不錯的，但和這位蘇姑娘一比，那簡直就好像變成個大笨瓜了。」

第四人大笑道：「咱們的小魚兒可不能娶個大笨瓜做老婆。」

笑語聲中，山石後木葉間，忽然鑽出四個人來。這四人模樣，一個比一個奇怪，也不知怎麼會湊到一起的。

只見第一人蓬頭垢面，穿著身又油又膩，破破爛爛的衣服，就像是個窮要飯的，但手裡卻偏偏拿個價值不菲的翡翠鼻煙壺。

第二人圓圓的臉，圓圓的肚子，年紀雖然不小，看來卻還像個孩子，一直不停的在哈哈大笑，像是個彌勒佛。

第三人滿頭珠翠，臉上的粉足有半寸厚，像是戴著個假面具似的，叫人根本瞧不出她本來長的是美是醜，是老是少。她打扮得明明是個女的，但身上卻穿著件男人的衣服，腳下面偏又套著雙紅緞珠花的繡花鞋。

第四人卻是個身材魁偉的偉丈夫，目光閃動，顧盼自雄，只不過一張嘴大得可怕，看來像是可以塞得進他自己的拳頭。

九四 機智絕倫

蘇櫻雖然不知道這四人就是頂頂大名的白開心、哈哈兒、屠嬌嬌和李大嘴，但卻是見過這四人的。

她也曾親眼瞧見，這四人如何對付魏麻衣，現在這四人忽然一齊出現，將她圍住，她就算一向喜怒不形於色，臉色也不禁有些變了。

李大嘴大笑道：「蘇姑娘，你用不著害怕，這兩天我的胃口都不太好，要吃你，至少也得再等幾天。」

屠嬌嬌咯咯笑道：「像這樣聰明標緻的女孩兒，就算你捨得吃，我也不答應的。」

白開心道：「以我看來，還是吃了算了。」

哈哈兒道：「哈哈，你這人真是名副其實的損人不利己，李大嘴將她吃了，於你又有什麼好處？」

白開心道：「我至少可以放心些，不至於被她賣了。」

蘇櫻眼波流動，忽然笑道：「四位難道是來為鐵心蘭打抱不平的麼？」

屠嬌嬌嘆了口氣，道：「說起來，那傻丫頭倒的確滿可憐的。」

蘇櫻笑道：「四位若是覺得我讓她去上當，方才爲何不攔住她？」

白開心板著臉道：「她既不是我女兒，也不是我老婆，她上不上當，與我又有何關？我爲何要來多事？」

哈哈兒道：「何況，讓她到魏無牙那裡去也不錯，哈哈，魏無牙要是看中了她，那就簡直更妙不可言了。」

蘇櫻嫣然道：「既是如此，四位是爲了什麼來的呢？」

李大嘴道：「我們來找你，只不過是爲了談一項交易。」

蘇櫻道：「交易？什麼交易？」

哈哈兒道：「哈哈，自然是彼此有利的交易，卻不知你肯不肯答應？」

蘇櫻笑道：「若是彼此有利的交易，我怎麼會不答應呢？」

屠嬌嬌道：「好，我問你，你想嫁給小魚兒，是不是？」

蘇櫻笑了笑，道：「我並不是想想就算了，我是非嫁他不可。」

屠嬌嬌道：「但你有把握讓他娶你麼？」

蘇櫻笑道：「愈沒有把握的事，做起來就愈有趣，是麼？」

屠嬌嬌道：「好，現在我們可以幫你的忙，叫小魚兒娶你，但你卻也要答應我們一件事。」

蘇櫻眼珠一轉，笑道：「你們真有把握讓他娶我？」

屠嬌嬌道：「當然有把握，你莫忘了，小魚兒是我們養大的，我們怎會不知道他的脾氣？」

蘇櫻道：「那麼，你們又要我做什麼事呢？」

屠嬌嬌道：「將他活著帶入魏無牙的洞去，再活著帶出來。」

蘇櫻道：「你們爲什麼要這樣做呢？」

屠嬌嬌道：「只因爲我們要叫他去拿件東西。」

蘇櫻想了想，道：「他若不肯去？」

屠嬌嬌笑道：「他本來就算不一定會去，但現在卻是非去不可的，只因爲你幫了我們的忙，你將鐵心蘭送到那裡去。」

蘇櫻悠悠道：「若是我不答應呢？」

李大嘴咯咯笑道：「你若不答應，我的胃口立刻就會變好的。」

蘇櫻嫣然一笑道：「我相信我身上的肉，無論怎麼做，都很好吃的。只不過我要勸你，切切不要紅燒，這麼嫩的肉，紅燒實在太可惜了，最好是用來涮鍋子，肉才能保持鮮嫩。」

李大嘴等人，聽得面面相覷，反倒不禁呆住了。

李大嘴乾笑兩聲，道：「你倒提醒了我，涮人肉的滋味，的確可算是天下第一，我倒真的已有許久未曾嚐過。」

蘇櫻道：「你最好在我還活著的時候，就將我身上的肉片切下來，而且佐料中，切切不可放醋，因爲人肉本來就有些酸的。」

李大嘴乾笑道：「多承指教，我吃人吃了無數，想不到竟還沒有你內行。」

他走了兩步，只見蘇櫻悠然坐在那裡，怎麼看也不像要被人吃下肚子裡的，倒像是等著別人送上門給她吃。

屠嬌嬌忽然道：「李大嘴，你先過來一下，我有話跟你說。」

她將李大嘴拉向一邊，悄悄道：「你吃過這樣的人麼？」

李大嘴笑嘻嘻瞧了坐在那邊的蘇櫻一眼，忍不住低聲罵道：「這丫頭看起來，就像是喜歡被老子吃下去似的，真不知她肚子裡在打什麼鬼主意？」

屠嬌嬌道：「你想，她若非胸有成竹，怎會如此篤定？而且還像是生怕死得太舒服了，竟勸你活著將她凌遲，你想，世上有這樣的人麼？」

李大嘴默然半晌，道：「你的意思是……」

屠嬌嬌道：「依我之見，還是算了吧！咱們能活到現在，並不是件容易的事，莫要陰溝裡翻船，栽在這小丫頭手裡，那才冤哩。」

李大嘴沉吟著道：「這話倒也不錯……」

只聽蘇櫻嬌笑道：「你還不過來，再等下去，我的肉都要變老了。」

李大嘴大笑道：「你的肉太酸，我懶得吃了。」

「想不到我的肉竟是酸的，莫非是平時吃醋吃得太多了。」她盈盈站了起來，斂衽道：「你先生既然不肯賞臉，我只有告辭了。」

突聽白開心喝道：「我和他不一樣，他好吃，我好色。好吃的人，膽子總比較小些，但好色的人就不同了……」

他一步步向蘇櫻走過去，大笑道：「常言道，色膽包天，這句話你總該聽過的吧！」

蘇櫻情不自禁，向後退了半步，但面上還是帶著微笑，道：「閣下若覺得光棍做得無趣了，我倒可替你做個媒。那邊小溪裡，有位美人在出浴，她不但長得千嬌百媚，比我好看多了，而且風情萬種，知情識趣。」

白開心吃吃笑道：「我就看上了你，別的人我都不要。」

他嘴裡說著話，一雙大手已向蘇櫻抓了過去。

蘇櫻肚子裡就算有一千條絕頂妙計，此刻卻也連一條都使不出來了，女人若碰見急色鬼，那真是什麼法子也沒有。

只聽「哧」的一聲，蘇櫻的衣服已被白開心撕了一塊下來。

就在這時，突又聽得一人緩緩道：「男子漢，大丈夫，怎麼能欺負女人！」

這語聲平和而緩慢，但他的人卻來得快如風，疾如電。

白開心只見一條人影自天而降，他大驚之下，還掌擊出。

李大嘴等人，但見人影一花，但聞一聲清脆的掌聲，白開心的身子，已像是一個球似的掛在樹枝上。

再看蘇櫻身旁，已多了個風采翩翩的美少年，衣衫雖然有些狼狽，便卻仍掩不住有一種清貴高華之氣流露出來。

這人雖然救了蘇櫻，但蘇櫻瞧見他，臉色反而變了，失聲道：「花無缺！」

花無缺淡淡一笑，目光向李大嘴等人掃了過去，緩緩道：「還有哪一位想動手的麼？」

李大嘴等人也駭呆了。花無缺雖不認得他們，但他們卻是認得花無缺的。他們曾經眼看著花無缺，以一身超凡絕俗的武功，將慕容姊妹嚇走，又在一招間將白開心抛在樹上。

李大嘴大笑道：「咱們也早就看這色鬼不順眼，公子此刻教訓了他，這是再好也沒有。」

屠嬌嬌也笑道：「只可惜公子出手還太輕了些……」

哈哈兒道：「哈哈，公子若將他抛得更遠些，讓咱們再也瞧不見才好。」

白開心掙扎著想從樹上跳下來，嘴裡大叫道：「我只不過想摸一摸她而已，但那大嘴巴卻要吃她的肉哩。」

他們不去對付外人，反倒先窩裡反起來，花無缺倒真還沒有見過像這樣的人，忍不住嘆了口氣，道：「各位倒真是夠義氣得很……」

一句話未說完，李大嘴已怒吼著向白開心撲了過去，白開心似是閃避不及，竟被他一拳打出三丈外，怪叫道：「大嘴狼，你敢打人？」

李大嘴吼道：「二十年前，我就想打死你這王八蛋了！」

他一面罵，一面追過去，誰知白開心的腳忽然一勾，他也倒了下去，兩個人竟都滾在地上，扭成一團。

只聽「砰砰蓬蓬」的拳頭聲，「混帳王八」的怒罵聲，罵的話固然不堪入耳，打架的姿態更是不堪入目。

花無缺本還以爲他們是什麼武林高手，此刻看來，卻簡直連可以爲了三文錢而打破頭的潑皮無賴還不如。

哈哈兒卻在一旁拍掌大笑道：「好，打得好，哈哈，快抓他的頭髮，對了，抓緊些。」

屠嬌嬌道：「也不能讓他們這樣打下去，若是打死了一個，咱們豈非還得花錢爲他收屍？還是過去拉開他們吧。」

這時李大嘴和白開心已滾到那邊的樹後面去了，兩個人都已打得像狗一般在喘息，但還是不肯住手。

屠嬌嬌和哈哈兒也趕了過去，一面呼道：「莫要打了……再打就要打出人命來了呀！」

於是這兩個人也到了樹後，似乎在拉架。

花無缺瞧著他們，只有搖頭苦笑——他遇見這樣的潑皮無賴，除了搖頭之外，還能幹什麼？

蘇櫻忽然微微一笑，道：「花公子，你上了他們的當了。」

花無缺道：「上什麼當？」

蘇櫻微笑道：「你以爲他們這真是在打架麼？」

花無缺怔了怔，道：「難道這是……」

蘇櫻抿嘴笑道：「這不過是他們在想法子逃走而已。那兩人的武功雖然不怎麼樣，但若真的要拚命，三百招內，誰也休想碰著對方一根手指。」

花無缺縱身掠了過去，樹後果然連人影都瞧不見了。

樹皮上，卻留下了四行字：

「手下留情，多謝多謝，

不辭而別，惶恐惶恐。

不夠膽量，也許也許，

不夠義氣，未必未必。」

花無缺呆了半晌，忍不住苦笑道：「果然上當，慚愧慚愧。」

蘇櫻笑道：「這四人的詭計多端，實在少見得很，像花公子這樣的忠厚君子，若不上他們的當，那才是怪事。」

花無缺忽也一笑，道：「忠厚君子，倒也未必未必……方才也有幾個人就上了我的當。」

蘇櫻道：「哦？誰？」

她話問出來後，自己也明白了，笑道：「不錯，上當的必定就是白山君夫婦，是麼？」

花無缺微笑點頭，道：「正是他們。」

蘇櫻眼珠一轉，道：「我雖然以藥力將你困住，但那藥對人卻沒有什麼害處的，只要一吹風藥力就解了，只不過那時他們必已點了你穴道，你還是不能逃走。」

她微微一笑，接著道：「你是不是故意裝成中毒很深的模樣，讓他們對你不加提防，你卻在暗中以『移花接玉』的內力，打開了穴道，揚長而去？」

花無缺笑道：「姑娘的聰明智慧，實在也少見得很。」

花無缺面上的笑容忽然不見了，嘆了口氣道：「姑娘你雖然是智計無雙，但在下卻知道還有一個人……就算姑娘你遇見他，只怕也要吃虧的。」

蘇櫻垂下了頭，也嘆了口氣，幽幽道：「你說的不錯，我非但知道你說的這人是誰，而且也吃過他的虧了。」

花無缺面上不禁露出驚異之色，剛想問個清楚，蘇櫻忽又笑道：「溫良如玉的花公子，如今也會以詭計騙人，只怕也就是跟這個人學的……我說的是麼？」

花無缺忍不住笑道：「這就叫做：近朱者赤，近墨者黑。」

蘇櫻道：「但君子畢竟總是君子，所以我雖然那麼樣對待你，你非但沒有向我報復，反而救了我。」

花無缺臉色忽然沉了下來，道：「你可知道我爲什麼要救你？」

蘇櫻望著他忽然改變的臉色，也像是有些吃驚，但還是笑著道：「我已說過，這就因爲你是君子。」

花無缺沉著臉說道：「我必須告訴你三件事，第一，移花接玉的秘密，絕不容許外人知道，誰知道了，只有死！這是移花宮的禁例，誰也不能例外。」

蘇櫻雖然還在笑著，笑聲聽來卻沒有那麼悅耳了。

花無缺道：「第二，移花宮的門下無論要做什麼事，都必須自己動手，絕不容別人干涉，也絕不能假手於外人。」

蘇櫻道：「第……第三呢？」

花無缺道：「第三，我也是移花宮的門下，無論如何，我也不能破壞移花宮的規矩。」

蘇櫻嘆了口氣，道：「如此說來，你救了我，只不過是爲了要親手殺我而已，是麼？」

花無缺扭過頭不看她，一字字道：「縱然情非得已，卻也勢在必行。」

蘇櫻道：「那麼……那麼我也要告訴你三件事。」

她不等花無缺問她，就接著道：「第一，你莫要忘記，我本來有許多機會可以殺你的，但我卻沒有動手，你現在若殺了我，豈非不義？」

花無缺雖然沒說什麼，卻忍不住嘆了口氣。

蘇櫻道：「第二，我雖然知道了移花接玉的秘密，但我絕不會練這種功夫，也絕沒有告訴過別人，你若殺了我，豈非不仁？」

花無缺已微微動容。

蘇櫻道：「第三，你莫忘了，我是個女人，而且手無縛雞之力，一個大男人以強欺弱，來欺負一個弱女子，這非但無禮，簡直是無恥了。」

花無缺已不覺垂下了頭。

蘇櫻見他神情的變化，眼睛已發了光，嘴裡卻冷冷道：「你若一定要做這種不仁不義、無禮無恥的事，我自然也沒法子，但鐵心蘭若是知道了，她一定會對你失望得很。」

花無缺霍然抬起頭。

蘇櫻悠悠道：「不錯，鐵心蘭……她總是對我說，你是最溫柔、最有禮的男人，我本來也很相信的，但現在……」

她故意嘆了口氣，住口不語。

花無缺指尖已有些發抖，道：「你……你認識鐵心蘭？」

蘇櫻抬起頭，淡淡道：「我和她不算太親密，只不過剛剛結拜爲姊妹而已。」

花無缺像是忽然挨了一鞭子，呆了半晌，搖頭道：「不可能……這絕不可能！她在哪？」

蘇櫻道：「我就算告訴你她此刻在哪裡，你也不敢去找她的。」

花無缺目光一閃，變色道：「魏無牙，你將她送到魏無牙那裡去了？」

蘇櫻笑道：「魏無牙對別人雖兇惡，但對我們姊妹卻很好的。」

花無缺跺了跺腳，霍然扭轉身，嗄聲道：「移花宮的秘密，你絕不告訴別人？」

蘇櫻道：「若有第二個人知道，那時你再殺我也不遲。」

花無缺長嘆道：「那時雖已遲了，但……但我還是相信你。」他又跺了跺腳，身子已向前竄出。

九五　陰險毒辣

蘇櫻見花無缺的身形已向前竄出，忽然又道：「和你關在一起的那個人，叫江玉郎，你認不認得他？」

花無缺頓住腳步，不覺又嘆了口氣，道：「我但願不認得他才好。」

蘇櫻嘆道：「你爲什麼不殺了他呢！留這個人活在世上，實在是後患無窮。」

花無缺道：「他此刻既傷且病，我怎能向他出手？」

蘇櫻苦笑道：「這就是君子的毛病，但你若沒有這毛病，我只怕也……」

她瞧見花無缺又旋動身形，立刻大聲道：「等一等，我還有句話要告訴你。」

花無缺只得再次停下來，道：「什麼話？」

蘇櫻嫣然一笑，道：「鐵心蘭並沒有看錯，你實在是個溫柔又可愛的男人，也實在對她好得很。」

大家都知道，小魚兒的性子有多麼急，要一個性子急的人坐在那裡等人，實在是要他的命。小魚兒已急得像是隻火裡的蚱蜢，不停地走來走去，不停地向胡藥師問：「你算準蘇櫻一定能找到這裡來麼？」

胡藥師本來很有把握，斷然道：「是！」

但等到後來，胡藥師也有些著急了，忍不住道：「在下中的毒，只怕快發作了吧？」

小魚兒忽然跳起腳，大喝道：「你，蘇櫻若不來，我再也不會爲你解毒的。」

胡藥師苦著臉道：「蘇姑娘是否前來，和在下又有何關係？你下的毒若是發作了……」

小魚兒大聲道：「毒性發作了，算你倒楣，你死了也活該，誰叫你說蘇櫻一定會來的？」

他現在的確是蠻不講理，只因他已快急瘋了。

胡藥師比他更急，剛乾了的衣服，又被汗濕透了。

只有江玉郎，卻像是一點也不著急，他笑嘻嘻坐在那裡，蘇櫻來不來，好像都和他沒關係似的。原來他忽然發現，那見鬼的藥力已開始在消散，他身子已漸漸舒服起來，漸漸開始有了力氣。

小魚兒眼睛都快望穿了，還是瞧不見蘇櫻的影子，終於忍不住道：「走，不管她來不來，咱們先去找她去。」

江玉郎悠悠道：「現在若先去找蘇姑娘，再轉回來救花公子，花公子只怕已……」

他故意頓住語聲，小魚兒果然忍不住跳了起來，大喝道：「只怕已怎樣？說！」

江玉郎慢吞吞道：「實不相瞞，我藏起花無缺的那地方，並不太舒服，而且有點不大透氣，時間若是隔得太長，說不定會悶死人的。」

小魚兒跳起來就想撲過去，但撲到一半，就硬生生停了下來，臉上的怒容立刻變成了笑容，哈哈笑道：「江兄是聰明人，總該知道花無缺若死了，對江兄你也沒什麼好處。」

江玉郎嘆了口氣，道：「這個小弟自然明白的，只不過……」

小魚兒立刻道：「你救了他，我負責要蘇櫻將解藥給你。」

江玉郎苦笑道：「小弟現在已想通了，只覺世情皆是虛幻，生生死死，也只不過是一場夢而已，是否能拿到解藥，小弟實已不放在心上。」

他忽然說出這一番大道理，小魚兒瞪大了眼睛瞧著他，道：「你……你真的是江玉郎麼？妙極妙極，江兄原來是個老和尚投胎轉世的。」

江玉郎又嘆了口氣，道：「小弟雖已不再將這副臭皮囊放在心上，只不過……」

他轉頭瞧了鐵萍姑一眼，黯然道：「只不過她……她對我的恩情，卻令我再也拋不開，放不下。」

鐵萍姑癡癡地望著他，目中已是淚光瑩瑩，卻不知是驚訝，是歡喜，是相信，還是不信？

江玉郎嘆道：「小弟經此一劫，再也無意與諸兄逐鹿江湖，只盼將恩仇俱一刀斬斷，和她尋個山林隱處，安安份份的度此餘年，可是……」他慘笑著接道：「可是小弟雖有此意，怎奈以前做的錯事實在太多，小弟也自知魚兄絕不會就此放過我的，是麼？」

小魚兒正色道：「常言道，放下屠刀，立地成佛。江兄如此做法，小弟佩服還來不及，又怎麼會再找江兄的麻煩呢？」

江玉郎沉吟了半晌，緩緩道：「魚兄博聞廣見，想必知道野生蕈菌中有一種叫女兒紅的。」

鐵萍姑到這時才忍不住問道：「這女兒紅又是什麼？」

小魚兒道：「這女兒紅乃是生在極陰濕之地的一種毒菌，據說無論誰吃了，不出三、五天，就會得一種怪病。」

鐵萍姑道：「什麼怪病？」

小魚兒道：「這種病開始時也沒什麼，只覺不過有些暈暈欲睡，精神恍惚，就好像得了相思病似的，除非每隔幾個月，能找到一株『惡婆草』連根吃下去，否則這相思病就要愈來愈重，不出一年，就完蛋大吉。」

鐵萍姑雖也覺得這名字取得妙不可言，有趣已極，但想到一個人若不幸吃下了這麼樣一粒毒菌，那可實在是無趣極了。

只聽小魚兒笑著又道：「此時此刻，江兄忽然提起此物來，難道是想要小弟也害一害這相思病麼？」

江玉郎這次竟連狡賴都沒有狡賴，很簡單地回答道：「正是。」

小魚兒卻笑了，道：「這麼珍貴的東西，一時之間，你能到哪裡去找來給我吃？」

江玉郎道：「小弟若是去別處尋找，就算找個三年五載，也未必能找得到，但湊巧的是，這附近就偏偏有一株，只要魚兒答應，小弟立刻就可去爲魚兒掘來。」

鐵萍姑終於也忍不住失聲道：「你瘋了麼？怎麼能說得出這種話？他……他怎麼可能答應你？」

江玉郎也不理她，緩緩接著道：「魚兒想必知道，那惡婆草雖也和女兒紅一樣，十分稀罕珍貴，但卻可以用人工來培養的，而小弟又恰巧知道培養它的法子。」

小魚兒眼珠子直轉，竟沒有說話。

江玉郎又道：「這裡的事辦完之後，小弟就立刻找個地方隱居起來，專心爲魚兒培植惡婆草，魚兒若想身體康健，自然也就會好生保護小弟的性命了。」

胡藥師這才知道，他打的如意算盤，竟是要以這件事來要脅小魚兒，要小魚兒以後永遠不敢找他的麻煩。

但這想法卻實在未免太天真了些，胡藥師幾乎忍不住要笑了出來，眼睛瞧著江玉郎，暗笑道：「你難道以爲小魚兒是呆子麼？這種事你就算殺了我，我也不會答應的，何況這條比泥鰍還滑溜的小魚兒？」

只見小魚兒眼珠子轉了半天，笑嘻嘻道：「你信不過我，我又怎信得過你？我怎知道你會爲我培植惡婆草，又怎知這惡婆草一定能吃到嘴呢？」

江玉郎嘆道：「小弟的病毒也一直不解，魚兒要殺我，還是容易得很。」

小魚兒道：「但我若找不到你呢？」

江玉郎笑道：「魚兒若真的要找，小弟就算上天入地，也躲不了的。」

像小魚兒這樣的聰明人，竟會問出這麼笨的兩句話來，江玉郎回答得更是妙不可言，說的話等於沒說一樣，而小魚兒卻偏偏像是相信了，只不過又問了一句：「我吃下了這女兒紅，你就去救花無缺？」

江玉郎道：「小弟若是失言背信，魚兒隨時都可要小弟的命。」

小魚兒嘆了口氣，道：「好，我答應你。」

小魚兒竟真的答應了他。任何人都不會答應的事，他竟偏偏答應了。

胡藥師呆呆地瞧著小魚兒，暗道：「瘋子，瘋子，這人原來是瘋子，別人說太聰明的人，有時往往會變成瘋子，這話聽來倒是一點也不錯。」

鐵萍姑也是目瞪口呆，吃驚得說不出話來。

江玉郎果然掘來了一株看來十分鮮艷的女兒紅。小魚兒果然笑嘻嘻吞了下去。他抹了抹嘴，竟大笑道：「妙極妙極，想不到這女兒紅竟是人間第一美味，我這一輩子，簡直沒有吃過這麼鮮嫩的東西。」

到了這時，江玉郎目中也不禁露出狂喜之色，卻故意嘆了口氣，道：「絕代之佳人，大多是傾國傾城的禍水，致命之毒物，也常常是人間美味，唯有良藥，才是苦口的。」

小魚兒一把拉住他的手，笑道：「好聽的話，大多是騙人的，江兄還是少說兩句，趕緊去救人吧。」

石屋所在地，本來已十分荒僻，江玉郎帶著小魚兒再往前走，地勢就愈來愈是崎嶇險峻。

他的毛病偏偏又發了，走兩步，就喘口氣，再走兩步，又跌一跤，兩條腿就像彈琵琶似的抖個不停。

小魚兒實在快急瘋了，到後來，終於忍不住將他抱了起來，道：「那地方究竟是哪裡，你說出來，我抱你去。」

江玉郎道：「如此勞動魚兒，小弟怎麼敢當。」

小魚兒「嗤」的一笑，道：「沒關係，你骨頭輕得很，我抱你並不費力。」

鐵萍姑跺腳道：「求求你們兩個人，莫要再鬥嘴了好不好？」

江玉郎嘆道：「我怎敢跟魚兒鬥嘴，只不過……」

他語聲忽然頓住，手向上面一指，道：「魚兄可瞧見上面那洞穴麼？」

小魚兒隨著他手指向上瞧去，只見生滿了蒼苔的山壁上，果然有個黑黝黝的洞穴，洞口還有一片石頭凸了出來。

江玉郎道：「這地方還不錯吧！」

小魚兒道：「你爲什麼不用塊石塊將洞口堵上呢？」

江玉郎道：「花公子現在已是寸步難行，小弟反正也不怕他逃走。」

小魚兒忽然瞪起眼睛，高聲道：「洞口既沒有堵上，他怎麼會悶死？」

江玉郎神色不變，淡淡道：「也許不會被悶死，但荒山上的洞穴裡，總難免有些毒蛇惡獸……」

他話未說完，小魚兒已縱身掠了上去。

江玉郎道：「魚兄不妨先將小弟放下來，看看這地方對不對。」

這片石台上也長滿了蒼苔，滑不留足，小魚兒放下了他，他連站都不敢站起來，爬到洞口前瞧了瞧，忽然大呼道：「花公子，小弟等來救你了，你聽得見麼？」

只聽洞穴迴聲不絕，卻聽不見花無缺的回應。

江玉郎皺起眉頭，道：「花公子，你……你……你怎麼樣了，怎地……」

小魚兒跺了跺腳，一把將江玉郎拉到後面去，自己伏在洞口，極目而望，洞穴裡黑得伸手不見五指，他什麼也瞧不見。

江玉郎道：「魚兒，可瞧見花公子了麼？」

小魚兒道：「你這小子究竟在玩什麼花樣，爲什麼……」

話猶未了，忽覺一股大力自腳跟撞了過來，他一聲驚呼尚未出口，身子已落葉般向洞穴中直墜了下去。

方才連路都走不動的江玉郎，此刻卻忽然變得生龍活虎起來，一躍而起，向洞穴中呼道：「魚兒……小魚兒……」

小魚兒沒有回應，過了半晌，才聽得「咚」的一聲。這洞穴竟深得可怕。

江玉郎仰天大笑道：「小魚兒……小魚兒，你畢竟還是不如我江玉郎，畢竟還是上了我的當了！」

鐵萍姑從下面往上望，石台上發生了什麼事，她也瞧不真切，此刻聽到江玉郎得意的笑聲，才吃驚道：「你將小魚兒怎麼樣？」

江玉郎大笑道：「我不害死他，難道還等他害死我麼？」

鐵萍姑又驚又恐，嘶聲道：「你不是已改過了麼？不是只想和我安度餘生，怎地又……」

她一面說著話，一面就想往上掠去，但身子剛躍起，忽又想到自己身上只穿著胡蘗師的一件長衫，裡面卻是空空的，若是跳起來，下面的胡藥師的眼福就真不淺了，她只有趕緊落下來，掩住衣衫，不停地跺腳。

胡藥師也吃驚得呆住了，過了半晌，忍不住道：「小魚兒既已中了女兒紅的毒，你以後豈非正可以此要脅他，要他乖乖的聽命於你，你現在就害死了他，豈非可惜？」

江玉郎笑道：「你想不通，小魚兒也想不通的，所以他才會上當。方才那女兒紅只不過是個鈎子而已，你現在可想通了麼？」

胡藥師不覺又怔住了，只覺這江玉郎心計之深，手段之毒，做出來的事之兇狠狡詐，簡直叫人夢想不到。

江玉郎哈哈大笑道：「小魚兒呀小魚兒，你常常自命自己是天下第一個聰明人，如此你總該知道，天下第一個聰明人，到底是誰了吧！」

胡藥師忍不住又道：「但花無缺呢？他難道也被你害死了？」

江玉郎笑道：「你以為花無缺很呆板麼？告訴你，他也會騙人的，他故意裝出那副癡癡呆呆的模樣，讓你們不再提防他，他卻乘機溜之大吉。」

胡藥師怔了半晌，苦笑道：「那麼，白山君呢？」

江玉郎道：「那時我病發作得厲害，迷迷糊糊的，也沒有瞧清楚，好像是瞧見他去追花無缺了。」

胡藥師忽然跳起來，驚呼道：「不好，我中的毒藥力還未消散，我還得找他要解藥。」

江玉郎忽然冷冷一笑，道：「很好，你就下去找他吧！」冷笑聲中，忽然出手一掌，向胡藥師拍了過去。

胡藥師剛掠上石台，身子還未站穩，一口氣也沒有換過來，若是立刻再跳下去，雖可避開這一掌，但真氣既未換轉，跳到地上後，縱不跌傷，身子也必定站不穩，那時江玉郎若再乘勢進擊凌空撲下，他再也難閃避。

石台上滑不留足，胡藥師算準江玉郎在台上發招，下盤必不穩固，下盤若不穩，出手的力道就必定不會太強。

江玉郎一掌拍出，胡藥師竟不避不閃，拚著挨他一掌，下面卻飛起一腳，向江玉郎下盤橫掃過去。

這一招以攻爲守，攻敵之所必救，正是絕頂厲害的妙著，但若非久經大敵的武林老手，就絕不敢使出這樣的險招。

江玉郎奸笑道：「好個兔二爺，果然有兩下子！」

他身形忽然一躍而起，雙腿卻已凌空踢出。

胡藥師再也想不到他在這種地方，還敢用這種招式，大驚之下，要想閃避已來不及了。

要知道胡藥師方才踢出的一腳，此刻還未及收回，下盤更是不穩，江玉郎的腳尖，已踢向他咽喉。

他只有用手去接，手的力量，怎及腳大？他就算接得住這一腳，還是難免要被江玉郎踢下去。

但江玉郎的腳若被他抓住，自也難免要被他一齊拖下去，這一著用的雖近無賴，但情急之下他也顧不得許多了。

誰知江玉郎身子凌空，竟還有餘力變招。

只見他雙腿，剎那間竟一連踢出七、八腳之多，胡藥師莫說抓不到他，簡直連他出腿的方位都已分辨不出。

他這才知道江玉郎不但兇狠狡猾，非人能及，武功之高，竟也大出他意料之外，他知道自己再也無法抵抗，不禁長長嘆口氣，身子突然在石頭上一滾，竟縱身向那深不可測的黑洞跳了下去。

鐵萍姑癡癡地站在那裡，動也不動，江玉郎著意賣弄，凌空翻身，就像是一隻大蝴蝶似的落在她身旁，她也像是沒有見到。

江玉郎笑嘻嘻道：「方才我出的那幾腳，你可瞧見了麼？」

鐵萍姑看也不看他，淡淡道：「瞧見了。」

江玉郎道：「那是北派譚腿中的精華『臥魚八式』，和胡家堡的『無影腳』，武當派的『流星步』，崑崙派的『飛龍式』，四種武林絕技混合在一起，變化而成的。我替它取了個名字，叫『踢死人不賠命，天下無雙魔腳』，你說妙不妙？」

鐵萍姑冷冷道：「妙極了。」

江玉郎笑道：「你有個武功如此高明的夫婿，難道不高興麼？」

鐵萍姑忽然扭轉頭，直奔了出去。

江玉郎趕緊掠過去擋在她的前面，笑道：「你這是幹什麼？咱們已有很久沒在一起，現在我的病已好了，咱們正可以好好的溫存溫存，你爲什麼不理我？」

鐵萍姑冷笑道：「你還是找別人溫存去吧，像你這樣既聰明，武功又高的大英雄、大豪傑，我怎麼高攀得上！」

江玉郎笑道：「我去找別人？去找誰？我喜歡的只有你呀！」

他一把抱起了鐵萍姑，就去親她的臉。

鐵萍姑掙也掙不脫，跺腳道：「你……你……你放不放手？」

江玉郎瞇著眼笑道：「我不放手，我偏不放手，你打死我，我也捨不得放手的。」

他的手已伸進了袍子，鐵萍姑的掙扎終於愈來愈沒有力氣，顫聲道：「你先放手，我問你一句話。」

江玉郎笑嘻嘻道：「你問呀，我又沒有堵住你的嘴！」

鐵萍姑道：「我問你，你害死了小魚兒，難道還不過癮，爲何又要害死胡藥師？」

江玉郎道：「我看見那小子對你色瞇瞇的模樣，簡直快氣瘋了，恨不得當時就宰了他。」

鐵萍姑道：「你……你殺他，難道是爲了我？」

江玉郎笑道：「也不知爲了什麼，只要別人瞧你一眼，我就氣得要死，何況他居然想打你的主意……除了我之外，誰敢動你一根手指，我拚命也要宰了他的。」

他嘴裡說著，手動得更厲害。

鐵萍姑臉上的怒容早已不見了，面頰上已泛起了紅暈，不但語聲顫抖，身子也顫抖起來。

江玉郎將嘴唇湊到她耳朵上，低低說了兩句話。

鐵萍姑立刻紅著臉掙扎道：「不行，不可以在這裡……」

江玉郎道：「這裡連鬼都沒有一個，有誰會瞧見，來吧……」

話還沒有說完，鐵萍姑也不知怎地，竟忽然從他懷抱裡直飛了起來，同時又發出了一聲驚呼。

江玉郎也駭了一跳，情不自禁，隨著她的去勢向上面瞧去，只見鐵萍姑白生生的兩條腿在空中不停的掙扎飛舞，但身子卻如旗花火箭般向上直衝，竟飛起有七、八丈高，不偏不倚，落在一棵樹上。

這棵樹自山壁間斜斜伸出來，鐵萍姑的袍子竟恰巧被樹枝勾住，赤裸裸的身子就像是條白羊似的被吊了起來。

江玉郎再也想不通她是怎麼會被吊上去的，忍不住大呼道：「快跳下來，我接住你。」

鐵萍姑卻像是已被嚇呆了，竟連動都不會動，臉上已沒有一絲血色，眼睛裡的神色更是驚怖欲絕。但她的眼睛卻沒有瞧著江玉郎。

江玉郎忍不住又隨著她的目光瞧了一眼，這才發現自己面前不知何時竟已站著個長髮披肩的白衣人。

只見她雪白的衣衫飄飄飛舞，身子卻如木頭人般動也不動，面上戴著個木頭雕成的面具，看來就像是忽然自地底升起的幽靈。

她隨手一拋，就能將鐵萍姑拋起八、九丈高，而且不偏不倚地掛在樹上，這分手力武功，簡直駭人聽聞。

一個男人正在興致勃勃時，若被人撞破好事，那火氣當真比什麼都來得大，江玉郎只覺一肚子都是火，把別的事全都忘了，大怒道：「你這人有什麼毛病，好生生的爲何來找我的麻煩？」

白衣人還是站在那裡，既不動，也不說話。江玉郎火氣更大，忍不住竄過去一拳擊出。

白衣人還是不動，只不過袍袖輕輕一拂，江玉郎擊出去的一拳，也不知怎地，竟忽然轉了回來。

只聽「砰」的一聲，這一拳竟打在他自己頭上。

江玉郎臉立刻被打腫了，但頭腦卻被打得清醒過來。只覺兩條腿幾乎再也站不住，顫聲道：「你……你莫非就是移花宮主？」

白衣人冷冷道：「憑你這樣的人，也配說『移花宮主』四個字？」

江玉郎「噗」地跪在地上，嗄聲道：「小人的確不配說這四個字，小人該打。」

他的確是聰明人，不等白衣人出手，就自己打起自己來，而且下手還真重，打的實在不輕。白衣人冷冷的瞧著，也不開口。

九六　奸狡詭詐

她不開口，江玉郎的手就不敢停，只見他一張又白又俊的臉，恍眼間就變得像豬肝一樣，順著嘴角往下直淌鮮血。

鐵萍姑瞧得心都碎了，忍不住道：「宮主，求求宮主饒了他吧！」

白衣人這才抬起頭來，道：「你爲他求情，又有誰爲你求情？」

鐵萍姑顫聲道：「婢子自知罪孽深重，本就不敢求宮主饒恕的。」

白衣人道：「很好，那麼我問你，你將小魚兒帶到哪裡去了？」

鐵萍姑道：「小魚兒他……」

她忽然想到自己若說出真相，宮主若知道小魚兒已死在江玉郎手上，江玉郎只怕立刻就要被碎屍萬段了。

白衣人道：「小魚兒他怎麼樣了？你爲何不說？」

鐵萍姑道：「他……他也到了這裡，只怕是在東面那一帶。」

白衣人道：「好，我這就去找他，但願你說的不假。」

江玉郎這時已被自己打得躺在地上，但還是不敢停手。

白衣人叱道：「夠了，停手吧。」

江玉郎掙扎著爬起來，叩頭道：「多……多謝宮主。」

白衣人道：「現在，我要你在這裡看著她，若有人傷了她，我就要你的命，若有人將她救走，我也要你的命，知道麼？」

江玉郎道：「小人知道。」

等到江玉郎抬起頭時，白衣人已又如幽靈般消失了。

他忍不住嘆了口氣，苦笑道：「這就是移花宮主，原來移花宮主就是這樣子的，想不到我今日竟見著了她，只怕是走了運了。」

鐵萍姑嘆道：「幸好今日來的只是小宮主，若是大宮主來了，你我此刻只怕都活不成了。」

江玉郎出神地凝注著遠方，也不知在想些什麼。

鐵萍姑道：「但等她回來，你我還是活不成的，你害了小魚兒，她絕不會饒你。」

江玉郎道：「爲什麼？她本來不是要花無缺殺小魚兒的麼？」

鐵萍姑道：「不錯，但她只許花無缺自己親手殺小魚兒，卻不許別人動小魚兒一根手指，就連她自己，也絕不傷小魚兒的。」

江玉郎訝然道：「這又是爲了什麼？倒真是件怪事！」

鐵萍姑道：「我也猜不透這是什麼道理，她們姐妹本來就是個怪人，無論如何，你現在快將我放下去吧，我半身發麻，已被她點了穴道。」

江玉郎嘆道：「我就算救了你，咱們兩人還是逃不脫她掌握的。」

鐵萍姑道：「但咱們好歹也得試一試，等她回來了，反正也只有一死，現在若是逃走，找個地方藏起來，說不定還可過幾天快活的日子。」

江玉郎垂下頭沒有說話，過了半晌，忽又抬頭道：「但你若不告訴她小魚兒是被我害死的，她也就不會殺我了，是麼？」

鐵萍姑怔了怔，道：「也許……」

江玉郎道：「你方才既已騙過了她，爲什麼不再騙下去呢？」

鐵萍姑道：「但……但我……」

江玉郎柔聲道：「你既然反正是要死的，爲何要我陪你一起死呢？你若真的對我好，就該犧牲自己來救我，我一定永遠也忘不了你。」

鐵萍姑整個人都呆住了，她實在再也想不到江玉郎會說出這樣的話來——這實在不是人說的話。

忽聽一人咯咯笑道：「妙極妙極，我已有很久沒聽過這麼妙的話了。」

另一人笑道：「這位仁兄若是女的，蕭咪咪見著他一定要自愧不如。」

第三人道：「哈哈，兩個蕭咪咪，只怕也抵不上他一個。」

第四人大笑道：「自從歐陽兄弟死後，你們一直擔心找不到人來湊數，現在不現成的就有一個在這裡麼！」

笑聲不絕，山坳後已走出四個人來。

只見這四人一個嘴巴特大，一個不男不女，一個滿臉笑容，還有一個像叫化子的，背上卻揹著隻麻袋。

這麻袋竟不停的在蠕蠕而動，而且裡面還不停地有呻吟之聲發出，這呻吟聲也奇怪得很。

發出呻吟的人，雖像是很痛苦，很難受，卻又像是很舒服，聽得人忍不住從心裡癢了起來。

那叫化子模樣的人，左手還提著根樹枝，竟將樹枝當鞭子，不時往那麻袋上抽上一鞭。

他一鞭抽下去，麻袋裡的呻吟聲就更銷魂，嘴裡還含含糊糊的說著話，隱約可以聽出，她居然是在哀求道：「求求你……抽重些好麼?求求你……」

那叫化子模樣的人卻偏偏放下鞭子，不肯再抽了，反而向江玉郎笑道：「世上居然有人喜歡挨打，你可瞧見過麼？」

江玉郎倒真還沒見過這樣的人，簡直連聽都沒聽見過，他雖然最善應變，此刻也不禁呆住了。

樹上的鐵萍姑又羞又急，竟不覺暈了過去。

來的這四人，無疑就是李大嘴、屠嬌嬌、白開心和哈哈兒了，但麻袋裡這喜歡被人打的卻又是誰呢？

李大嘴已走到江玉郎面前，咧嘴一笑，道：「這位朋友，你貴姓呀？」

江玉郎雖不知道這些人是什麼來頭，但見到他們的模樣一個比一個詭秘，倒也不敢再得罪他們。

他乾咳一聲，陪笑道：「在下蔣平，卻不知各位尊姓大名？」

李大嘴笑道：「兄台年紀雖輕，想必也聽說過『十大惡人』的名字？」

哈哈兒道：「哈哈，你瞧見他這張嘴，也該知道他是誰的。」

江玉郎目光從他們臉上瞧了過去，掌心已不覺出了汗。

屠嬌嬌咯咯笑道：「小兄弟你只管放心，咱們來找你，並沒有什麼惡意。」

江玉郎忽地一笑，道：「各位俱是武林前輩，自然不會找在下這無名後輩麻煩的，在下非但十分放心，而且今日得見武林前輩的風采，更實在高興得很。」

屠嬌嬌吃吃笑道：「你們瞧，這孩子多會說話，嘴上就好像抹了蜜似的。」

哈哈兒道：「哈哈，這樣的人，連我和尙見了都歡喜！也就難怪樹上的這位小姑娘，不惜為他玩命了。」

江玉郎正色道：「樹上那位姑娘，與在下雖然相識，卻不過只是道義之交而已，哪裡有什麼男女之情，前輩說笑了！」

屠嬌嬌道：「既然是道義之交，人家赤條條地被吊在樹上，你為什麼不去救她呢？」

江玉郎嘆了口氣道：「在下雖有相救之心，怎奈……怎奈男女授受不親，如今她不幸遭人羞侮，赤身露體，在下若是去救她，豈非多有不便？」

屠嬌嬌道：「如此說來，你倒是個正人君子了。」

江玉郎道：「在下雖然浪跡江湖，但這『禮義』兩字，倒也未敢忘記。」

屠嬌嬌忽然咯咯大笑了起來，指著江玉郎道：「你們瞧，他是不是有兩下子？莫說蕭咪咪，就連歐陽兄弟見了他，也非得拜他做師父不行。」

哈哈兒道：「哈哈，歐陽兄弟說話，三句中至少還有一句是真的，但他一共只說了四句半話，卻有四句是假的。」

江玉郎道：「前輩又說笑了，在前輩面前，在下怎敢說謊？」

哈哈兒道：「你不敢說謊麼？哈哈，這就又是一句謊話。」

屠嬌嬌打斷了他的話，嬌笑道：「你說的句句都是實話？好，那麼我問你，你若是蔣平，有個叫江玉郎的小壞蛋，卻又是誰呢？」

謊話被人當面揭穿，還能面不改色的人，每一萬人中，大約只有一、兩個，江玉郎自然就是其中之一。他非但臉不紅，色不變，反而笑了起來。

屠嬌嬌瞧著他，似乎愈來愈覺得他有趣了，也笑著問道：「你笑什麼？」

江玉郎道：「要在前輩們面前說謊，豈非簡直好像魯班門前弄大斧，孔子廟前賣百家姓，但在下卻偏偏自不量力，這還不可笑麼？」

哈哈兒拍手大笑道：「說得好，說得好，哈哈，這馬屁實在剛好拍在咱們屁股上，拍得恰到好處，舒服極了。」

江玉郎道：「前輩們未和在下說話之前，想必早已將在下的底細都摸清了。」

屠嬌嬌笑道：「不錯，咱們非但早已知道你叫江玉郎，是江南大俠的寶貝兒子，也知道這位小情人本是移花宮的門下。」

屠嬌嬌道：「你可知道咱們爲什麼會對你如此關心？」

江玉郎微微一笑，道：「莫非前輩們想替在下做媒麼？」

屠嬌嬌笑道：「我若有女兒，寧可嫁給李大嘴，也不會嫁給你，李大嘴至少還不會吃她的腦袋，但是你，吃了人只怕連骨頭都不會吐出來。」

江玉郎微笑道：「前輩過獎了，在下怎比得上李老前輩？」

李大嘴道：「你也用不著客氣，我吃人最多只不過是一個個的吃，但你吃人卻是一隊隊的往下吞。『雙獅鏢局』的那些人，不是被你一夜之間全都吞下去了麼？」

江玉郎還是面不改色，笑道：「前輩們將在下調查得如此清楚，是爲了什麼呢？」

屠嬌嬌道：「你也許不知道，自從歐陽兄弟兩人死了後，『十大惡人』其實剩下九個了。」

屠嬌嬌又道：「除了歐陽兄弟已經一命嗚呼外，這些年來，惡賭鬼好像漸漸要改邪歸正，做好孩子了，狂師鐵戰的毛病也愈來愈大，沒有別人和他打架時，他就打自己，那位『迷死人不賠命』的蕭咪咪，更不知在哪個洞裡藏了起來，所以咱們此番出山之後，忽然發覺『十大惡人』的名頭，在江湖中已漸漸不大能嚇唬人了。」

江玉郎自然是知道蕭咪咪在什麼地方的——蕭咪咪已被他和小魚兒關在地牢裡，這輩子只怕再也休想出頭。

但他只是淡淡笑道：「前輩莫非是想找個人來代替歐陽兄弟的位置？」

屠嬌嬌道：「不錯，咱們若想重振『十大惡人』的名聲，非找個生力軍不行。」

江玉郎目光閃動，笑道：「但這人倒的確難找得很，據在下所知，江湖中夠資格能和前輩並駕齊驅的人，只怕還沒有幾個。」

屠嬌嬌瞧著他，微微笑道：「遠在天邊，近在眼前，你就是一個。」

江玉郎趕緊道：「在下怎當得起！」

哈哈兒道：「哈哈，你用不著客氣，你年紀輕輕，已有這麼樣的成就，再過兩年，只怕連咱們都沒法子和你相比。」

江玉郎像是覺得有些受寵若驚，連聲道：「不敢當，不敢當，前輩們如此抬舉在下，卻叫在下如何報答呢？」

李大嘴撫掌大笑道：「有意思，有意思，你能說出這句話來，就表示你這人實在夠意思得很，也不枉咱們對你另眼相看了。」

白開心忽然道：「但小伙子你可千萬莫上他們的當，他們拉你入夥，只不過是要你爲他們做件事而已。」

這位仁兄「損人不利己」的外號，果然是名下無虛，他半天不說話，一開口就必定是拆人台的。

江玉郎微笑道：「前輩雖是一番好意，但在下若能有機會爲前輩們效勞，正也是不勝榮寵之至，前輩們有何吩咐，只管說出來就是。」

屠嬌嬌道：「武林中有個極厲害的人物，叫魏無牙，他就住在這山上，你自然也知道的，但你可知道，他那老鼠洞裡現在來了位貴客麼？」

她話鋒一轉，忽然轉向魏無牙身上，江玉郎臉上的微笑立刻瞧不見了，咳嗽兩聲，乾笑道：「這世上若只有一個在下不願打交道的人，那就是魏無牙了。就算天下的人都死盡死絕，在下也不願和他有任何來往，他洞裡是否來了位貴客，在下既不會知道，也絕不想知道。」

屠嬌嬌道：「只可惜這位貴客卻偏偏是你認得的。」

江玉郎不禁怔了怔，道：「我認得？我怎會認得？」

屠嬌嬌道：「魏無牙平生沒有一個朋友，就連他們『十二星相』中的人，瞧見他都像是見了鬼一樣，避之唯恐不及。」

江玉郎笑道：「這正是：老鼠過街，人人喊打。願意和毒蛇猛獸爲伍的人，在下倒也見過幾個，但願意和老鼠交朋友的人，只怕連一個都不會有。」

屠嬌嬌笑道：「你錯了，願意和老鼠交朋友的人，也有一個的。」

李大嘴接著道：「事實上他簡直已將魏無牙哄得服服貼貼，他無論說什麼，魏無牙都聽他的，魏無牙這輩子從來也沒有對別人這麼好過。」

江玉郎笑道：「如此說來，這位仁兄的本事倒的確不小。」

屠嬌嬌道：「你可知道這人是誰麼？」

江玉郎臉上終於露出了驚奇之色，道：「在下實在想不出有神通如此廣大的朋友。」

屠嬌嬌吃吃笑道：「誰說他是你的朋友……你雖沒有神通如此廣大的朋友，卻有個神通廣大的老子，你難道忘了麼？」

江玉郎這才真的怔住了，失聲道：「是我爹爹？」

屠嬌嬌道：「不錯，魏無牙的貴客，就是江南大俠江別鶴。」

江玉郎怔了半晌，長嘆道：「想不到家父居然和魏無牙交上了朋友。」

他嘴裡雖在長嘆，目中卻忍不住露出了歡喜之色。

屠嬌嬌笑道：「和魏無牙交上朋友又有什麼不好？有了這麼硬的靠山，就算移花宮主想找他的麻煩，他也用不著害怕了。」

江玉郎幾乎忍不住要笑了出來，試探著問道：「那麼，前輩的意思是要在下做什麼呢？」

屠嬌嬌和李大嘴對望一眼，李大嘴道：「你若成了魏無牙的貴客，在那洞中自然就可隨意走動……」

江玉郎道：「前輩莫非是要在下打聽件什麼事？」

李大嘴撫掌笑道：「不錯，和你這麼樣有頭腦的人說話，的確是件令人愉快的事。」

李大嘴和屠嬌嬌又交換了個眼色，屠嬌嬌笑道：「那也不是什麼大不了的事，只不過，咱們有幾隻箱子，據說已落在魏無牙手裡，你不妨順便去瞧瞧箱子是不是真的在那裡？若在那裡，是在什麼地方？然後咱們再一起想法子把它弄出來。」

江玉郎目光閃動，顯然對這件事也愈來愈有興趣了，但臉上卻作出不大關心的模樣，淡淡笑道：「卻不知那是幾隻什麼樣的箱子？箱子裡裝的是什麼？」

哈哈兒道：「哈哈，那只不過是幾隻破鐵箱子而已，是黑色的，看起來又笨又重，那麼笨重的箱子，別人絕不會有，所以你一看就會知道的。」

屠嬌嬌笑道：「箱子裡本來裝著有些珠寶，但魏無牙說不定是已將珠寶拿出來了。」

江玉郎道：「箱子既已是空的，前輩們爲何還要苦苦尋找？」

屠嬌嬌嘆了口氣，道：「在別人眼中，那雖然只是幾口破鐵箱子，但在咱們眼中，它卻是無價之寶。」

江玉郎的眼睛更亮，道：「無價之寶？」

哈哈兒道：「哈哈，這無價之寶，卻是一兩銀子也賣不出去的，只不過因爲箱子上的油漆有些不同，所以在咱們眼中才變得十分珍貴。」

屠嬌嬌道：「你可知道那油漆是用什麼調成的麼？」

她不等江玉郎回答，就又接著道：「那是用血調成的，是用咱們仇人的血調成的，咱們這些人都已老了，老得連雄心都已消磨，只有那幾口箱子，還可以令咱們重想起以前那些光輝燦爛的日子，所以咱們無論如何，也不能讓它落在別人手裡。」

江玉郎像是已聽得呆住，半晌沒有說話。

屠嬌嬌道：「若是世俗的珍寶，無論有多少，既已落在魏無牙手裡，咱們也就算了，犯不上冒險去老虎頭上拔毛，咱們就算等著要花錢，到別的地方去搶，豈非容易得多麼？」

李大嘴握緊拳頭，小聲道：「但這幾口箱子若丟了，咱們這輩子就完蛋大吉，所以，小兄弟你無論如何，也得幫咱們這個忙，咱們一定忘不了你的好處。」

江玉郎垂頭瞧著自己的手，就好像他從來也沒有瞧見過這雙手似的，簡直瞧得出神極了。

李大嘴道：「小兄弟，你難道不信咱們的話？」

江玉郎道：「那幾口箱子在別人眼中既是不值一文，魏無牙必然不會看重的，他若已取出箱子裡的珍寶，說不定早已將箱子拋卻。」

屠嬌嬌道：「咱們也曾考慮過這問題，所以魏無牙若已將箱子拋卻，就煩小兄弟你打聽打聽，他將箱子拋到什麼地方去了？」

她一笑接著道：「咱們現在雖已是自己人，但也不會要小兄弟你白辛苦的，只要事成，咱們一定想法子去弄萬兩黃金，和幾個妖嬌百媚的美人兒來讓你享受享受，而且還保證替你保守所有的秘密。」

江玉郎滿面俱是歡喜之色，道：「前輩可要在下立刻就去麼？」

屠嬌嬌道：「自然是愈快愈好。」

江玉郎忍不住往樹上瞧了一眼，道：「那麼她……」

屠嬌嬌道：「但現在你總該已知道，你和她纏在一起，是只有麻煩，沒有好處的。」

江玉郎嘆了口氣，道：「就算有好處，也不會有麻煩多。」

屠嬌嬌笑道：「正是如此，何況，她長得雖不差，身材也不錯，但只要你事成之後，我負責替你找十個比她更迷人的小姑娘來。」

她附在江玉郎耳邊嬌笑道：「而且我還可以先教給她們幾手，可以讓你欲仙欲死的功夫。」

江玉郎似乎已笑得闔不攏嘴來，道：「既是如此，在下立刻就走，只不過，在下事成之後，該如何和前輩們聯絡呢？」

屠嬌嬌道：「無論事成不成，三天之後，你到洞口兜個圈子，咱們自然會想法子和你說話的。」

江玉郎道：「好，就是這樣，一言爲定。」

他什麼都不再說，也不再瞧鐵萍姑一眼，立刻就飛也似的走了。

李大嘴望著江玉郎走遠，才皺眉道：「這小子走得那麼快，我看有些不保險。」

哈哈兒道：「哈哈，他這是怕移花宮主來找他算賬的，所以趕緊想躲到那老鼠洞裡去。」

白開心冷冷道：「我看他對咱們說的話，未必就真的相信了，你們若認爲他真的會爲你們找箱子，那才是做夢。」

屠嬌嬌笑道：「我說的話既合情，又合理，他爲什麼不信？何況，這小子又貪財，又好色，萬兩黃金、十個大美人兒難道還打不動他？」

白開心道：「他就算找著箱子，未必會交給你們的。」

屠嬌嬌笑道：「他不交給咱們，要那幾口空箱子又有什麼用？」

哈哈兒大笑道：「不錯，這小子是個聰明人，只要用幾口空箱子來換黃金美人，這麼划算的事他難道還會不做？」

白開心也忍不住笑了，道：「但換過來之後，我一定要告訴他這幾口又舊又破的空箱子，究竟有什麼好處，我們要瞧瞧他那時的臉色。」

哈哈兒道：「哈哈，那時他臉色一定比你的屁股還要難看得多。」

說起「屁股」兩字，白開心的眼睛已向樹上瞧了過去，瞇著眼笑道：「喂！小姑娘，上面的風很大，你不怕著涼麼？」

鐵萍姑仍然暈迷不醒，李大嘴卻皺眉道：「你這小子背上還揹著一個，又想打別人的主意了麼？」

白開心笑嘻嘻道：「這位小姑娘孤苦伶仃，又偏偏遇著個沒有心肝的薄情郎，實在怪可憐的，我不去安慰她誰去安慰她。」

屠嬌嬌笑道：「很好，你快去安慰她吧！但等到移花宮主找上門來時，你可莫怪咱們不幫你的忙了。」

白開心咳嗽一聲，嘻嘻笑道：「老實說，像她這麼樣痛苦的人，我也安慰不了的，何況，我袋子裡已有了一個，年紀雖然大些，但薑是老的辣，老的才去火。」

屠嬌嬌笑道：「你現在總算懂得些男女之間的門道了，只可惜男人卻是年輕力壯的才好，否則我……」

白開心大笑道：「幸好我年紀大些，否則若被你看上，那才真是天大的麻煩。」

請續看【絕代雙驕】第五部

古龍精品集 09

絕代雙驕（四）

作者： 古龍
發行人：陳曉林
出版所：風雲時代出版股份有限公司
地址：10576台北市民生東路五段178號7樓之3
電話：(02) 2756-0949　　傳真：(02) 2765-3799
封面原圖：明人出警圖（原圖爲國立故宮博物館典藏）
封面影像處理：風雲編輯小組
執行主編：劉宇青
行銷企劃：林安莉
業務總監：張瑋鳳
出版日期：古龍80週年紀念版2019年1月
ISBN：986-146-289-9

風雲書網：http://www.eastbooks.com.tw
官方部落格：http://eastbooks.pixnet.net/blog
Facebook：http://www.facebook.com/h7560949
E-mail：h7560949@ms15.hinet.net
劃撥帳號：12043291
戶名：風雲時代出版股份有限公司

風雲發行所：33373桃園市龜山區公西村2鄰復興街304巷96號
電話：(03) 318-1378　　傳真：(03) 318-1378
法律顧問：永然法律事務所 李永然律師
　　　　　北辰著作權事務所 蕭雄淋律師

行政院新聞局局版台業字第3595號 營利事業統一編號22759935

定價：240元　　**版權所有　翻印必究**

國家圖書館出版品預行編目資料

絕代雙驕／古龍作.　--　再版.　--　臺北
　市：風雲時代，　2006〔民95〕
　冊；　公分.　--（古龍武俠名著經典系列）
　ISBN 986-146-286-4（第一冊：平裝）
　ISBN 986-146-287-2（第二冊：平裝）
　ISBN 986-146-288-0（第三冊：平裝）
　ISBN 986-146-289-9（第四冊：平裝）
　ISBN 986-146-290-2（第五冊：平裝）
857.9　　　　　　　　　　　95008882